Виктория
Токарева

Виктория Токарева

Террор любовью

Издательство ХРАНИТЕЛЬ
Москва

УДК 821.161.1
ББК 84 (2Рос=Рус)
Т51

Токарева, В.С.
Т51 Террор любовью : [повесть и рассказы] / Виктория Токарева. — М.: АСТ: АСТ МОСКВА: ХРАНИТЕЛЬ, 2007. — 318, [2] с.

ISBN 5-17-037944-7 (ООО «Издательство АСТ»)(С.: РР-2)
ISBN 5-9713-3549-9 (ООО Издательство «АСТ МОСКВА»)
ISBN 5-9762-0771-5 (ООО «ХРАНИТЕЛЬ»)
Серийное оформление Е.Н. Волченко
Компьютерный дизайн Ю.М. Мардановой
В оформлении книги использованы фотоматериалы Романа Горелова

ISBN 5-17-037939-0 (ООО «Издательство АСТ»)(С.: под Токар.)
ISBN 5-9713-3548-0 (ООО Издательство «АСТ МОСКВА»)
ISBN 5-9762-0773-1 (ООО «ХРАНИТЕЛЬ»)
Серийное оформление Н.В. Пашковой
Компьютерный дизайн Ю.М. Мардановой

Новые произведения Виктории Токаревой. Новая коллекция маленьких шедевров классической «женской прозы» — лиричной, светлой, искренней. Калейдоскоп женских судеб, очень разных, но равно непростых.
«Поколение вдов», обездоленное войной...
Их дочери, жадно ищущие не доставшегося матерям счастья...
Наши современницы — девушки, растерявшие смысл бытия в стремительной погоне за успехом, и усталые жены, терпеливо сносящие мужскую ложь, измену и безалаберность.
И каждая из них — ПО-СВОЕМУ ПРЕКРАСНА и ДОСТОЙНА БЫТЬ ЛЮБИМОЙ.

УДК 821.161.1
ББК 84 (2Рос=Рус)

© В.С. Токарева, 2006
© ООО «Издательство АСТ», 2006

ТЕРРОР ЛЮБОВЬЮ

Повесть

Мы носимся по двору. Играем в лапту. Моя сестра Ленка — приземистая и прочная, как табуретка, в желтом сарафане с желтыми волосами. Она быстро бегает, ловко уворачивается, метко бьет. Очень ценный член команды.

Я — иссиня черноволосая, с узкими глазами, похожа на китайчонка. Я способна победить любого врага, но при условии: чтобы все это видели. Мне нужна слава. Просто победа для себя мне неинтересна. Тщеславие заложено в мой компьютер.

Третья в нашей команде — Нонна, дочка тети Тоси. Мы все живем в одной коммуналке. Нонна отличается ото всех детей во дворе. В ее косички вплетены бусинки, у нее сложное платьице с кружевными вставками. Она — как сувенирная кукла, хорошенькая, изящная, и при этом — сообразительная. Нонна умеет предугадывать ходы противника. В ней есть качества, необходимые для победы.

Мы носимся, заряженные детством, азартом, жаждой победы. А во дворе меж тем послевоенный сорок шестой год. Поговаривают, что в седьмом подъезде из людей варят мыло. Сначала, естественно, убивают, а потом уж варят и продают на рынке. Правда это или нет — неизвестно.

Во время блокады практиковалось людоедство. Люди — продукт. Их можно есть и варить на мыло.

Однажды мы с сестрой шли мимо третьего подъезда, и какая-то нестарая женщина попросила нас подняться на пятый этаж и спросить: увезли ли больного в больницу.

— Я бы сама поднялась, — сказала женщина. — Но у меня нога болит.

Мы с сестрой отправились вверх по лестнице, но где-то в районе третьего этажа нам надоело. Сестра предложила:

— Давай скажем, что увезли...

Мы вернулись обратно и сказали женщине:

— Увезли.

И пошли себе. Мне показалось: она удивилась.

Скорее всего она удивилась тому, как быстро мы обернулись. Но вдруг она послала нас на мыло... Я до сих пор помню ее удивленное лицо.

Мы носимся, играем. Мы почти побеждаем. Еще чуть-чуть... В окнах одновременно возникают лица наших матерей.

— Нонна! Обедать! — кричит тетя Тося.

— Девочки, домой! — кричит наша мама.

У тети Тоси лицо бледное и вытянутое, как огурец. А у нашей мамы круглое и яркое, как помидор. Обе они — тридцатилетние, красивые и безмужние.

Мой отец погиб на войне, а у Нонны умер вскоре после войны от тяжелого ранения. «Мы не от старости умрем, от старых ран умрем...» Эти стихи Семена Гудзенко я прочитала много позже. А тогда... тогда моя мама любила повторять: «Я вдова с двумя ребятами...» Так оно и было.

Мы не хотим идти домой. У нас игра в разгаре. Но с нашей мамой шутки плохи. Она лупила нас рукой. Рука была как доска.

Мы понуро плетемся домой. Садимся за стол.

Мама приготовила нам воздушное пюре с котлетой. Прошло почти полвека, а я до сих пор помню эту смуглую котлету с блестками жира и с запахом душистого перца. Я много раз в течение жизни пыталась повторить эту котлету и не смогла. Так же, как другие художники не смогли повторить «Сикстинскую Мадонну», например.

Я думаю, моя мама была талантливым человеком. А талант проявляется в любых мелочах, и в котлетах в том числе.

***

Мама работала в ателье вышивальщицей. Вышивала карманы на детские платья. Ее никто не учил. Просто одаренность выплескивалась наружу. Мама брала работу на дом и в течение дня делала три кармана: земляничку с листочком, белый гриб на толстой ножке и мозаику. Мозаика — это разноцветные треугольнички и квадратики, расположенные произвольно. Если долго на них смотреть, кажется, что они сдвигаются и кружатся. Каждый карман — это замысел и воплощение. Творческий процесс. Цена этого творчества невелика. За каждый карман маме платили рубль. И когда мама что-то покупала в магазине, то мысленно переводила цену на карманы. Например, килограмм колбасы — три кармана. День работы.

Однажды мы с сестрой вернулись из театра на такси. Мы были уже девушки: пятнадцать и восемнадцать лет. Мать увидела, как мы вылезаем из машины. Такси — это два дня работы, двенадцать часов непрерывного труда. Мать не могла вытерпеть такого транжирства, но и сделать ничего не могла. Мы уже вылезли. Уже расплатились. Тогда она распахнула окно настежь и заорала громко, как в итальянском кино:

— Посмотрите! Миллионерки приехали!

Все начали оглядываться по сторонам. Мы с сестрой стояли, как на раскаленной сковороде.

И еще мы знали, что получим по шее или по морде, что особенно больно, потому что рука как доска.

Но это было позже. А тогда мы — маленькие девочки, шести и девяти лет в послевоенном Ленинграде. Мы едим котлету, а наши мысли во дворе: удар лаптой, мяч летит, Ленка бежит, Нонна наизготовке...

Иногда Нонна затевала театр.

Мы выбирали пьесу, разучивали роли и давали представление. Кулисами служила ширма. То, что за ширмой, — это гримерная. То, что перед ширмой, — сцена.

Мамы и соседи усаживались на стулья, добросовестно смотрели и хлопали.

Билеты, кстати, были платные, по двадцать копеек за билет. Я помню, как выходила на сцену, произносила свой текст и купалась в лучах славы. Слава невелика, семь человек плохо одетой публики, но лучи — настоящие. Я помню свое состояние: вот я перед всеми и впереди всех, на меня все смотрят и внемлют каждому слову. Я — первая.

Откуда это желание первенства? Наверное, преодоление страха смерти, инстинкт самосохранения. Выделиться любой ценой и тем самым сохраниться. Нет! Весь я не умру... А иначе не понятно: почему все хотят быть первыми. Не все ли равно...

Спектакль идет. Наши мамы незаметно плачут. Им жалко своих девочек — сироток, растущих без отцов. И себя жалко, брошенных на произвол судьбы. Мужья на том свете, им теперь все равно. А мамам надо барахтаться, и карабкаться, и преодолевать каждый день.

Мы ели однообразную пищу, но никогда не голодали. Мы росли без отцов, но не испытывали сиротства. Наши матери были далеки от педагогики, но они любили нас всей душой. А мы любили их. Не знаю, были ли мы счастливы. Но несчастными мы не были — это точно.

А вот наши мамы...

Папа погиб где-то далеко. Написали: смертью храбрых. Может быть, это какая-то особенная, приятная смерть...

Папин брат дядя Леня прислал маме траурную открытку: черное дерево с обрубленными ветками и одинокая пустая лодка, приткнувшаяся к дереву. И надпись: «Любовная лодка разбилась о быт...» Мама смотрела на открытку и плакала. Дерево с обрезанными ветками — это папина жизнь, прекратившаяся так рано. А одинокая лодка — это мама. Быт — ни при чем. Любовная лодка разбилась о Великую Отечественную войну.

Мама плакала, глядя на открытку. В этот момент вошла моя сестра Ленка, постояла и пошла себе, при этом запела своим бесслухим голосом. Точнее сказать — загудела на одной ноте.

Мама отвлеклась от открытки и сказала с упреком:

— Наш папочка погиб, а ты поёшь...

Ночью я проснулась оттого, что горел свет. Мама и Ленка плакали вместе, обнявшись.

Это было два года назад, в эвакуации. Я помню деревянную избу, и вой волков, и веселый огонь в печке.

Дядя Павел, муж тети Тоси, вернулся с войны живым, но после тяжелого ранения. У него оторвало то место, о котором не принято говорить, и он не мог выполнять супружеские обязанности.

Тетя Тося не мирилась с положением вещей: вдова при живом муже. Она устраивала дяде Павлу скандалы, как будто он был виноват, и все кончилось тем, что тетя Тося стала приводить в дом мужчину, а дядя Павел и Нонна сидели в это время на кухне. Он держал перед глазами газету, но не читал.

А потом дядя Павел слег. Мы бегали в аптеку за кислородной подушкой. Ничего не помогло. Он умер. Умер он тихо. Стеснялся причинить беспокойство.

Тетя Тося поняла запоздало: какой это был хороший человек в отличие от ее ухажеров, имеющихся в наличии.

Дядя Павел больше жизни любил свою дочь Нонну, и не просто любил — обожествлял. И в этом они совпадали с тетей Тосей. А для всех остальных ухажеров Нонна была пустым местом, и даже хуже, поскольку мешала.

После смерти дяди Павла тетя Тося пошла работать крановщицей. Однажды ей понадобилось подписать какой-то документ. Она вошла в цех и отправилась в кабинет к начальнице.

Кабинет располагался в углу цеха, — это была фанерная выгородка, над фанерой стекло, чтобы проникал свет.

Тетя Тося постучала в дверь. Ей не открыли, хотя она чувствовала: за дверью кто-то есть. Тишина бывает разная. Это была тишина притаившихся живых существ. Насыщенная тишина.

Тетя Тося снова постучала. Послушала, затаив дыхание. Но похоже, что и там затаили дыхание.

Тетя Тося подтащила к фанерной выгородке стол, на стол воздвигла стул и полезла, как на баррикаду. Ее глаза оказались вровень со стеклом. А за стеклом происходило что-то совершенно непонятное.

Тетя Тося обескураженно смотрела и считала количество ног. Вообще-то ног было четыре штуки, по две на человека. Но тете Тосе показалось, что их гораздо больше, а посреди всего этого переплетения — голый зад.

— Жопа, — определила она и крикнула: — Зин!

Подошла ее сменщица Зина.

— Чего тебе? — спросила Зина.

— Там жопа.

— Чья?

— Не знаю...

Зина полезла на стол, привстала на цыпочки. Ее роста хватило, чтобы заглянуть в стекло.

— Это Колька, — узнала Зина.

— Колька худой. Он туберкулезник. А этот упитанный... — не поверила тетя Тося.

Возле фанерной выгородки стали собираться люди. Народ всегда собирается там, где что-то происходит.

Позже начальница цеха Клава Шевелева скажет тете Тосе:

— Какая же ты сволочь, Тося...

— Это почему? — искренне не поняла тетя Тося.

— Ты тоже молодая и без мужа. Могла бы сочувствие поиметь.

— А зачем на работе? Что, нет другого места?

— Значит, нет.

Тетя Тося подумала и сказала:

— Я за правду...

Правда тети Тоси состояла в том, что она пришла подписать документ, ей не открыли. Она заглянула и увидела жопу. Вот и вся правда. И это действительно так. А такие понятия, как деликатность, сочувствие, — это оттенки, не имеющие к правде никакого отношения.

Вернувшись с работы, тетя Тося рассказала эту животрепещущую историю моей маме.

Разговор происходил на коммунальной кухне. Мама варила перловый суп — нежный и перламутровый. Мамины супы были не только вкусны. Они были красивы.

— А если бы ты оказалась на ее месте? — спросила мама, пробуя суп с ложки.

— С Колькой? — удивилась тетя Тося.

— И твое имя полоскали бы на каждом углу?

— Плевать! — Тетя Тося даже сплюнула для наглядности. — Пусть говорят что хотят. За себя я не расстраиваюсь. Но за Нон...

— Дай луковичку, — перебила мама.

Тетя Тося достала из кухонного шкафчика и протянула маме круглую золотую луковицу.

— Но за Нон... — продолжила она начатую мысль.

— Дай перчику, — снова перебила мама.

Для мамы был важен супчик, а для тети Тоси — любовь к дочери. Нонна — это святое.

— Но за Нон... — попыталась тетя Тося в очередной раз.

— Дай соли, — перебила мама.

Тетя Тося схватила свою солонку и вывернула ее в мамин суп.

Мама обомлела. Дети ждали обед. И что теперь?

Мама вцепилась в волосы лучшей подруги. Тетя Тося отбивалась как могла. Соседка Софья Моисеевна делала вид, что ничего не происходит. Держала нейтралитет. Она знала, что через час эти гойки помирятся и будут пить крепленое вино.

Так оно и было.

***

В квартире водились крысы. Их пытались извести, но крысы оказались не глупее, чем люди.

Однажды в крысоловку все же попалась молодая сильная крыса. Я стояла и рассматривала ее. Мордочка, как у белки, но хвост... У белки хвост нарядный, пушистый, завершающий образ. А у крысы — голый, длинный, вызывающий омерзение.

Крыса нервничала в крысоловке, не ожидая от людей ничего хорошего.

И была права.

Моя мама поставила крысоловку в ведро и стала лить в ведро воду. Она решила крысу утопить.

До сих пор не понимаю, почему мама не выпроводила меня из кухни, не освободила от этого зрелища. Прошло полвека, а я до сих пор вижу перед собой розовые промытые пальчики крысы, которыми она хваталась за прутья крысоловки, взбираясь как можно выше. Как в тонущем корабле...

Моя мама жила как получалось. Без особой программы.

К ее берегу прибило двух женихов, оба Яшки. Одного мы звали «Яшка толстый», а другого «Яшка здохлый».

Толстый заведовал мебельным магазином. Мама решила воспользоваться случаем и обновить мебель в нашей квартире. Яшка помог, но скоро выяснилось, что он помог в свою пользу. Мама была обескуражена. Ходила и пожимала плечами. Обмануть — это понятно. Торгаш есть торгаш. Но обмануть любимую женщину, почти невесту, вдову с двумя ребятами...

Яшка-толстый получил отставку.

Второй Яшка был болезненно худой. Но основной его недостаток — десятилетний сын. Чужой мальчик, которого мама не хотела полюбить. Она умела любить только своих и не скрывала этого.

Второй Яшка растворился во времени. Скорее всего мать не любила Яшек, ни одного, ни другого. Настоящее чувство пришло к ней позже. Это был Федор — брат тети Тоси, капитан в военной форме. Федор — молодой, тридцатилетний, рослый, с зелеными глазами на смуглом лице. Такие были тогда в моде. О таких говорили: «душка военный». Статная фигура, прямая спина, брюки галифе, погоны на кителе.

Сейчас в моде совсем другие мужчины, и совсем другие аксессуары сопровождают секс-символ. Например, «мерседес»... А тогда...

Зеленые глаза и крупные руки свели нашу маму с ума. В доме постоянно звучал патефон, сладкий тенор выводил: «Мне бесконечно жаль твоих несбывшихся желаний...»

По вечерам мать куда-то исчезала. Мы с сестрой оставались одни.

Однажды мы собрались лечь спать и вдруг увидели, как под одеялом катится ком. Мы поняли, что это крыса. Как же мы ляжем в кровать, где крыса... Мы стали кидать на кровать стулья, книги — все, что попадалось под руку. Ком остановился. Крыса затихла. Может, мы ее оглушили или даже убили.

Мы смотрели на кровать и тихо выли. Нам было страшно от двустороннего зла: зла, идущего от хищной крысы и от содеянного нами.

Вошла тетя Тося. Увидела несчастных плачущих детей и стала нас утешать, обнимать, смешить. И даже принесла нам хлеб со сгущенкой на блюдечке. Это и сейчас довольно вкусно. А тогда... Мы забыли про крысу и про свой страх.

Тетя Тося откинула одеяло. Бедный полуобморочный зверек сполз на пол и тут же растворился. Видимо, под кроватью у крысы был свой лаз, своя нора с детьми и мужем, красивым, как дядя Федор.

Мамина любовь продолжалась год. Целый год она была веселая и счастливая. А потом вдруг Федор женился. И привел свою новую слегка беременную жену к тете Тосе. Познакомить. Все-таки родня.

Тетя Тося накрыла стол и позвала маму, непонятно зачем.

Все уселись за один стол. Федор прилюдно обнимал свою молодую жену и пространно высказывался, что лучше иметь одного своего ребенка, чем двоих чужих. И все хором соглашались, а тетя Тося громче всех.

Мама сидела опустив голову, как будто была виновата в том, что у нее дети и она не годится такому шикарному Федору.

Мама встала и вышла из-за стола. Ушла в коридор, а оттуда на лестничную площадку. Она стояла и плакала, припав головой к стене. Этот подлый Федор прирос к ней, а его отдирали, и невидимая кровь текла рекой.

На другой день мама сказала тете Тосе:

— Какая же ты сволочь!

— Так я же сестра, — спокойно возразила тетя Тося.

Сестра всегда на стороне брата, и родные племянники лучше, чем приемные. Это правда. А такие мелочи, как дружба, сострадание, — это оттенки, не имеющие к правде никакого отношения.

У тети Тоси тоже ничего не получалось с личной жизнью. Короткое счастье заканчивалось подпольным абортом. Аборты были запрещены. Их делали на дому под покровом ночи.

Нонна притворялась, что спит. Но она все слышала: железное позвякивание пыточных инструментов, тяжелые вздохи, сдавленные стоны...

А где-то далеко-далеко текла совсем другая жизнь. Где-то у кого-то были родные папы, отдельные квартиры и шоколадные конфеты. Можно было есть конфеты и нюхать обертки. О! Как пахнут обертки от шоколадных конфет!

В пятьдесят третьем году умер Сталин. Мы втроем собрались ехать в Москву: я, Ленка и Нонна. Мы собрались проводить вождя и учителя в последний путь, но наша мама вмешалась, как обычно. Мы все получили по увесистой оплеухе! И Нонна в том числе. Оплеуха решила дело.

Мы никуда не поехали и довольно быстро успокоились. Умер и умер. Что же теперь, не жить?

Мы забежали в трамвай — радостные и легкомысленные. Люди сидели и смотрели на нас молча и отстраненно. Стояла тяжелая тишина, как будто горе случилось не где-то на даче Сталина, а у каждого в доме. Смерть вождя воспринималась как личная трагедия.

Нонна хохотала над каким-то пустяком, я даже помню над каким: Ленка простодушно пукнула. Мы покатились со смеху. А народ в трамвае смотрел на нас без осуждения, скорее с состраданием. Вся страна осталась без поводыря, и куда мы забредем в ночи?

Время в этом возрасте тянется долго. Каждый день — целая маленькая жизнь. И казалось, что мы никогда не вырастем и наши мамы никогда не постареют. Все всегда будет так, как сейчас.

Я училась без особого удовольствия, но все же выполняла свои школьные обязанности. Если надо, значит, надо. Я не представляла, как можно прийти на урок, не сделав домашнего задания.

Моя сестра Ленка делала только то, что ей нравилось. Она садилась заниматься, клала на стол учебник, а на колени интересную книгу. Могла сидеть не двигаясь по три-четыре часа. Мама думала, что Ленка грызет гранит науки, а она просто читала «Сестру Керри». В результате Ленка получала двойку в четверти. Мама бежала в школу, двойку меняли на тройку. Считалось, что Ленка «не тянет». Но Ленка не была глупее других. Просто она научилась перекладывать свои проблемы на чужие плечи. И у нее это хорошо получалось. Мама бегает, учителя машут руками, общий переполох. А Ленка стоит рядом с сонным выражением лица и точно знает: все обойдется. Поставят тройку, и переведут в другой класс, и выдадут аттестат зрелости. И при этом не надо уродоваться, зубрить, запоминать то, что никогда потом не пригодится, типа «*а* плюс *б* в квадрате равно *а* квадрат плюс два *аб*, плюс *б* квадрат...».

Нонна училась с блеском. Тетя Тося тихо торжествовала. Иногда она изрекала в никуда: «Из картошки ананаса не вырастет...» Получалось, что наша мама картошка, а тетя Тося — ананас.

Соперничество между мамой и тетей Тосей было скрытым, но постоянным, как субфебрильная температура.

Мы жили лучше, потому что мама больше крутилась. Она работала в ателье и брала работу на дом, имела частные заказы. Сколько я ее помню, она всегда сидела у окна, опустив голову, с высокой холкой, как медведица. И ее рука ходила вслед за иголкой, вернее, иголка вслед за рукой.

Однажды я проснулась в шесть утра, мать уже сидела у окна, делая свои челночные движения рукой. Она жила, не разгибая спины, не поднимая головы, изо дня в день, из месяца в месяц, из года в год...

А тетя Тося просто шла на свою малооплачиваемую работу и просто возвращалась домой. Она не пыталась искать другое место, не искала дополнительного заработка. Тетя Тося кляла эту жизнь, но не боролась. Как идет, так идет.

И результат давал себя знать. Мы ели сытнее, одевались более добротно. Иногда мама делала внушительные покупки: телевизор с линзой, например. Тетю Тосю это царапало. Она поносила маму за глаза, называя кулачкой и хабалкой. Соседи доносили маме. Происходило короткое замыкание, и вспыхивал пожар большого скандала. И выдранные волосы — желтые мамины и темно-русые тети Тосины — летели плавно по всему коридору.

Соседи не вмешивались. Они знали, что летняя гроза прошумит и к вечеру выглянет промытое солнышко. И просветлевшие соседки будут пить крепленое вино. И в самом деле: что им делить? У них была общая участь послевоенных женщин. Молодая жизнь уходила, как дым, в трубу.

***

В двенадцать лет я заболела ревмокардитом и по нескольку месяцев лежала в больнице. В результате я полюбила медицину и мечтала стать врачом.

Ленка не мечтала ни о чем. Жила себе и жила, как собака-дворняга. Хотя у собак всегда есть идея: любовь и преданность своему хозяину. Значит, Ленка — не собака. Другой зверь. Может быть, медведь — спокойный и сильный с длительной зимней спячкой.

Нонна мечтала только об одном — быть артисткой. Ее манило перевоплощение, возможность прожить много жизней внутри одной жизни; изысканно развратная дама с камелиями, ни в чем не повинная Дездемона, идейная Любовь Яровая и так далее — нескончаемый ряд. Невидимый талант стучался в ней, как ребенок во чреве. Но больше всего она хотела сменить среду обитания. Туда, где отдельные квартиры, яркие чувства, возвышенные разговоры. Туда, где слава, любовь и богатство. И благородство. Ну кто же этого не хочет?

Нонна самостоятельно нарыла какой-то драматический кружок и ездила туда на трамвае. А к вечеру возвращалась. Ее провожал намертво влюбленный черноволосый мальчик Андрюша.

Помню картинку, которая впечаталась в мою память: Нонна приближается к дому, ей в лицо дует сильный ветер, оттягивает волосы. Платье подробно облепляет ее тело — бедра, ноги и устье, где ноги сливаются, как две реки. Ничего лишнего, только симметрия, законченность и изящество. Маленький шедевр. Устье — как точка. Создатель поставил точку.

Нонна шла и щурилась от ветра. Ее ресницы дрожали.

Андрюша — пригожий и грустный. Он как будто предчувствует, что Нонна скоро улетит. У нее другие горизонты. Ей нечего делать в этом заводском районе, среди простых и недалеких людей. Она — ананас и должна расцветать среди ананасов — изысканных и благоуханных.

***

Нонна получила аттестат зрелости, уехала в Москву и поступила в театральное училище. Она сразу и резко оторвалась от нас, как журавль от курицы. Журавль — в облаках, а курица только и может, что подпрыгнуть и долететь до забора.

Тетя Тося проговорилась, что в Нонну влюбился декан — профессор по фамилии Царенков.

Наша мама тихо плакала от зависти и от горького осознания: одним все, а другим ничего. Почему такая несправедливость?

Я была искренне рада за Нонну. Если ей выпало такое счастье, значит, оно существует в природе. Счастье — это не миф, а реальность. А реальность доступна каждому, и мне в том числе.

Ленка не обнаружила ни радости, ни зависти. Ей было все равно.

Ленка поступила в педагогический институт, я собиралась в медицинский. Мы готовились пополнять ряды советской интеллигенции.

У меня было одновременно два кавалера. Один — Гарик, веселый и страшнючий, готовый на все. Другой — красивый, но ускользающий, не идущий в руки. Его мама говорила: «Она затаскает тебя по комиссионным. А тебе надо писать диссертацию...»

Ленкина личная жизнь стояла на месте. У нее было по-прежнему сонное выражение лица, никакой заинтересованности. Любовь шла мимо нее, не заглядывая в Ленкину гавань.

Мой первый кавалер Гарик постоянно приходил в наш дом. Не заставал меня и садился ждать. Ленка его развлекала как умела, показывала альбом со своими рисунками. Ее рисунки были однотипны: испанский идальго с высоким трубчатым воротником, в большой шляпе и с усами. Лена рисовала только карандашом и только испанцев. Откуда эта фантазия? Я предполагаю, что в одной из прошлых жизней она была одним из них, жила в Испании, и генетическая память подсовывала эти образы.

Мой первый кавалер Гарик оказался настойчивым. Все ходил и ходил. А меня все не было и не было. И вот однажды я заявилась домой в полночь, распахнула дверь в комнату. Ленка и Гарик разлетелись в разные стороны дивана. «Целовались», — поняла я. Ну и пусть.

Потом нас обокрали. Какая-то пара попросилась переночевать. Они представились как знакомые знакомых. Простодушная мама, ничего не подозревая, пустила людей на одну ночь. Утром мама уехала на работу. Мы разбрелись по институтам.

А сладкая парочка все упаковала и вывезла.

Вечером пришли оперативники и увидели на подоконнике маленький топорик. Они показали его маме. Топорик предназначался мне или Ленке, если бы мы вернулись не вовремя.

Мама поняла, что легко отделалась, и обрадовалась. Однако все, что было нажито: пальто, зимние и осенние, обувь, постельное белье... Сколько карманов надо вышить, сколько сидеть, сгорбившись, чтобы восстановить утраченное.

Мама плакала, но недолго. Моя мама, как кошка, могла упасть с любой высоты и приземлиться на все четыре лапы.

Каким-то образом она сосредоточилась, сгруппировалась, выпросила на работе пособие и сшила нам новые пальто. Ленке фиолетовое. Мне — цвета морской волны. Ленкино пальто прямого покроя шло мне больше, чем мое, расклешенное. Я шантажировала сестру. Я говорила:

— Дай мне надеть твое пальто, иначе я пойду с Гариком на свидание.

Ленка уходила, через минуту возвращалась, неся драгоценное пальто на руке, кидала им в меня и говорила:

— Бери, сволочь...

Я наряжалась и уходила. Действительно, сволочь...

В ту пору я постоянно смотрела на свое отражение в зеркале нашего шкафа. Я постоянно ходила с вывернутой шеей и не могла отвести от себя глаз. Я и сейчас помню себя, отраженную в зеркале в югославской кофте и маленькой бархатной шляпке. Цветущая юность, наивность и ожидание любви.

Любовь тем временем полыхала в Ленкиной душе. Она так же разговаривала, как Гарик, так же поворачивала голову. Она в него перевоплощалась. Это называется «идентификация Я». Ленкино «Я» и Гарика слилось в одно общее «Я».

Он входил в наш дом, и дом тут же наполнялся радостью. Гарик воспринимал жизнь как праздник, карнавал и сам был участником карнавала и заставлял веселиться всех вокруг. Я забыла сказать: он был не только страшнючий, он еще был талантливый, умный, яркий начинающий ученый.

Почему я отдала его Ленке? Но слава Богу, отдала не в чужие руки, а родной сестре.

Однажды Гарик отрезал от своей рубашки две пуговицы, потом разжевал немножко хлеба и, как на клей, налепил пуговицы на глаза гипсового Ломоносова. Этот Ломоносов стоял у нас в виде украшения.

Гарик ничего не сказал и ушел. А вечером мы увидели. Я помню радостное изумление, которое обдало нас, как теплым ветром. Ленка смеялась. И мама смеялась. В ее жизни было так мало веселых сюрпризов...

Я навсегда запомнила эту минуту, хотя что там особенного...

Гарик был творческий парень. Он помог сочинить мне мой самый первый рассказ. Мы просто сидели, болтали, и он выстроил мне схему, конструкцию, сюжет. Писала я, конечно, сама, одна. Но без четкой конструкции все бы рассыпалось.

Нижняя челюсть Гарика немножко выдавалась вперед. В народе это называлось «собачий прикус». Вот, оказывается, в чем дело... Челюсть меня не устраивала. А Ленка не замечала собачьего прикуса. Вернее, замечала, но со знаком плюс. Гарик казался ей законченным красавцем. У него были глубокие умные бархатные глаза с искорками смеха. И выражение лица такое, будто он что-то знает, да не скажет. И, глядя на него, я всегда что-то ждала. Ждала, что он хлопнет в ладоши, крикнет «Ап!» — и все затанцуют и запрыгают, как дети. По поводу чего? А это совершенно не важно. Просто выплескивается радость жизни. Причина — жизнь.

Ленка вышла за Гарика замуж.

Я помню, как наутро после свадьбы Ленка поставила перед ним яичницу из трех яиц. На желтках — белые точки. Оказывается, она перепутала соль с сахаром и посахарила яичницу, что противоестественно. Гарик ничего не сказал. Не сделал замечания. Задумчиво ел сладкую яичницу. Гадость, между прочим...

Царенков сделал Нонне предложение.

Тетя Тося ликовала. Нонна официально перешла в сословие ананасов, при том что мы оставались картошкой.

Царенков, по кличке Царь, принадлежал к творческой элите. А Гарик просто инженер. Этих инженеров, как собак. Палкой кинешь, в инженера попадешь.

В моей маме заметались зависть и радость. Зависть — понятно, ничто так не огорчает, как успех подруги. А радость — тоже понятно. Все-таки мама любила тетю Тосю. Было очевидно, что Нонна окрепнет материально и сможет помочь своей матери. И почему бы тете Тосе не отдохнуть на склоне лет.

Предстояла свадьба. Царю пришлось развестись, что не просто. Он оставил жену и десятилетнюю дочь и ушел на зов любви. Однако любовь — это нечто виртуальное, а дочь — физическое лицо с руками, ногами, и прозрачными слезами, и постоянными вопросами. У Царя был тяжелый период, замешанный на счастье и несчастье. Он строил свое счастье на несчастье близких и дорогих людей. Но по-другому не бывает.

Тетя Тося прикатила на свадьбу.

Царь ей не понравился. Во-первых, старый, старше на двадцать лет. Папашка. Упитанный зад, как у бабы. Все волосы назад, как у Сталина.

Царь был красив в стиле того времени. Тогда все мужчины носили волосы назад, были упитанные, холеные. Что касается зада — какой есть.

Царь разговаривал красивым поставленным баритоном и, как показалось тете Тосе, знал очень много слов. Зачем столько? Слова сыпались из него, как из дырявого ведра. Надо было все переварить. У тети Тоси болела голова. А Нонна понимала каждое слово, задыхалась от восторга и смотрела на Царя светящимися глазами.

Речевое окружение ее детства было убогое, приблизительное, как блеяние овец. А тут — целый симфонический оркестр, гармония и высокая мысль. «За что мне такое счастье?» — не верила Нонна.

Царь, в свою очередь, смотрел на Нонну — хрупкую, как ландыш, доверчивую, как дитя, — и думал: «Неужели это правда?» К нему явилась девушка из низов, мисс Дулитл, не знающая своих возможностей, неограненный бриллиант, похожий на пыльную стекляшку. Царь возьмет этот бриллиант, отчистит, сделает огранку, и драгоценный камень загорится и засверкает всеми огнями. И все только ахнут...

Но у Пигмалиона не было тещи. А у Царенкова — была.

Тетя Тося приглядывалась к будущему зятю своими прищуренными глазами. Что-то ее настораживало. Она решила проверить свои подозрения.

Для этого тетя Тося взяла телефонную книжку Царенкова, нашла телефон его предыдущей жены. Позвонила и назначила встречу.

Тете Тосе хотелось знать правду: в какие руки попадает ее любимая и единственная дочь. А такие мелочи, как беспардонное внедрение в личную жизнь, — это оттенки.

Прошлую жену звали Вита. Вита согласилась прийти.

Разговор состоялся в метро, на станции «Маяковская». Возле одной из колонн. Вита смотрела на тетю Тосю и видела, что баба совсем простая, с шестимесячной завивкой. Значит, дочка не принцесса Уэльская. Ну да ладно...

А тетя Тося видела, что прошлая жена вся крашеная-перекрашеная, яркая и броская, однако рядом с Нонной ей нечего делать. Вита — моложавая, а Нонна — молодая.

— Что вас интересует? — спросила Вита, хотя прекрасно понимала, что именно интересует новую тещу.

— Характеристика, — сказала тетя Тося.

Она была дитя своего времени и знала, что при поступлении на работу нужна характеристика.

— Он бабник и болтун, — коротко сказала Вита.

Тетя Тося даже вздрогнула. Она именно это и подозревала. Ее подозрения подтвердились. Что значит интуиция...

— Есть выражение «Пусти козла в огород...», — продолжила Вита. — Его огород — это его студентки. В артистки идут самые красивые. Так что ему и искать не надо. Все под рукой и всегда готовы. Как пионерки.

— Моя дочь не пионерка, — заступилась тетя Тося.

— Значит, просто очередная жертва. Я вам очень сочувствую и ей тоже.

— А вы артистка? — спросила тетя Тося.

— Это не важно, — не ответила Вита.

— Но может быть, он станет другой... Все-таки у них любовь.

— Он не изменится. В сорок лет люди не меняются. Извините, что я вам это говорю. Но я не хочу притворяться.

Они посмотрели друг на друга.

— А как же вы теперь? — сочувственно спросила тетя Тося.

— В каком смысле? — не поняла Вита.

— Одна... Я знаю, что это такое.

— Я была одна. С ним, — жестко возразила Вита. — Надо было выгнать его пять лет назад. Я жалею, что не сделала этого раньше.

— А если бы вы его не выгнали, он бы не ушел? — уточнила тетя Тося.

— Зачем ему уходить? Все так бы и продолжалось. Ему так удобно.

Тетя Тося моргала глазами. С одной стороны, хорошо, что выгнала. Ее дочь теперь официально выйдет замуж. А с другой стороны, Вита отгрузила неудобного мужа, спихнула Нонне лежалый товар.

К Вите приблизился высокий носатый мужик.

— Сейчас, — сказала ему Вита.

«Любовник, — догадалась тетя Тося. — Во живут...»

В тети Тосиной жизни так давно не было ничего личного. Иначе бы она тут не стояла, не путалась бы под ногами у дочери.

— До свидания, — попрощалась Вита. — Желаю вам всего хорошего...

Тетя Тося мелко закивала, потупившись. Что может быть хорошего с козлом в огороде?

Домой она вернулась убитая.

— Он бабник и болтун, — заявила тетя Тося с порога. — Мне его жена сказала.

— Ты что, встречалась с его женой? — с ужасом спросила Нонна. — Зачем?

— Захотела и встретилась. А что, нельзя?

Нонна заплакала. Ее острые плечики тряслись. Тете Тосе стало жалко свою страдающую птичку. Но ведь и она тоже страдала по-матерински, и ее никто не жалел. Она подошла и обняла Нонну.

— Не плачь. Ты не одна. Я есть у тебя...

— Да при чем тут ты? — Нонна скинула ее руки. — Я люблю своего мужа. А он любит меня. У нас все будет по-другому...

— Из картошки ананаса не вырастет, — упрямо напомнила тетя Тося.

— Зачем ты портишь мою жизнь? У нас счастье... Так нет, тебе обязательно надо подлить говнеца,... Не можешь, чтобы все было хорошо...

— Так я за правду...

— А где она, правда? Ты знаешь?

— И ты не знаешь.

— Правда в том, что я его люблю. И все!

Раздался звонок в дверь. Это вернулся Царь. Он был радостный, благостный и голодный.

Нонна со всех ног кинулась обслуживать Царя. Подала ему закуску, первое и второе. Салатов было два: оливье и витаминный. На десерт — шарлотка и кисель из мороженой вишни. Царь ел с аппетитом. Тетя Тося с ужасом наблюдала: сколько он жрет. За один раз он поглощал дневной рацион взрослого человека. «Боится, что жопа похудеет», — думала тетя Тося. Она не понимала: почему в него влюбляются студентки? Что в нем такого? Лично ей он был почти противен: гладкий, обкатанный, скользкий, как камешек на морском берегу.

Было бы у тети Тоси трое детей, она бы воевала сейчас на другом фронте. А так приходится уйти в запас. А еще столько сил и желаний...

Нонна живо помнила свое детство, коммуналку, скандалы, когда низменные страсти, как вонь от жареной корюшки, поднимались до потолка и наполняли ее жизнь. Как она рвалась оттуда к другим берегам. И вот она ступила на новый берег. И что же? Тетя Тося догнала ее, настигла и принесла с собой все то, от чего Нонна убегала. Значит, от этого никуда не деться?

— Ты когда обратно поедешь? — спросила Нонна.
— А что? — встрепенулась тетя Тося.
— Да ничего. Просто так. Надо же билет купить заранее...
— Свадьбу отыграем, и поедет, — распорядился Царь. — Я заказал ресторан на пятницу.
— Никаких ресторанов! — распорядилась тетя Тося. — Я сама все сделаю.
— Зачем вам уродоваться? — удивился Царь.
— У меня одна дочь. Можно и поуродоваться. Зато какая экономия средств...
— Но... — хотел возразить Царь.
— Не связывайся! — приказала Нонна.
— Ну ладно, — согласился Царь. — Как хотите...

***

Тетя Тося накрыла стол на сорок человек. Столы стояли сдвинутыми в двух маленьких смежных комнатах и занимали все пространство. Гости могли только сидеть, но они и не хотели ничего другого.

Столы ломились от яств. Здесь были золотые гуси с кисло-сладкой тушеной капустой, прозрачный холодец с кружками яиц и звездочками морковки, остро пахнущий чесноком. Самодельная буженина, запеченная баранья нога, темно-коричневая от специй. Паштеты — селедочный и печеночный. Пироги с мясом и капустой. Торт «Наполеон», который не надо было жевать. Он сам растворялся во рту.

Каждое блюдо было сложнопостановочным, требовало времени, усилий и таланта.

Тетя Тося все делала сама, никого не подпускала. Но когда дело было сделано — она потребовала внимания. Уселась в самом центре застолья, говорила тосты, всех перебивала и напилась довольно быстро.

В какую-то минуту у нее перехватили инициативу. Столом завладел театральный критик Понаровский. К нему подключился актер Чиквадзе и с мастерством опытного тамады повел стол, как корабль, разворачивая руль в нужном направлении.

Тетя Тося обиделась, ушла на кухню и стала плакать. Сначала она плакала тихо, потом вспомнила всю свою безрадостную жизнь и прибавила звук. Далее она вспомнила свой разговор с Витой и завыла в полную силу легких. Гости с испуганными лицами стали появляться на кухне.

Нонна приблизилась к тете Тосе и спросила:

— Что случилось?

Но она уже знала, что случалось. Ее мама совершила героический поступок, создала гастрономические шедевры, сэкономила кучу денег, устала, как бурлак. И теперь требовала адекватного вознаграждения: все должны были валяться у нее в ногах и целовать эти ноги. Или хотя бы сказать отдельное витиеватое спасибо. А никто ничего не говорил, как будто так должно быть. Сели, пожрали — и уйдут, оставив гору грязной посуды. А кто будет мыть?

— Я так и знала, — мрачно сказала Нонна. — Сначала будешь надрываться, а потом выдрючиваться.

И это единственные слова, которые она нашла для матери. Нонну устроило бы, если бы ее мать была глухонемая. Все делала и молчала.

В кухню вошел Царь. Обнял тещу за плечи.

— Не расстраивайтесь, — сказал он. — Я понимаю, что трудно расставаться. Но когда-то это происходит с каждым. Ребенок вырастает и вылетает из гнезда. Закон жизни...

Царь еще не вник в особенности характера новой тещи и рассуждал философски, со своей колокольни.

Тетю Тосю уложили спать у соседей. Свадьба продолжалась. Нонна верила и не верила. Неужели это правда? Неужели она — девчонка с рабочей окраины — жена великого маэстро и сама — будущая звезда? А впереди — длинная жизнь об руку с любимым и единственным. Только он. Только она. Вместе и навсегда. Как Орлова и Александров. А прошлое, вместе с людьми, потонет в пучине памяти, как корабль в пучине волн. И в эту пучину попадали я, и Ленка, и наша мама, и вся коммуналка с соседями, и дядя Федор — ее дядька, и прочие родственники. Все без исключения.

Нонна начинала новую жизнь, входила в новое пространство и вытирала у порога ноги, снимая грязь с подошв.

В нашем доме тоже происходили события. Лена ходила беременная. Гарик, будущий папаша, все время радовался жизни. Ему нравилось все: и хорошая погода и плохая, и наличие денег и отсутствие. Он всегда находил повод чему-то обрадоваться. У него была манера: он смеялся, как будто немножко давился. Так он и стоит у меня перед глазами, давящийся от смеха. И только иногда он становился суровым, когда смотрел на фотокарточку своего отца. Крупный, красивый, со светлым лицом, отец смотрел перед собой спокойным взором.

Гарик скупо поведал, что в 37-м году отца посадили и в тюрьме пытали. Он знал как: ему раздавили яйца. Потом отдали домой умирать. Ночью на носилках его тащили на пятый этаж без лифта.

— А за что? — наивно спросила я.
— Он как специалист ездил в Германию, — ответил Гарик.
— И что? — не поняла я.
— Посадили как шпиона.
— А он по собственной инициативе ездил в эту Германию?
— Почему? Его послали по работе.
— Тогда почему посадили?

Я не понимала особенностей нашей страны и ее истории.

Не понимать — в этом было наше спасение. Потому что если понять — во весь рост встанет победа Дьявола, победа ЗЛА над здравым смыслом.

Мою семью не коснулись репрессии. Мои родители были слишком маленькие сошки. Их просто не заметили.

Я не обращала внимания на победу ЗЛА. Я, конечно, слышала: где-то, у кого-то... Но меня это не касалось. Я жила легко. Училась в музыкальном училище и крутила одновременно два романа.

Мой главный роман буксовал, как тяжелый грузовик. Колеса проворачивались, а с места не сдвигались. Его мама была против, а он не хотел огорчать маму. Он был Мамсик. Но меня он любил всей силой своей неокрепшей души.

Мне надоело. Я вышла замуж за мальчика из Москвы. Вся история заняла неделю. Амур выпустил стрелу. Несколько дней я бегала, схватившись за сердце. И загс. Запись актов гражданского состояния.

Я заметила, что когда складывается — складывается сразу. Или не складывается никогда. Если колеса буксуют — не жди. Иди в другую сторону. Значит, небо не хочет.

Я переехала в Москву. Моя мамочка тоже приехала в Москву на свадьбу. И тоже накрыла стол. Правда, ресторанов никто не предлагал. Все делалось своими силами. Те же гуси, тот же «Наполеон». И похожие смежные комнаты по четырнадцать метров. Вернее, одна, разделенная перегородкой пополам.

Родители моего мужа — комсомольцы тридцатых годов. Чистые люди, одураченные идеологией. Как слепые шли за поводырем. Замечено, что историей правят Злодеи. И в личной жизни тоже выигрывают сволочи. Наверное, у сволочей и злодеев более сильный мотор.

Я запомнила, что во время свадьбы отец мужа, мой свекор, сидел на стуле перед магнитофоном и громко пел вместе с Трошиным «Подмосковные вечера». Трошин на магнитофонной ленте, а свекор — вживую.

Моя мамочка тихонько сидела на свадьбе и не высовывалась. Она осознавала, что попала в профессорскую семью и должна знать свое место. «Унижение — паче гордости».

Унижение — это тоже гордость на самом деле.

Для того чтобы сделать достойный подарок жениху, моя бедная мамочка спорола со своего зимнего пальто норковый воротник. И продала кому-то из соседей. Этих денег хватило на позолоченные запонки.

Пальто без воротника выглядело сиротливо, и мама связала воротник крючком из толстой шерсти. Вязаный воротник унижал пальто, но мама беспечно сказала:

— Какая разница... Все равно никто не смотрит. Раньше наденешь любую тряпку, все оборачиваются. А сейчас посмотрят и подумают: «Аккуратненькая старушка...»

Это выражение запомнилось.

...Сейчас, примеряя очередную обновку, я смотрю на себя в зеркало. Старости нет. Но и сверкания юности тоже нет. Я мысленно говорю себе: совсем не плохо, аккуратненькая старушка...

Свадьба прошла весело и благостно. Свекровь напилась и громко хохотала. Под конец друг моего мужа заснул в уборной, и туда никто не мог попасть. Кажется, ломали дверь.

***

Мамсика я встретила через год в московском метро. Я даже не поверила своим глазам. Что он тут делает?

Он увидел меня, подлетел и с ходу стал рассказывать: зачем он в Москве. Он искал правду в вышестоящих инстанциях. В чем состояла эта правда, я не вникала.

На его верхней губе искрились капельки пота. Он волновался, ему было очень важно рассказать.

Подошел мой поезд, и я, не попрощавшись, шмыгнула в вагон. Я торопилась.

Поезд тронулся. Моя первая любовь ошарашенно провожала глазами бегущие вагоны. Я продемонстрировала полное равнодушие, невнимание и даже хамство. Но я ничего не демонстрировала. Я торопилась. У меня была своя жизнь. И все, что связано с этим человеком, перестало быть интересным.

Ужас! Куда уходит вещество любви? А ведь была любовь, и какая... Всеобъемлющая. Одухотворенная. И где она?

Наверное, все имеет свой конец. Даже жизнь. А тем более чувство...

У нас с мужем нет жилья. Мы снимаем комнату в двухэтажном доме возле Белорусского вокзала. Вокруг много таких домов барачного типа.

Живем вместе с хозяйкой, вдовой-генеральшей. Я подозреваю, ее муж был не выше капитана, иначе у них было бы другое жилье. Но ей хочется называть себя генеральшей, а мне все равно.

Она почти лысая. Череп просвечивает сквозь легкие светлые волосы. Зубы — пародонтозные, вылезшие из своих гнезд, цвета старой кости.

Фигура — вся в кучу, сиськи у колен, жопа на спине.

Я смотрю на нее с брезгливым ужасом: неужели не стыдно существовать в таком виде? Это даже невежливо. Неуважение к окружающим. Но я молчу.

Старики бывают красивыми, но это редко. Природа не заботится о человеке. Он нужен природе до тех пор, пока репродуцирует, то есть рожает. А потом природа отодвигает его рукой и говорит: «Пошел на фиг». И старик идет на фиг, трудно передвигаясь на своих изношенных суставах, со своими ржавыми сосудами, увядшим ртом, стянутым, как кисет.

Я смотрю на старую генеральшу и думаю: со мной это случится не скоро. Или не случится никогда. Люди что-нибудь придумают, прервут фактор старения, и я навсегда останусь такой, как сейчас: бездна энергии, легкое тело, новенькая кожа, манящее излучение...

Вместе с нами живет собака овчарка. Это собака старухи — злобная, строгая зверюга. Она обожает моего мужа. Она признала в нем хозяина. И если мой муж ходит по комнате из угла в угол, собака следует за ним след в след.

Меня она презирает. Я для нее что-то вроде кошки, которую можно не учитывать, а желательно порвать. Я слышу неприязнь собаки и боюсь ее.

Я веду хор в общеобразовательной школе. Дети меня не слушаются. В грош не ставят. Как говорит одна знакомая: «Ты не умеешь себя поставить». И это правда.

И сейчас, будучи раскрученным писателем, которого читают даже в Китае, я по-прежнему не умею себя поставить. Меня ценят только те, кто меня не знает. Читатели домысливают мой образ. А близкие не ставят ни в грош. Наверное, это какой-то дефект воли.

На моих занятиях творится черт знает что. Я возвращаюсь домой удрученная. Мой синеглазый муж встречает меня на автобусной остановке. Он смотрит мне в лицо и все понимает. Он говорит:

— Не обращай внимания, я у тебя есть, и все...

И это правда. Он у меня есть. Но этого мало. Надо, чтобы я тоже была у себя. А меня у меня нет.

Это была эпоха перед большим взрывом. Существует гипотеза возникновения Вселенной в результате большого взрыва. Взрыв — и сразу возникло все: и Земля, и жизнь, и Космос, и Бог.

По этой схеме выстроилась и моя жизнь. Публикация первого рассказа — и сразу все. Меня приняли в Союз писателей, кинематографистов, выпустили книгу, заказали фильм, выдали славу и деньги, а главное — меня саму. Мне предоставили меня.

Когда что-то складывается, складывается сразу. Или никогда...

Мы с мужем идем в театр. Я помыла голову непосредственно перед спектаклем. И тут же похорошела. Я удивительно хорошею после мытья головы. Кожа на лице становится нежная и прозрачная, как у японки. Прическа — «бабетта», под Брижит Бардо. Тогда все так носили.

Позже появится прическа «колдунья», под Марину Влади. Прямые белые волосы и челка.

Ни одна наша отечественная актриса не оказала такого влияния на моду, как Брижит Бардо.

Она сочетала в себе детскую беззащитность и рафинированный разврат. Испорченное дитя. Именно тот образ, который сотрясает мужские сердца. А Марина Влади звала за собой на подвиг и преступление. Любой мужчина готов был все бросить и пойти за ней босиком по снегу. Включалось бессознательное.

Наши актрисы были не менее красивы, но за ними стояло словосочетание «положительный образ». А это убивало бессознательное.

Итак, я начесала «бабетту», и мы с мужем отправились в театр.

Атмосфера театра в те времена была другой, чем сегодня. Раньше в театр наряжались, брали с собой сменную обувь. Ходили людей посмотреть и себя показать. Себя показать в лучшем виде — это обязательно. Во время антрактов чинно прогуливались.

Сегодня в театр никто не наряжается. Приходят глотнуть духовности. И если вдруг появится девица в декольте и на каблуках, то воспринимается как дура. Зимой, в декольте...

Мы с мужем, принаряженные, прогуливались в фойе по кругу, и вдруг я увидела Нонну. Она шла целеустремленно, деловым шагом, — хозяйка театра. Может быть, она направлялась за кулисы.

Увидев подругу детства, я метнулась в ее сторону, чтобы внезапно возникнуть, удивить, завизжать от радости и крепко обняться.

Я почти добежала и вдруг резко затормозила. Нонна увидела меня, узнала и протянула руку лодочкой, дескать, «Здравствуй». Она определила дистанцию в полметра, на расстояние вытянутой руки, и мне ничего не осталось, как остановиться и пожать ее протянутые пальцы.

Я наткнулась на ее официальное лицо, холодный кивок. Дескать: помню, помню, но не более того.

Я хотела что-то спросить, но все вопросы вылетели из головы. У меня было чувство, будто мне плюнули в рожу. В общем, так оно и было. Нонна плюнула в наше детство, в наши игры и юные мечты. Она все перечеркнула и похерила! Похерить — это значит перечеркнуть страницу крест-накрест.

Я вернулась в зал на свое место. Мой муж не понимал: отчего у меня вдруг испортилось настроение. В чем он виноват?

А он был виноват в том, что он не профессор, не народный, не заслуженный и не козырный туз. Просто карта в колоде, один из многих.

Он был, конечно, честен, порядочен, хорош собой, умел держать свое слово, красиво ел, красиво любил, свободно ориентировался в профессии. От него всегда хорошо пахло, и рядом с ним я была спокойна и счастлива.

Тогда мне казалось, что это не достоинства. Достоинство — это публичность. Чтобы все узнавали и замирали в восторге. А когда муж никто и я — никто, то мы как песчинки устремляемся в потоке времени и летим в НИКУДА. Время нас смоет, не оставив следа. Тогда зачем ВСЕ?

Спектакль шел себе. Кажется, это была пьеса Горького «На дне». Замечательный текст. Горький — великий драматург. Напрасно вернулся с Капри. Там было весело, тепло и безопасно.

Я сидела, поникшая, поскольку я была безликая песчинка, просто листочек на дереве, один среди многих.

Потом со временем понимаешь: как хорошо быть листочком на хорошем дереве, шелестеть среди себе подобных. Жизнь шире, чем театр и чем литература. А публичность — не что иное, как суета сует.

А шелестеть под небом, быть среди других и при этом — сам по себе, ни от кого не зависим, — вот оно, подлинное счастье.

Но это я понимаю теперь.

Тетя Тося скучала без своей Нонны и постоянно наезжала в Москву. Моя мамочка попросила ее однажды передать для меня платье.

Тетя Тося согласилась. Приехав в Москву, она позвонила мне и сообщила свой адрес. Я поехала за платьем.

Я долго искала этот Лялин переулок и наконец нашла. Я поднималась по мрачной лестнице. Звонила три звонка.

Дверь открыла тетя Тося и провела меня в свои апартаменты.

Царенкову и Нонне принадлежали две смежные комнаты в малонаселенной коммуналке.

Я ступила на порог и ослепла от роскоши. Две собственные комнаты: спальня и гостиная. Ни тебе старух, ни собак. Чистота и уют, статуэтки — фарфоровые дамы и кавалеры в фарфоровых кружевах. В спальне — широкая кровать, а над ней портрет Нонны, где она с голыми плечами, взгляд из-под бровей...

Тетя Тося вручила мне платье. Я его тут же надела. Это было немецкое платье — красное, в черную клетку. Юбка широкая, под жесткий пояс. Верх узкий, застегнутый на крупные пуговицы, обтянутые этим же материалом.

Тетя Тося посмотрела и сказала:

— Влитое, как на тебя.

А Нонна даже не посмотрела. Она куда-то собиралась, и тетя Тося что-то подшивала прямо на ней. Тетя Тося поворачивала свою дочку за талию. Нонна вертелась под ее руками. Я стояла и слышала, как тетя Тося ее любит. Эта любовь поднималась над ними горячей волной, как восходящий поток. И Нонна могла бы воспарить под потолок, раскинув руки. И не упала бы. Так и парила.

А я стояла и смотрела на них в глубокой тоске — одинокая и сиротливая, хоть и в новом платье. Мамино платье — это тоже часть ее любви и заботы. Но что такое мое платье рядом с достижениями Нонны.

Царенкова не было дома, но он незримо присутствовал. Нонна хлопотала над своей красотой для своего Царя, а челядь (тетя Тося) преданно служила и ползала у ее ног, выравнивая подол юбки.

Я вернулась домой и легла. К вечеру у меня поднялась температура до 39 градусов. При этом я не была простужена. У меня не было вируса. Ничего не болело.

Вызвали врача. Он ничего не нашел. Никто не мог понять, кроме меня. Я поняла. Это зависть. Организм реагировал на стресс, вызванный острой завистью.

Ночью я проснулась совершенно здоровой. На потолке висела паутина. По ней шел паук, доделывал свою работу. Я не боюсь пауков, они милые и изящные, талантливо придуманные. Я смотрела на паука и мысленно поклялась: у меня тоже будет своя комната в коммуналке. И даже две. Об отдельной квартире я не смела мечтать. Это слишком. Надо ставить реальные задачи, итак, две комнаты в коммуналке, собственная собака, которая будет считать меня хозяйкой. А еще я брошу свою общеобразовательную школу и уйду навстречу всем ветрам. Навстречу славе... Я, как чеховская Нина Заречная, бредила о славе и готова была заплатить за нее любую цену.

Возле моего дома в десяти минутах ходьбы стоял Литературный институт. Это было старое красивое здание со своей историей. Меня туда пускали. Почему? Непонятно.

Я ходила на семинар Льва Кассиля. Он разрешал мне присутствовать. Я садилась в уголочек и слушала.

Это был семинар прозы. Студенты обсуждали рассказы друг друга. Кто-то один читал рассказ, на это уходило двадцать минут. А остальные двадцать пять минут тратились на обсуждение. Каждый высказывал свое мнение.

Мне казалось, что автор рассказа по окончании обсуждения должен достать револьвер и застрелиться. Или перестрелять обидчиков. Но нет...

Обсуждение заканчивалось, и все тут же о нем забывали, как будто переключали кнопку на другую программу.

Однажды я попросила разрешения прочитать свой рассказ. Мне разрешили. Рассказ назывался «Про гусей». О том, как гусенок случайно выбрался из своего загона и попал в большой мир.

Слушали терпеливо. В конце все молчали. Стояла насыщенная тишина. Лев Кассиль сказал:

— Что-то есть...

Все согласились. Чего-то не хватает, но что-то есть. И то, что ЕСТЬ, гораздо перевешивает то, чего не хватает.

Я шла по литературе на ощупь. Искала себя. «А кто ищет, тот всегда найдет», — так пелось в песне. А еще там пелось: «Кто хочет, тот добьется».

Какой был бы ужас, если бы я не принесла клятву пауку и навсегда осталась преподавателем хора: сопрано, альты, басы, терции, кварты, квинты, чистый унисон! Боже мой, неужели это кому-то может нравиться...

***

Царенков ставил со студентами «Чайку», и его интересовал Чехов как человек. Он высаживался перед аудиторией, помещал ногу на ногу и начинал размышлять вслух:

— Чехов по повышенной требовательности к себе напоминал собою англичанина. Но это не мешало ему быть насквозь русским, и даже более русским, чем большинство русских. Большинство — неряхи, лентяи, кисляи и воображают даже, что это-то и есть наша национальная черта. А это — сущий вздор. В неряшестве расползается всякий стиль. «Авось» и «как-нибудь» — это значит отсутствие всякой физиономии. Повышенная же требовательность есть повышенная индивидуальность. Чехов — прообраз будущего русского человека. Вот какими будут русские, когда они окончательно сделаются европейцами... Не утрачивая милой легкости славянской души, они доведут ее до изящества. Не потеряв добродушия и юмора, они сбросят только цинизм. Не расставаясь со своей природой, они только очистят ее. Русский европеец — я его представляю себе существом трезвым, воспитанным, изящным, добрым и в то же время много и превосходно работающим...

— Как вы, — вставила красивая Маргошка Черникова.

— А что? — Царенков не понял: это поддержка или насмешка?

— Ничего, — ответила Марго. — У нас что, мало воспитанных и талантливых?

— Мало, — заметил Царенков. — Если талант, то обязательно пьющий. Русскому характеру нужно пространство во все стороны. И в сторону подвига, и в сторону безобразий. Водка раздвигает границы пространства, делает их безграничными.

Ему хотелось домой. Он скучал по своей Нонне. И даже дома, сидя с ней рядом на диване, он скучал по ней. Какие-то тропы в ее душе и теле оставались непознанными.

***

Царенкову нравилось брать жену на руки и носить из угла в угол. Нонна боялась, что он ее уронит, и крепко держалась за шею. Он чувствовал в руках ее живую теплую тяжесть. Приговаривал:

— Не бойся... Я тебя не уроню, и не брошу, и не потеряю...

— Боюсь... — шептала Нонна. — Уронишь, бросишь, потеряешь...

Это было лучшее время их жизни.

В Ленинграде все шло своим чередом. Гарик защитил кандидатскую диссертацию, мама накрывала стол. Ресторан отменили из экономии средств. Главная еда — холодец с хреном и рыба в томате. Рыба — треска. Все ели и пили, а потом пели и плясали.

Пьяный Гарик настойчиво ухаживал за Ленкиной школьной подругой Флорой. Ленка сидела беременная, с торчащим животом, насупившись. Ей было неудобно одергивать мужа при всех, а муж вел себя как последний прохвост, хоть и кандидат.

Моя мама смотрела-смотрела, да и вышибла Флору из дома. Мама вызвала ее в прихожую, вручила ей пальто и открыла входную дверь.

— А я при чем? — обиделась Флора. — Это он...

— А ты ни при чем, да?

Гарик обиделся за Флору и побежал за ней следом. Ленка громко зарыдала басом. Вечер был испорчен.

На другой день состоялось объяснение сторон.

Гарик спросил у тещи:

— Мамаша, что вы лезете не в свои дела?

— Моя дочь — это мои дела, — ответила мама.

— Ваша дочь выросла и сама уже мать. Не лезьте в нашу жизнь.

Ленка молчала. Она любила мужа и боялась мать.

— Делайте что хотите, — постановила мама. — Но не на моих глазах.

Через несколько дней Лена и Гарик переехали к его матери. Ленка оказалась в одном доме со свекровью.

У свекрови оказался однотонный голос, как гудок. И она гудела и гудела с утра до вечера. Текст был вполне нормальный, не глупый, но голос... Лена запиралась в ванной комнате и сидела там, глядя в стену.

А Флора испарилась, будто ее и не было.

Гарик был снова весел. Он любил жизнь саму по себе и не тратил времени на сомнения, на уныния и на плохое настроение.

Он купил Ленке шляпку, похожую на маленький церковный купол. Ему нравилась Ленка в шляпке, и он бубнил, потирая руки:

— «Корову сию не продам никому, такая скотина нужна самому...»

И все вокруг смеялись — не потому что фраза смешна, а потому что смех был заложен в самом Гарике. Он был носитель радости. С вкраплением свинства. Всякая палка имеет два конца. И если на одном конце — радость, то на другом — горе. И так всегда. Или почти всегда.

Нонна окончила театральное училище. Ее пригласили сниматься в кино. Роль не главная, но вторая.

Впереди сияла блестящая карьера, однако произошла отсрочка. Нонна забеременела. Жизнь в корне менялась. Два года вылетали, как птицы.

Встал вопрос о няньке. Страшно доверять беспомощное дитя чужому человеку. На первый план выплыла кандидатура тети Тоси. Кто ж еще?

Нонна задумалась. Замаячили дурные предчувствия. Но что может быть важнее ребенка?

Начался размен. И завершился размен. Тетя Тося получила комнату в двенадцать квадратных метров вместо своей двадцатиметровой. Потеря площади. Но ведь и Москва не Ленинград. Все-таки столица...

Тетя Тося переселилась в Лялин переулок.

В роддом она не поехала, было много дел по дому. Когда раздался звонок в дверь, она ринулась открывать. И на пороге встретила своего внука, имя было заготовлено заранее: Антошка.

У Царенкова это был второй ребенок. У Веты осталась тринадцатилетняя дочь. А у Нонны и тети Тоси — первый и единственный сын и внук. И они на пару сошли с ума от всеобъемлющего чувства.

Царенков отошел на второй план. Он уже воспринимался не как Царь, а как источник грязи и инфекции. Угроза для Антошки.

Ему выделили отдельную ложку и кружку, как заразному больному, и заставляли принимать ванну по три раза в день.

Царенков подчинился, но вскоре утомился. Он, конечно, любил наследника, но еще больше он любил свою профессию, себя в профессии и профессию в себе. Короче, себя во всех вариантах.

Он любил садиться в кресло и громко разглагольствовать, положив ногу на ногу.

Последнее время его интересовала связь искусства с политикой.

— Когда Хрущев разрешил критику Сталина, возникла традиция: противопоставлять серого Сталина образованному Ленину, предпочитавшему не вмешиваться в сферы искусства. А все как раз наоборот.

— Разве? — удивлялась Нонна, сцеживая лишнее молоко. У нее болели соски, но она понимала, что мужу нужен собеседник.

— Сталин, будучи культурным неофитом, на всю жизнь сохранил уважение к высокой культуре и ее творцам. У Ленина же подобный пиетет отсутствовал наглухо.

Появлялась тетя Тося и говорила:

— Прибей полочку...

— Ленин писал Луначарскому: «Все театры советую положить в гроб». Он их терпеть не мог, не высиживал ни одного спектакля до конца. Опера и балет были для него помещичьей культурой. Для Сталина же посещение опер и балетов было одним из главных жизненных удовольствий.

— Прибей полочку, пока ребенок не спит, — торопила тетя Тося.

— А вам не интересно то, что я говорю? — спрашивал Царенков.

Тете Тосе были не интересны вожди, которые умерли. Ей важен был взрастающий внук. Вот кто настоящий царь.

— Если Антошка заснет, молотком не постучишь, — объясняла тетя Тося.

— Но я не умею вешать полочку.

— Ты просто забей гвоздь. Я сама повешу.

— Но я не умею забивать гвозди. Я их никогда не забивал.

— Да что тут уметь... Дал два раза молотком по шляпке, и все дела.

— Вот и дайте сами. Или позовите кого-нибудь, кто умеет...

— Какой же ты мужик? — удивлялась тетя Тося. — Языком звенишь, как в колокол, а гвоздя забить не можешь.

— Мама, — вмешивалась Нонна. — Лева — профессор. Зачем ему гвозди забивать?

Тетя Тося звала соседа, который за стакан водки забивал два гвоздя и вешал полочку.

— Ну что? — спрашивал Царенков. — Вышли из положения?

— А что бы с тобой случилось, если бы прибил?

Нонна выводила мать на лестничную площадку и сжимала руки перед грудью.

— Мамочка, оставь Леву в покое. Он личность. Мы все должны его уважать.

— А я кто? — вопрошала тетя Тося. — Говно на лопате?

— Он работает. Он всех нас содержит.

— А я не работаю? Верчусь с утра до вечера как белка в колесе. И хоть бы кто спасибо сказал.

— Хочешь, уезжай на выходные к себе в комнату. Отдохни. И мы отдохнем.

Тетя Тося выдерживала паузу, глядя на дочь бессмысленным взором, а потом начинала громко рыдать, выкрикивая упреки.

Из соседних квартир выглядывали соседи. Нонна готова была провалиться сквозь землю.

Выходил Царенков. Строго спрашивая:

— В чем дело?

Нонна торопливо уходила в дом, бросив мать на лестнице. Царенков уходил следом за Нонной.

Им обоим не приходило в голову, что такие конфликты легко разрешаются лаской. Надо было просто обнять тетю Тосю за плечи и сказать теплые слова, типа «труженица ты наша, пчелка полосатая...».

Тетя Тося трудилась как пчелка и жужжала и жалила как пчела. Но она созидала. И хотела поощрения своему труду, хотя бы словесного. Но Нонна была занята только мужем. Царенков — только собой. И бедной тете Тосе только и оставалось выть на лестнице, взывать к сочувствию.

Она и выла. Нонна говорила:

— Я пойду за ней.

Царенков запрещал.

— Пусть останется за дверью. Ей скоро надоест.

Он воспитывал тещу, как ребенка. А ее надо было просто любить.

Любить тетю Тосю было трудно.

Она часто звонила мне по утрам и делилась впечатлениями.

— Представляешь? Я вчера туалет полдня драила. А сегодня смотрю: в унитазе жирное пятно. Он что, в жопу свечи вставляет?

— Тетя Тося, — строго одергивала я. — Ну что вы такое говорите? Царенков — известная в Москве фигура. Жить рядом с выдающимся человеком и замечать только унитаз...

— Брось! — одергивала меня тетя Тося. — Вот у тебя муж... Мне бы такого зятя, был бы мне сыночек...

Мой муж был ей понятен. А Царенков — чужд.

— Я ему не верю, — жаловалась тетя Тося. — Он как фальшивый рубль. Вроде деньги, а ничего не купишь.

— Но ведь Нонна его любит, — выкидывала я основной козырь.

— Любит... Потому что дура.

— Не дура. Царенков — блестящий человек.

— Не все то золото, что блестит.

Тетя Тося не понимала: как можно любить Царенкова — болтуна и бабника, фальшивую монету.

— Да ладно, тетя Тося, у других еще хуже, — примиряюще говорила я.

Чужие беды действовали на тетю Тосю благотворно. Они примиряли ее с действительностью.

Моя сестра Ленка жила у свекрови, но это оказалось еще хуже, чем у матери. Она вернулась обратно. Ее муж Гарик остался дома со своей мамой. Все разошлись по своим мамам. Ленка и Гарик еще не выросли, и это не зависит от возраста. Можно не вырасти никогда.

Жизненные успехи Нонны не давали мне покоя, и я тоже решила поступить в театральную студию и стать артисткой. Тем более что у меня в этом мире образовалось весомое знакомство: Царенков.

Я попросила Царенкова меня послушать. Нонна дала мне время: среда, одиннадцать утра, аудитория номер семь.

— Только не опаздывай, — строго приказала Нонна. — Ему к двенадцати надо быть у врача.

— А что с ним? — участливо спросила я.

— Не важно, — отмахнулась Нонна, и я догадалась: геморрой.

Но это не мое дело, а тети Тосино. Ровно в одиннадцать утра я была на месте, в аудитории номер семь. Чтобы понравиться Царенкову, я надела шапку из рыси. Мех увеличивал голову, я была похожа на татарина.

— Что ты будешь читать? — спросил Царенков.

— Монолог Сони из «Дяди Вани». Антон Павлович Чехов, — уточнила я.

— Это понятно.

Царенков приготовился слушать.

Я была вполне кокетливая девица, но с ним не кокетничала. Я его не чувствовала. Холеный, но не обаятельный.

— Он ничего не сказал мне, — начала я. — Его душа и сердце все еще скрыты от меня. Но отчего я чувствую себя такою счастливою?..

Я сделала паузу, как будто слушала свое счастье.

— Ах, как жаль, что я не красива!.. — с тоской воскликнула я.

Эти слова принадлежали Соне, а не мне. Я-то знала про себя, что я вполне красива и более того. Я — неисчерпаема. И поэтому было особенно сладко произносить: «Ах, как жаль, что я не красива...»

Я стискивала руки, и легкий мех рыси вздрагивал над моим лбом.

Царенков выслушал от начала до конца. Встал со стула. Прошелся из угла в угол. Потом обернулся ко мне и сказал:

— Ваши способности равны нулю с тенденцией к минус единице. Поищите себя на другом поприще.

Я спокойно выслушала и не поверила. Я чувствовала, что во мне что-то есть. Я заподозрила, что это Нонна накрутила мужа против часовой стрелки, не захотела конкуренции! И второй вариант: он ничего не понимает. Мало ли профессоров, которые ничего не понимают. Фальшивый рубль.

Я убралась восвояси.

Я решила пойти другим путем: поступить во ВГИК на сценарный факультет. Стать сценаристом и самой написать себе роль.

Я именно так и поступила. Подала документы во ВГИК. Стала поступать. Мой муж нервничал. Он не хотел, чтобы я шла в кино, где вольные нравы и большие соблазны. Он хотел, чтобы я была только его, а он — только мой. Лучше жить в сторонке от ярких ламп, от славы и денег, которые, как известно, портят человека.

Но мне хотелось именно яркого освещения, яркого существования, славы и денег, которые ходят парой.

У нас с мужем были разные ценности. Его мама, моя свекровь, переживала за своего сына. Она понимала, что, выпустив меня из загона, как гусенка, он меня потом не поймает. Но она понимала и меня. И держала мою сторону. Она умела подняться над родовыми интересами и этим очень сильно отличалась от тети Тоси.

Я провалилась во ВГИКе. После провала я вернулась домой. Вместо сумки у меня был красный чемоданчик, аналог современного кейса. Я вошла в комнату. Вся семья обедала за столом. Они перестали жевать и остановили на мне вопрошающий взор.

Я должна была сказать: «Я провалилась. Можете радоваться».

Или без «радоваться». Просто провалилась. Но я не могла это выговорить.

Я бросила свой красный чемоданчик о стену и взвыла. И упала на кровать лицом в подушку. И выла в подушку, приглушенно, но душераздирающе.

Мой муж и его семья: папа, мама и сестра — молча переглянулись, тихо поднялись и стали надо мной, как маленькая стая над поверженной птицей.

Они искренне сострадали моему горю и отдали бы все, только чтобы я не выла так горько.

Вечером свекровь привела соседку, которая хорошо гадала на картах.

Соседка раскинула карты и сказала:

— Сначала ты не поступишь. Вон черная карта. Это удар. Но потом благородный король будет иметь разговор, и тебя примут. Вот король. Вот исполнение желаний.

Все с надеждой смотрели на гадалку. Всем хотелось, чтобы ее слова сбылись. И они сбылись.

Я действительно обратилась к благородному королю, он имел беседу с ректором ВГИКа, и меня взяли. Я поступила в институт кинематографии.

Сейчас я понимаю: институт ничему не мог меня научить. Невозможно научить таланту. Но институт очертил мой круг. Этот круг говорил: «Пойдешь туда, знаешь куда. Принесешь то, знаешь что...»

И я пошла.

Мой муж был рад за меня. Он переступил через себя. И свекровь тоже была рада. Она понимала: никого не надо подчинять и переделывать. Свобода — это составная часть счастья.

Впоследствии свекровь мне говорила:

— Ты сама себя сделала...

Она не преувеличивала мои победы, но и не преуменьшала. Она сама по себе была очень неординарным человеком. А «чем интереснее человек, тем больше интересных умов видит он вокруг себя». Чья это мысль? Не помню. Но не все ли равно?

— Представляешь? — Голос тети Тоси в трубке был хрипловатым и мстительным. — Я сегодня вижу, он стоит перед зеркальным шкафом и смотрит на себя во весь рост.

— Голый? — не поняла я.

— Почему голый? В костюме. На работу собрался. Волосы причесал мокрой расческой. А в расческе вата.

— Зачем?

— Чтобы перхоть снять.

— Ну так хорошо, — говорю.

— Расчесал. Стоит, смотрит. Я думаю: чего это он смотрит? А он расстегнул ширинку и переложил яйца с одной ноги на другую.

— Какие яйца? — не поняла я.

— Ну какие у мужиков яйца?

— О Боже! — догадалась я. — Куда вы смотрите?

— А потом взял и положил обратно. Как было, — продолжала тетя Тося.

— А зачем?

— Ну, чтоб красивше было.

— Человек выступает перед аудиторией, перед молодыми студентками. Он не должен упустить ни одной мелочи. Что тут особенного? — заступилась я.

— Скажи, зачем женатому человеку перекладывать яйца с места на место? Кому он хочет нравиться? Поверь моему слову: он бабник. Он бросит мою Нонну. Стряхнет, как сопли с пальцев. Вот увидишь!

Я содрогнулась от такой участи.

— Во-первых, не бросит, — возразила я. — А если и бросит, то из-за вас. Вы устраиваете из их жизни гадючник.

— Я? — искренне изумляется тетя Тося. — Да я кружусь, как цирковая лошадь. Все на мне. Что бы они без меня делали? Засрались бы по уши.

— Вот если бы вы все делали и при этом молчали бы, — помечтала я.

— Ну да... бессловесная тварь...

Я понимала: тетя Тося видит мир через закопченное стекло. Такое у нее видение. И еще — потребность конфликта. Конфликт создает драматургию. А без драматургии жизнь пресна, неподвижна, как стоячее болото.

— Как Антошка? — переводила я стрелку.

Голос тут же менялся. Тетя Тося уже не говорила, а пела, выпевала гимн своему маленькому божеству.

— Я ему говорю: «Антошечка...» А он смотрит на меня и: «Баба-зяба...»

— А что это такое?

— Баба-жаба, — переводит тетя Тося. — Умница. Представляешь, так сказать...

От внука тетя Тося готова слышать все, что угодно. Ее сердце полно любви, счастья и смысла.

Дом со старухой пошел на слом, и мы вернулись к родителям мужа. Я училась во ВГИКе, работала, преподавала два дня в неделю. У меня было пятнадцать учеников, они шли один за другим. Я не успевала поесть.

Я возвращалась домой уставшая, просто никакая. Произносила одно только слово «жрать!» и падала на стул.

Моя свекровь тут же начинала метать на стол тарелки. А мой свекор садился напротив и смотрел, как я ем. Это был театр.

Я поглощала еду, как пылесос, втягивая в себя все, что стояло на столе. Я ела вдохновенно и страстно, наслаждаясь процессом. И через еду открывалась моя суть — простодушная, страстная и первобытная.

Отец моего мужа искренне радовался за меня: была голодная, стала сытая. Отвалилась. Счастье.

А свекровь видела больше других. Она понимала, что я беру на себя больше, чем могу поднять. Я учусь, работаю, зарабатываю. Она знала мне цену, и цена эта была высока. Я чувствовала ее отношение и любила в ответ.

Они стали моей семьей.

Время шло. Царенков получил отдельную трехкомнатную квартиру в центре.

У тети Тоси образовалась своя комната. У Нонны и Царенкова — своя спальня. И большая комната — зала, как называла ее тетя Тося.

В зале стоял телевизор, обеденный стол. Сюда набивались гости.

В дни приемов тетя Тося жарила блины, и уже к блинам все остальное: селедка, водка, квашеная капуста, и даже салаты заворачивали в блины. Это было неизменно вкусно и дешево, хотя утомительно. Тетя Тося становилась красная и задыхалась.

Гости хвалили угощение, благодарили тетю Тосю. Она расцветала, хоть и задыхалась. Ей было необходимо признание и поощрение.

Царенков по-прежнему заводил свою бодягу, на этот раз по поводу Максима Горького. А точнее, по поводу Вассы Железновой в исполнении Пашенной.

Пашенной на вид лет шестьдесят — семьдесят. А у Вассы дети — юные девушки, до двадцати лет. Значит, Вассе — максимум сорок. Вопрос: что делает на сцене широкая, как шкаф, старуха Пашенная?

Все слушали Царя и прозревали: в самом деле, как далеко продвинулось время, оставив за бортом прошлых кумиров: Пашенную, Книппер, Тарасову. Тарасова сегодня — просто тетка с сиськами и фальшивым картонным голосом. Мечта боевого генерала.

Тетя Тося не могла терпеть такого святотатства. Фотокарточка Тарасовой, купленная в газетном киоске, стояла у нее на комоде рядом с фотокарточкой родной матери.

— Зато они почитали заповеди, — возразила тетя Тося. — Бога боялись. А вы, современные и модные, нарушаете заповеди все до одной.

— Какие, например? — заинтересовался критик Понаровский.

— Почитай отца и мать своих — раз. — Тетя Тося загнула палец. — Не сотвори себе кумира — два.

Нонна догадалась, что она имеет в виду ее и Царенкова.

— Не пожелай жены ближнего — три, — продолжала тетя Тося. — Не суди, да не судим будешь — четыре.

— Не лжесвидетельствуй — пять, — подсказал Царенков.

— Уныние — это грех — шесть, — подхватили за столом.

— Короче, не сплетничай, не ври и не трахайся, — подытожил Понаровский.

— Но без этого не интересно. Пресно. И вообще невозможно.

— На то и заповеди. Для преодоления соблазнов.

— А как насчет не убий и не укради?

— Это легче всего, — сказала тетя Тося. — Не убить легче, чем убить. И красть неприятно, если не привык.

Из кухни повалил дым. Это сгорел блин на сковороде. Тетя Тося метнулась на кухню.

— А бабка права, — заметил Понаровский.

— Кто бабка? — обиделась Нонна. — Ей всего пятьдесят. На двадцать лет моложе Пашенной...

По воскресеньям к Царенкову приходила его дочь, тринадцатилетняя Ксения.

Ксения — вылитый отец, но то, что красиво для мужчины, не годится для девочки. Высокий рост, тучность... Мальчики в школе не обращали на нее внимания, более того — дразнили обидным словом «дюдя». Ксения переживала.

Царенков любил свою дочь, но не мог общаться более двадцати минут. Он не знал, о чем с ней говорить. Ему становилось скучно, и он отсылал ее к Нонне, а сам заваливался на кровать для дневного сна.

У Нонны своих дел по горло: ребенок, роль, тренировка дикции.

Тетя Тося забирала девочку на кухню, учила ее готовить. Они вместе делали витаминные салатики.

Тетя Тося чистила ей морковочку. Ксения грызла.

Тетя Тося искоса смотрела на ребенка, испытывала угрызения совести. Отобрали отца. Ранили. Девочка — подранок. Тетя Тося знала: такие раны не зарубцовываются. Они на всю жизнь. И чем некрасивее была Ксения, тем ее больше жалко.

Царенков не в состоянии был думать ни о ком, кроме себя. Но у него тоже был комплекс вины. Чтобы пригасить комплекс, он дарил Ксении подарки — бессмысленно дорогие, например, плюшевого медведя величиной с человека.

— Зачем? — спрашивала тетя Тося. — Пыль собирать?

— Молчи, — умоляла Нонна. — Пусть что хочет, то и делает.

— Это моя дочь и мои деньги, — обрывал Царенков.

Тетя Тося надувала губы. «Мои деньги» казались ей намеком.

— Я тоже свою пенсию вкладываю, — напоминала тетя Тося.

— Что такое ваша пенсия? «Копеечки сиротские, слезами облитые...» — Это были слова из какой-то пьесы. Но тетя Тося пьес не читала. Она кидала ложки об пол и уходила в свою комнату. И через несколько секунд оттуда выплывал волчий вой.

— Я не могу. Пусть она уедет, — умолял Царенков.

— А как же Антошка? — терялась Нонна.

— Как все дети. Отдадим его в ясли.

— В яслях он заболеет и умрет.

— Тогда пусть забирает его с собой.

— Куда? В коммуналку?

Нонну начинало трясти. Каждый ее нерв был напряжен, как струна, готовая лопнуть.

— Тогда я не знаю, — сдавался Царенков. — Мне уже домой идти неохота. Понимаешь?

Нонне захотелось сказать: не ходи. Но она сдержалась. Дернула углом рта.

Последнее время Царенков стал замечать, что мать и дочь похожи друг на друга: одна и та же ныряющая походка, головой вперед. (Как будто можно ходить головой назад.) Одна и та же косая улыбка: правый угол рта выше левого... Когда-то ему нравились и улыбка, и походка, но сходство все убивало.

Мать Царенкова была латышка. В доме культивировались труд, дисциплина и сдержанность. Он так рос. Он так привык.

Мать говорила: когда близкие люди всегда рядом, так легко распуститься... Поэтому в семье особенно важно сохранять «цирлих-манирлих»...

— Может, няньку возьмём? — размышляла Нонна.

— Я не выношу чужих в доме, — сознался Царенков.

Он не хотел терпеть тёщу, не хотел чужих в доме. Значит, Нонна должна была всё бросить и превратиться в няньку, в домрабу. А её мечты? А высокое искусство?

Нонна начинала плакать. Царенков воспринимал её слёзы как давление.

Одевался и уходил.

Однажды ночью у тёти Тоси разболелась голова. Видимо, поднялось давление. Она вспомнила, что лекарство лежит на тумбочке возле кровати Царенкова.

Тётя Тося натянула халат. Вошла в спальню и зажгла свет. Царенков лежал на спине, развалившись, как барин, а её несчастная дочь копошилась где-то в ногах.

Тётя Тося ничего не поняла. Потом сообразила: это действо называлось «французская любовь». Французы чего хочешь придумают...

Тётя Тося замерла как соляной столб.

Царенков открыл глаза, увидел тётю Тосю в натуральную величину и дёрнул на себя одеяло. Бедная Нонна осталась под одеялом без воздуха и в темноте.

— Вон! — приказал Царенков.

— Я за таблетками, — объяснила тётя Тося, подошла к тумбочке и взяла лекарство. — Ни стыда ни совести, — прокомментировала тётя Тося, выходя за дверь. Она не могла уйти молча.

Тётя Тося удалилась. Нонна выбралась из-под одеяла.

Царенков тяжело молчал. Это было гораздо хуже скандала. Лучше бы он закричал, выпустил наружу свой протест. Но он молчал. Протест оставался в нём и распирал его грудь и сердце.

***

Царенков набрал новый курс.

Курс оказался очень интересным и перспективным. Особенно девушка из Харькова с дурацкой фамилией Лобода.

Харьков — мистический город. Он рождал в своих недрах много ярких талантов и поставлял в столицу.

Лобода ни с кем не дружила, не тусовалась. Была сама по себе. И не хотела нравиться, что противоестественно для актрисы. Актрисы хотят нравиться всем без исключения. Привычный образ молодой актрисы: глазки, реснички — хлоп-хлоп, фигурка, ножки, пошлость молодости. Молодость упоена собой. В молодости кажется, что до них ничего не существовало.

Лобода разбивала привычный стереотип. Она не наряжалась и не красилась. Царенков никогда не помнил, что было на ней надето. Ему это нравилось. Человек должен выступать из одежды, а не наоборот.

Для нее не было авторитетов. Она сама себе авторитет. Это была рано созревшая личность. Царенков ловил себя на том, что он ее стесняется.

Однажды на занятиях по мастерству Царенков предложил приспособление: если надо держать паузу, можно глядеть в лицо партнера и считать реснички вокруг его глаз. Сохраняется напряжение.

Царенков преподавал давно, у него были заготовки на все случаи актерского мастерства. Не будет же он каждый раз придумывать что-то новое. Все давно придумано.

Студенты обрадовались и принялись отрабатывать прием, считать реснички.

Лобода стояла в стороне.

— Вы не согласны? — спросил Царенков.

— Для меня сцена — это алтарь, а не конюшня.

— Первые пять лет — алтарь. А потом — конюшня. А вы — лошадь или конюх. Это не только искусство, но и ремесло.

Лобода не ответила. Но было ясно, что она презирает такую концепцию.

Царенкова задевало непослушание учеников. Он привык к своему безусловному авторитету.

В учебном спектакле Царенков дал Лободе характерную роль, откровенно комедийную. Лобода играла совершенно серьезно, с личным участием. Никого не смешила специально, проживала каждую секунду.

Царенков понимал, что в пространство театра приходит большой талант. Звезда. Он умел это распознать. У него был талант — услышать другой талант.

Лобода не клевала на похвалы. Она и сама все про себя знала. Она была взрослой сразу.

Я училась на втором курсе института и написала сюжет для «Фитиля». Две страницы.

Сюжет приняли. Я получила деньги и купила телевизор. Но это не все. Я показала эти две страницы одному замечательному писателю. Он прочитал тут же, при мне и сказал: «Ваша сила в подробностях. Пишите подробно».

Я уже рассказывала эту историю и рискую быть занудной, повторяясь. Но из песни слова не выкинешь. Как было, так было.

Я пришла домой со своими двумя страницами, села к обеденному столу, письменного у меня не было, и переписала две страницы подробно. Получилось — сорок две.

Далее я пригласила машинистку — не помню откуда, но помню ее имя: Кира Наполеоновна.

Я диктовала ей свои сорок две страницы и время от времени громко хохотала над текстом. Кира Наполеоновна скромно улыбалась — не тексту, а тому, как я смеюсь.

В середине дня мы с ней обедали. Обед я называла: крестьянский завтрак. Картошка, зеленый горошек, кусочки колбасы, сладкий перец — все это кидалось на сковородку, а сверху заливалось яйцами. Главное — не пересушить.

Мы ели эту нехитрую еду с видимым наслаждением, потому что главное в трапезе — своевременность. Есть тогда, когда хочется есть.

Своевременность — великая сила.

Своевременно полюбить — не рано и не поздно. Своевременно умереть. Своевременно прославиться...

Рассказ я отнесла в толстый журнал, и его напечатали. Критика обратила внимание. В журнале «Вопросы литературы» вышла большая статья, где разбирались самые значимые имена: Аксенов, Шукшин, Горенштейн, и я в такой высокозначимой компании. Это называется: куда конь с копытом, туда рак с клешней. Кто они — и кто я? Девочка с Выборгской стороны. Хотя если разобраться, деревня Сростки, в которой возрос Шукшин, — намного дальше и намного глуше, чем моя Лесная улица.

Моя мама позвонила и спросила:

— Кто за тебя пишет?

Ей в голову не могло прийти, что я сама на что-то способна. Нет пророка в своем отечестве.

Все, что произошло потом, выглядит как цепь случайностей.

Едет поезд откуда-то с юга, «стучат колеса, да поезд мчится»... В купе — двое актеров: мужчина и женщина. Оба молоды и красивы. Они не любовники. Просто снимаются в одном фильме на Одесской студии.

На длинной остановке актер выскочил из поезда, купил ведро яблок и журнал с моим рассказом. Он продавался в газетном киоске.

Далее актер вернулся в купе, залез на верхнюю полку и от нечего делать прочитал рассказ. Потом протянул журнал актрисе и сказал:

— Прочитай.

Актриса вытерла полотенцем яблоко, села удобно в уголочек, возле окошка и прочитала рассказ. И положила журнал в свою сумку.

Дома она сказала мужу:

— Прочитай... — И вытащила из сумки журнал.

Перед сном муж зажег верхний свет, начал читать, прочитал до конца и тут же позвонил своему директору объединения. Муж был не просто так, а художественный руководитель объединения на киностудии «Мосфильм». Большой человек.

Он сказал директору — пожилому и хитрому армянину:

— Позвоните автору и заключите договор.

Далее было объяснено, какому автору, и назван мой рассказ.

Армянин посмотрел на часы, было два часа ночи.

— А завтра ты не мог позвонить? — упрекнул директор.

— Завтра поздно. Ее перекупят...

В девять часов утра в моей квартире раздался звонок. Звонил редактор объединения и елейным голосом приглашал приехать на киностудию к одиннадцати часам, третий этаж, десятый кабинет.

Мне не надо было повторять два раза. Киностудия — фабрика грез. Моих грез. Как часто я мечтала о той минуте, когда меня пригласят на киностудию, заключат со мной договор, и моя слава, как пожар в лесу — вспыхнет и разгорится. И я буду не просто «я», а «я» плюс еще кто-то, поцелованный Богом в самую макушку.

В одиннадцать утра я стояла перед главным редактором. Рядом околачивался хитрый армянин и задумчиво смотрел вдаль.

Я думала: он обдумывает концепцию фильма, но позже поняла — он считал, на сколько можно надуть меня в деньгах.

Редактор достал договор.

— У вас паспорт при себе? — спросил он.

— Нет. Я его потеряла.

— А как же вы прошли на студию?

— По студенческому билету.

Редактор посмотрел на директора.

— А наизусть вы помните? — спросил хитрый армянин.
— Билет? — не поняла я.
— Паспорт...
— Помню.
— Ну и все.

Со мной заключили договор, потому что боялись: если я выйду в коридор, меня тут же перекупят.

Было лето. Мы жили на даче, снимали какую-то халупу. Я пришла в халупу и сказала мужу:

— Я хочу помыть голову. Полей мне над тазом.

Муж нагрел воду в ведре. И стал лить на мои волосы. Я стояла, склонив голову, и дрожала. Это был стресс.

Оказывается, счастье — тоже стресс, и организм реагирует перенапряжением.

Это был один из самых счастливых дней в моей жизни. Я себя нашла, и МЕНЯ нашли.

Был еще один самый счастливый день.

...Меня положили в больницу с подозрением на внематочную беременность. Впереди маячила операция — боль и страх. А в дальнейшем — возможная потеря материнства. Я должна была пройти через пытки и остаться бесплодной на всю жизнь.

Я паниковала, плакала, гневила судьбу.

Вокруг меня лежали женщины с туберкулезом костей, это была специализированная больница. Они были хромые и кривые — каждая на свой лад, но мужественно несли свой крест. Они презирали меня за трусость и за то, что я была молодая, целая, без видимых дефектов.

Лечащий врач Ефим Абрамович тоже не испытывал ко мне сочувствия и, когда я лезла к нему с вопросами, отмахивался, как от пчелы.

Однажды я нарушила правила внутреннего распорядка. Ко мне приехал муж, и мы ушли с ним гулять по территории. Я опоздала на ужин.

На другой день, вернее, утро, меня с треском выгнали из больницы.

Ефим Абрамович сказал:

— Мы не держим тех, кто не считается с нашим режимом.

— А как же моя труба? — удивилась я.

Я знала, что плод развивается в трубе и это смертельно опасно.

— Какая еще труба, — отмахнулся врач. — Беременность восемь недель...

Судьба повернулась на сто восемьдесят градусов: никакой операции, и через семь месяцев — ребенок, желанный и долгожданный.

Спрашивается: зачем меня выгонять? Просто выписали бы, и все.

Я захотела спросить у врача: «Тогда зачем мне ваша сраная больница?»

Но это было бы невежливо, и я попросила:

— Можно от вас позвонить? Пусть муж вещи привезет.

— Звоните. Только быстро. Два слова.

Я произнесла три слова:

— Меня выписывают. Приезжай.

— А как же... — не понял муж.

— Все нормально, — добавила я еще два слова.

Муж приехал. Привез вещи. Я стояла в какой-то комнате с окном и одевалась. Я скинула все казенно-больничное и оделась в свое, индивидуальное. Сейчас мы с мужем покинем юдоль страданий и уйдем отсюда в другую жизнь. Мы будем вместе ждать ребенка, придумывать ему имя, покупать на базаре морковку и яблоки — антоновку, чтобы ребенок развивался в благоприятных витаминах.

Мой муж стоял рядом и улыбался. Улыбка у него была детская. Он, наверное, так же улыбался в детском саду.

Мы взялись за руки и пошли. Как мы шли... На десять сантиметров выше земли. Мы парили.

А вокруг — такая обыкновенная, городская, грязная весна, с пятнами солнца на тающем снегу.

Тетка в белом халате продавала капусту. Мы остановились и купили один вилок. Она взяла у нас деньги и вернула сдачу, и мы пошли дальше. Муж нес капусту, как приз.

Это был второй самый счастливый день. Я выиграла свое бессмертие. У моей дочери — такие же глаза. А у внучки — такой же смех и форма ногтей. Каждый несет в пространстве часть меня. И получается: «Нет, весь я не умру...»

Я отпраздновала свои два счастливых дня без фанфар. Первый раз — вымыла голову. Другой раз — купила вилок капусты.

Нонна работала в театре. Получала роли — не первые, но и не последние.

Царенков был царь на уровне школы-студии. А дальше его власть кончалась. А просить он не умел и не хотел. У него были свои представления о достоинстве. Его ученики пробивались как могли. Кому-то везло, кому-то нет.

Нонна могла рассчитывать только на себя. Она так и делала.

Ей дали роль в пьесе о сталинских лагерях.

Нонна решила почитать соответствующую литературу. Чтобы понять героиню, надо иметь представление о времени, в котором варился данный характер.

Нонна отправилась к Понаровскому, у которого была хорошая библиотека. Там можно было найти все.

Перед тем как отправиться, она позвонила ему по телефону. Телефон оказался глухо занят. Значит, Понаровский дома. Быстрее доехать, чем дозвониться.

Тетя Тося передала для Понаровского пирожки с капустой. Нонна положила пакетик в сумку, а сумку через плечо — и так было легко и весело выбежать из дома в красивый зимний день. Заскочить в автобус, потом соскочить с автобуса. А потом подняться к Понаровскому на шестой этаж без лифта.

А потом поговорить о роли, поискать нужную книгу, попить чай с пирожками... А потом играть роль и замирать, глядя в притихший зал, протягивать им сердце на вытянутых руках и напитываться энергией зала. Умирать и воскресать и после этого становиться всесильной и бессмертной. Хорошо...

Нонна позвонила в круглый звонок.

Понаровский открыл дверь, стоял смущенный и растерянный, будто обкакался. И не приглашал пройти.

— Я ненадолго. Можно? — смутилась Нонна.

Понаровский слегка пожал плечом.

— Может, мне уйти? — предложила Нонна.

Из комнаты вышла Лобода и сказала:

— Нет, нет, раз пришли — останьтесь. Нам давно пора поговорить.

Нонна сообразила, что Лобода — любовница Понаровского. Разница в возрасте 30 лет, но ничего. У Чаплина — разница в пятьдесят лет. Понаровский — не Чаплин, однако вдовец с трехкомнатной квартирой. А Лобода — из Харькова, ни прописки, ни кола ни двора, ни кожи ни рожи, один гонор.

— О чем говорить? — не поняла Нонна.

— Раньше вы были беременная, потом кормящая, вас нельзя было травмировать. А теперь ваш ребенок подрос, пора все поставить на свои места.

— При чем тут мой ребенок? — не поняла Нонна.

— При том, что я и Лева, мы любим друг друга. Мы — одно целое. А вы с вашей мамашей только терзаете его и уничтожаете. Он страдает. Отпустите его. Иначе он просто погибнет.

Нонна растерянно взглянула на Понаровского.

— Они здесь встречаются? — спросила она.

— Я здесь живу, — уточнила Лобода.

Значит, Понаровский пригрел бездомную парочку. Как когда-то он пригревал ее с Царенковым. Это его функция — дать приют бедным влюбленным. Вернее, бедному влюбленному Царенкову. Он был друг Царенкова. А Нонна наивно полагала, что он и ее друг тоже.

Нонна достала из сумки пирожки. Протянула Понаровскому.

— Вот, — сказала она. — Мама передала...

Понаровский взял пакет, пахнущий свежей выпечкой. Проговорил:

— Спасибо...

Ему было мучительно неловко.

Нонна повернулась и пошла прочь, потом побежала с шестого этажа на пятый, с пятого на четвертый. Она бежала, будто за ней гнались.

Понаровский выскочил на площадку, смотрел сверху, как она бежит. Весь лестничный пролет как будто наполнился ужасом. Понаровский боялся, что она сейчас перемахнет через перила и разобьется. Но ничего не случилось. Хлопнула дверь, ведущая на улицу.

— Она бросится под грузовик, — мрачно сказал Понаровский.

— Не бросится, — ответила Лобода.

— Ты жестокая.

— Мне надоело, как партизану, прятаться и ждать, когда придут и повесят.

Нонна не помнила, как добралась до дома. Мать открыла дверь. Увидела дочь без лица.

— Что случилось? — обмерла тетя Тося.

— Мама, ты была права, — почти спокойно сказала Нонна. — Он болтун и бабник. Но это не все. Он подлец. У него уже три года постоянная любовница. Он живет с ней у Понаровского, которого мы считали нашим другом.

В прихожую вышел Царенков. Он был дома. Он понял все и сразу.

Тетя Тося тоже поняла все и сразу. Ее как будто ударили по ногам. Она упала на пол и стала стучать головой об пол, как будто хотела выбить из головы эту жуткую весть.

Одно дело, когда она сама придиралась к Царенкову. И совсем другое дело, когда это материализуется, становится реальностью. Измена, сплетни, радость врагов. Люди завистливы, и им становится хорошо, когда другим плохо. Но это не все. Нищета. Как они проживут на тети Тосину пенсию и зарплату артистки? Вот уж действительно «копеечки сиротские, слезами облитые...».

Тетя Тося все стучала и стучала головой об пол. И это было страшно.

Снизу постучали по батарее. Это соседи протестовали против шума.

Нонна стояла бледная, как луна. И такая же безмолвная.

Царенков просто не знал — что ему делать. Он подбежал к тете Тосе и хотел поднять ее с пола, но тетя Тося укусила его за руку. Впилась зубами, как собака бультерьер.

Боль вывела Царенкова из оцепенения. Он стал действовать. Позвонил своему другу-врачу, описал картину и спросил: что делать?

— Вызывай машину, везите в психушку, — посоветовал друг. — Вы сами не справитесь.

Друг продиктовал нужный телефон.

Царенков набрал номер.

Приехали два здоровых бугая, один — врач, другой — санитар. Видимо, туда нанимали только физически мощных людей.

Тетю Тосю оторвали от пола, уложили на носилки и увезли неведомо куда.

Нонна не сдвинулась с места. На нее напал ступор.

Царенков удалился в комнату, сел в кресло и стал читать газету. Возможно, он просто смотрел в листки. Но это не имело значения.

— Ты нас бросишь? — спокойно спросила Нонна.

— И не подумаю, — сказал Царенков. — Я что, дурак?

— Но Лобода сказала...

— Мало ли что она тебе сказала, — перебил Царенков и перелистнул газетный лист.

Он сидел в доме и ото всего отпирался. Значит, Лобода приняла желаемое за действительное. Она ведь не знала, что имеет дело с бабником и болтуном. И все же выплыло неоспоримое: он изменяет ей уже три года и, оставшись наедине, поносит свою семью. Это предательство. Дом перестал быть крепостью. Это уже не крепость, а проходной двор.

Нонна пошла к ребенку. Он сидел на полу и складывал кубики.

Завтра с утра репетиция. Куда девать ребенка? Куда увезли маму? Куда ушла любовь?

Они были созданы друг для друга. А он взял и все разломал своими руками. И теперь сидит как ни в чем не бывало.

Утром Нонна узнала адрес психушки и поехала по адресу. И попала в ад.

Палаты были без дверей, все на обозрении. Вонь. Нищета. И серые тени бродят и вскрикивают.

Нонне казалось, что пахнет серой, как в аду.

И вдруг сквозь это адское пространство Нонна увидела лицо своей мамы, худое, как у овечки.

Тетя Тося лежала тихонькая, смиренная, испуганная, как ребенок. И не моргала.

Это лицо вошло иглой в сердце Нонны. Она поняла, что не оставит здесь свою мать ни при каких обстоятельствах. Она заберет ее сию же секунду. А если не отдадут — выкрадет.

Состоялся разговор с лечащим врачом. Выяснилось, что забрать больного из психушки очень трудно. Практически невозможно. Надо подключать дополнительные силы.

Врач был похож на красивого орла. И имя клокочущее: Глеб. Он объяснял Нонне, что грань между нормой и болезнью очень зыбкая. Нижняя грань нормы почти смыкается с началом «не нормы».

Тетю Тосю можно было признать и здоровой, и психопаткой.

Нонна слушала и понимала: от Глеба зависит — в какую сторону он развернет диагноз.

В заключение Глеб сказал, что хорошо бы иметь ходатайство, бумагу на бланке, подписанную авторитетными лицами.

Глеб страховал себя на всякий случай.

Нонна достала такую бумагу у себя в театре. В ней было сказано, что Нонна — штатная артистка театра и подает большие надежды. Про тетю Тосю ни слова, но дальнейшее подразумевалось само собой. У тех, кто подает большие надежды, родственники должны быть в полном порядке, а не валяться по психушкам.

Нонна позвонила в больницу.

Глеб был любезен. Его голос плыл. Нонна поняла, что одним ходатайством не обойтись, придется приплачивать натурой. Цель оправдывала средство. Ради матери она была готова на все. Да и чем дорожить? Это раньше ее тело было — сокровище, клад, хранилище любви и верности. А сейчас... Какой смысл хранить верность, которая не нужна.

Глеб назначил свидание у себя дома. Нонна приехала.
Все произошло спокойно, по-деловому.

Глеб оказался сорокалетний, смуглый, чистый, совершенно не вонючий, с очень красивым смуглым членом. Просто произведение искусства. Хоть бери и рисуй.

Нонне не было противно. Она быстро разделась. И потом так же быстро оделась.

— Ты прямо как пожарник, — заметил Глеб.

— А что тянуть?

Глебу хотелось именно потянуть. Ему хотелось романтики, которой так мало было в его жизни. В его жизни были только сумасшедшие и их родственники с вытаращенными глазами и нескончаемыми вопросами.

Нонна вернулась домой, подавленная изменой. Это случилось с ней в первый раз и было равносильно потере девственности.

По дому фланировали студенты, новый курс. Царенков лихо приспособил их на хозяйстве. Одна студентка гуляла с ребенком. Другая стояла у плиты и жарила картошку. Трое парней слушали лекцию Царенкова. Он восседал нога на ногу и вещал на тему: художник и власть.

— Борис Годунов пожалел юродивого. По этим же законам Сталин пощадил Шостаковича. Не стал добивать. Тиранам тоже хочется побаловать себя милосердием. Так кошка иногда отпускает мышь...

— Сытая кошка... — заметил студент.

Нонна ушла в спальню. У нее болела голова, душа, совесть. Болело все, что может болеть. Она была как мышь, побывавшая в зубах кошки.

Чувство вины немного примирило Нонну с Царенковым. Она смотрела на него глазами равного — без растерянности, без страха и без желания угодить любой ценой.

— Завтра я забираю маму, — сообщила Нонна.

Царенков промолчал. Потом сказал:

— Ты должна сделать выбор: мать или я. Вместе мы несовместны. Ты это знаешь. Я не могу жить и дышать постоянным хамством.

— Но она все делает. Хамство — это же мелочь.

— Мелочи разрушают большое. Маленький древесный жук может сожрать концертный рояль.

Нонна испугалась, что Царенков пустится в долгие рассуждения, но он был краток.

— Если твоя мать сюда вернется, я уйду.

— К Лободе?

— Тебя это уже не будет касаться.

Нонна помолчала, потом сказала:

— Ты мне нужнее, чем мама. Но ты сильный, с профессией, тебя любит много людей. У тебя есть всё. А мама... Она беспомощная, глупая и старая. У нее есть только я и внук. И больше ничего.

— Таких много по стране... Оглянись. Вся страна в маргинальных сиротках. И ничего. Живут.

— Но они мне никто. А моя мама — это моя мама.

— Как хочешь. Я сказал.

Нонна привезла тетю Тосю домой.

Царенков сложил чемодан и ушел. Нонна отдала ему ключи от тети Тосиного жилья. Но Царенков не пошел в коммуналку. Он переехал к своему другу Понаровскому. Оттуда было близко до работы.

Понаровский чувствовал себя виноватым перед Нонной. Решил ее как-то утешить. Он позвонил и сказал:

— Не трать время на человека, которому ты неинтересна.

Значит, она неинтересна, а Лобода интересна.

Утешил.

В театральной студии стало известно, что Царенков ушел к своей студентке, и в театре тоже стало известно. Общественность бурлила, как котел. Одни ругали Царя, называли его «пожиратель чужой молодости» и жалели Нонну. Другие тихо радовались и хихикали в кулак. Но через неделю страсти утихли, а через месяц все забыли. Не такое забывается.

Больше всего тетя Тося опасалась, чтобы не узнала моя мама. Она не хотела, чтобы в Ленинграде стало известно про фиаско Нонны.

Но не такое уж и фиаско. Нонна — профессиональная актриса, живет в центре Москвы в потрясающей квартире с потрясающим сыном и материнской любовью, тоже потрясающей. Налицо успехи в работе и здоровье. Разве мало?

В этот период она играла особенно хорошо. Все время что-то кому-то доказывала. Двигалась по сцене с вызовом: вот я! Я все могу...

На спектакль приходил Глеб и приносил цветы. Темный костюм ему шел больше, чем белый халат. Но все-таки лучше всего он выглядел голым.

Нонна кланялась на сцене и улыбалась, держа цветы у лица. Однако внутри у нее все было обожжено, как будто хлебнула соляной кислоты.

Жить было больно. Но надо.

В Москву приехала моя мама.

К этому времени у меня была отдельная трехкомнатная квартира, но не в центре, а на выселках из Москвы. Практически в Подмосковье.

Место незастроенное. От автобуса надо было пробираться полем.

Мама пригласила в гости тетю Тосю, и они приехали всей семьей, с Нонной и Антошкой.

Нонна, привыкшая к центру, надела туфельки. А здесь — зима и Арктика. Нонна шла, проваливаясь по щиколотку в мокрый снег, продуваемая всеми ветрами. Ребенка несли на руках.

Они появились в дверях моего дома, как беженцы из горячей точки. Антошка выглядывал из тети Тосиной подмышки, как воробышек.

Сели за стол. Выпили. Стали вспоминать прошлую жизнь. Из настоящего та жизнь казалась милой и ясной, как солнечный день. Это, конечно, оптический обман памяти. Та, отъехавшая, послевоенная жизнь была тяжелой, убогой и безрадостной. Но наши мамы были молоды. Если перевести их возраст на время суток — это был именно солнечный день. Солнце — непосредственно над головой. А сейчас нашим мамам было за пятьдесят. Это примерно шесть часов вечера. Не темно, но уже сумерки. И скоро стемнеет вовсе.

Объективно мы многого достигли. Нонна — актриса. Я — писатель. Творческая интеллигенция. Разве мы смели мечтать о таких горних высях тогда, среди крыс и картофельных очистков...

Но и на горних высях свои крысы и свои картофельные очистки.

— А где сейчас Царенков? — простодушно спросила моя мама.

Нонна напряглась, потемнела лицом.

— Чтоб он сдох, — пожелала тетя Тося.

— Ни в коем случае! — запретила мама. — Пусть работает и зарабатывает. И помогает.

— Пусть сдохнет в страшных мучениях! — настаивала тетя Тося.

— Не надо так говорить. Все-таки он отец ребенка. Это грех, — заступилась мама.

— Тебе хорошо говорить. У тебя вон какой сыночек. — Тетя Тося кивнула в сторону моего мужа.

— Вот именно что сыночек, — скептически отозвалась мама.

Тут я напряглась и потемнела лицом.

В тот период я зарабатывала больше мужа в восемь раз. И маму это заедало. А меня нет. Какая разница — от кого приходят деньги. Главное — что они есть.

А мама считала: если муж не зарабатывает, то непонятно — зачем он нужен вообще.

Большую часть своей жизни мама прошла одна и привыкла к полной свободе.

Мой муж поднялся и вышел из-за стола.

Я поняла, что, если мама завтра же не уедет, мы разойдемся.

— Тебе все понятно? — спросила я Нонну.

— Мне все понятно, — ответила Нонна.

Мы обе страдали от наших мам. Они считали, что их любовь к своим детям дает им право на любой террор. Террор любовью. А мы сидели в заложниках.

Они тормозили и уродовали нашу взрослую жизнь, и никуда не денешься.

Мое преимущество перед Нонной было в том, что мама приезжала на время. Когда она уезжала через месяц, я плакала. Не знаю почему. Мне было жаль ее и себя.

А мой муж облегченно вздыхал и расправлял плечи, как будто скинул тигра со спины.

***

Царенков жил с Лободой, но с Нонной не разводился. Чего-то выжидал.

Лобода набирала обороты. Ее карьера раскручивалась. Ее статус начал превышать статус Царенкова. Он всего лишь тренер, а она — чемпион. От Царенкова Лобода никак не зависела. Это было ему непривычно. И неприятно. Он привык быть хозяином положения.

Зима была затяжной, в апреле шел снег. Казалось, что весна не наступит никогда. Но вдруг небо очистилось, выкатилось солнце. Стало жарко. Как будто у весны кончилось терпение и она выгнала зиму каленой метлой.

Царенков поехал в Киев набирать новый курс. Приходилось прослушивать по тридцать человек в день. Он уставал. Все казались ему на одно лицо. Украинские парни — сентиментальные, как девушки, а потому глуповатые. А девушки с таким хохлацким акцентом, который все убивал.

Гостиница — душная. Блочные стены не дышали. Пыльные окна наглухо закрыты. А если открыть — грохот.

Царенков позвонил в Москву. Подошла тетя Тося. Он положил трубку. Вышел из номера, поднялся на этаж выше. Буфет работал.

Царенков съел свиные сардельки и выпил чашку кофе, сваренного в большой кастрюле. Кофе пахло сардельками.

Он снова спустился в номер и лег спать. Болело горло, но он знал, что это сердце.

Царенков заснул, и ему приснилось море — теплое и мелкое. Должно быть, Азовское — понял Царенков и пошел вперед, коленями раздвигая воду.

Навстречу ему шла Нонна в ночной рубашке.

— У тебя что, купальника нет? — удивился Царенков.

— У меня нет актерского таланта, — ответила Нонна и протянула к нему руки. — Я умею только любить тебя, а больше я ничего не умею.

— А больше ничего и не надо, — сказал Царенков и вдруг провалился. Вода накрыла его с головой. Царенков задвигал руками и ногами, хотел всплыть. Не получалось. Вода его душила.

Сердце тяжело сдвинулось с места и полетело куда-то. Царенков полетел за своим сердцем. И умер.

Вскрытие показало, что у Царенкова не было инфаркта. Просто сердечный спазм. Если бы он выпил обыкновенное сосудорасширяющее, остался бы жив. И жил бы еще долго — любил и заблуждался. И учил. Это был широкообразованный, просвещенный человек. Настоящий мастер. Таких сейчас не делают.

«Незаменимых людей нет». Кто это сказал? Кажется, Сталин. Он ошибался. Никого и никем нельзя заменить. Каждый человек уникален. А тем более Царенков, по прозвищу Царь.

После смерти Царенкова Нонна осознала, что больше в ее жизни не будет ничего. И никого.

Тетя Тося оказалась частично права в оценке Царенкова, но эта ее правда никому не нужна. Нонна любила своего мужа первой и нерассуждающей любовью. Правда — это он, его лицо, голос, его сияние. Вот и вся правда — любовь.

Тетя Тося притихла. Ходила пришибленная. То ли сказывалось лекарство, которое приносил Глеб, то ли мучило чувство вины.

Однажды она позвонила мне среди ночи.

— Как ты думаешь, Лева умер из-за меня?

— При чем тут вы? — не поняла я.

— Я его проклинала. Бог услышал.

— Ему больше делать нечего, как слушать ваши глупости...

— Да? — В голосе тети Тоси прорезалась надежда.

Может, действительно она ни при чем. Будет Всевышний, занятый своими планетарными делами, прислушиваться к одной-единственной старой дуре...

***

Прошло двадцать лет. Наши мамы постарели. Наши дети выросли. Мы остались примерно такими же, просто раньше мы были в начале своей молодости, а теперь в конце.

Моя сестра Ленка вышла замуж второй раз. За своего непосредственного начальника. Номенклатурного работника. Она его подкараулила, выследила и скакнула. На какое-то время сонное выражение сошло с ее лица. Глаза превратились в энергетический сгусток, как у рыси на охоте.

Начальник не сопротивлялся. Оформил брак. И они зажили — ровно и умиротворенно. И сонное выражение вернулось на Ленкино лицо. Она как будто копила силы для следующего рывка.

Гарик затерялся в людской толчее. Ленка за ним не следила. Вернее, так: ничем не интересовалась, но все знала: Гарик не состоялся. Он обещал больше, чем осуществил.

Мамочка растолстела и обозлилась. Злоба — оружие слабых. Она и была слабая и одинокая, никакого здоровья, никакой любви.

Верующие заполняют вакуум верой. А моя мама ни во что не верила, кроме себя.

Время наших мам — уже не сумерки. Темнота. Впереди — ночь.

Но ведь после ночи наступает утро. Значит, смерть — это не точка, а запятая.

Нонна попала в полосу дождя. В театре ее занимали мало. Режиссер ее «не видел».

Единственная радость — сын Антон. Он вобрал в себя все лучшие качества рода. Красота — от Нонны. Яркость — от Царенкова. Скромность — от своего дедушки, тети Тосиного мужа. Такой же спокойный, рукастый, покладистый. В девять лет мог починить телевизор и наладить перегоревший утюг. У него был явный талант к технике.

От тети Тоси Антону передались преданность и трудолюбие. Ни секунды не мог посидеть без дела. И еще — любовь к ближнему: к матери и бабке. Это тоже он получил от тети Тоси. Значит, любовь к Нонне у тети Тоси была в крови.

Нонна никогда не хвалила сына. Боялась сглазить. А тетя Тося звенела, как колокол, и прогудела мне всю голову.

Антон самостоятельно поступил на мехмат. Нырнул с головой в компьютер. Быстро полысел, что естественно. Все здоровье уходило в мозги, на волосы не хватало.

Когда Антон садился обедать, тетя Тося и Нонна устраивались напротив и смотрели, как он жует, и не было пленительнее зрелища, чем жующий юный божок. А когда он глотал, тетя Тося невольно повторяла за ним глотательное движение и ее кадык прокатывался по ее горлу. Со стороны было смешно на это смотреть, но они не видели себя со стороны.

Антон не любил тусовки и спорт. Он любил только процесс познания.

Он учился с наслаждением, и другие наслаждения молодости оставляли его равнодушным. Нонну это настораживало.

Тетя Тося планировала познакомить Антона с моей дочерью. Но однажды он вернулся домой под ручку с какой-то Диной из Сочи.

— Это моя невеста, — объявил Антон. — Она будет у нас жить.

— Представляешь? — кричала тетя Тося по телефону. — Встает в час дня и начинает ногти на ногах красить. Я ее спрашиваю: «Кто твои ногти видит?» А она отвечает: «Мне Антуан ножки целует. Каждый пальчик...» Проститутка, и больше никто!

— Ну почему сразу проститутка? — заступилась я.

— Пинжак, говорит. Шкап.

— А как надо?

— ПиДжак. ШкаФ.

— Подумаешь, — говорю, — поправьте. Всего одна буква.

— Знаешь, кто она? — торжественно вопрошает тетя Тося.

— Ну?

— Деребздяйка.

— А что это такое?

— Деребздяйка. И все. Порядочным людям всегда сволочи попадаются.

Тетя Тося начинает плакать. Оплакивает свою судьбу. Ее личная жизнь не сложилась. Все надежды на Нонну. Но дочери попался бабник и болтун. И предатель. И даже смерть Царенкова тетя Тося считала предательством. Скрылся, чтобы не платить. Все надежды перешли на Антошку. И что? В доме командует проститутка и деребздяйка.

— Вот ты писатель. Объясни мне: почему все складывается не так, как хочешь? Хочешь одно, а получаешь другое.

— А не надо хотеть, — советую я. — Надо принимать жизнь такой, как она есть.

— Значит, и проститутку принимать?

— Надо ее посмотреть, — предложила я. — Может, все не так страшно...

Я поменяла район, и добираться ко мне было просто. Я знала, что моя нынешняя квартира — окончательное пристанище, и вкладывала в нее душу.

Дину привезли на смотрины. Вернее, на экспертизу. Я должна была дать свое профессиональное писательское заключение.

Дина была похожа на мою маму в молодости. Лоб блестел, и тугие щеки тоже блестели, как мытые яблоки. Глаза — очи черные, очи жгучие — смотрели доверчиво и простодушно. Она мне понравилась.

— Как у вас красиво, — мечтательно проговорила Дина.

— Ничего особенного, — скромно отреагировала я хотя мне было очень приятно услышать похвалу моему жилищу.

— Для нее везде лучше, чем дома, — сказала тетя Тося. — Для нее дома как говном намазано...

— Мама... — низким голосом одернула Нонна.

— А что я сказала? Я правду сказала...

Когда тетя Тося злилась, ее нос удлинялся и становился бледным, почти белым.

Нонна возмужала, ей было уже за сорок. С нее сошла юношеская размытость, лицо стало четким. Она нравилась мне не меньше, чем раньше. Страдания украсили ее, как ни странно. Нонна не озлобилась, а просто погрустнела и посерьезнела.

Мы сидели за накрытым столом. Мой муж взгромоздил руки на скатерть, как школьник на парту, и ничего не ел. Он боялся, что не хватит остальным, хотя еды было навалом. Просто осталась привычка с молодости, когда мы были бедными и еды в обрез.

Мой муж всегда был деликатным — и в бедности, и в достатке. Эта его черта проступала на лицо, на улыбку, на выражение глаз. Он из жизни ничего не выдирал. Не напрягался. Не унижался. За это его и любила тетя Тося. Она слышала людей внутренними локаторами, как летучая мышь.

Мы сидели, вспоминали прошлое. Помнишь то, помнишь это... Дина слушала с неподдельным интересом: то брови поднимет, то рот раскроет от изумления, то засмеется — рассыплет свой молодой звон.

— Что тут смешного? — грозно одергивала тетя Тося.

Дина пугалась и захлопывала рот. Она боялась тетю Тосю, и это была ее ошибка. Тетя Тося распускалась от вседозволенности.

Мне хотелось вывести Дину на кухню и дать ей совет: построить тетю Тосю. Пусть шагает по команде и выполняет приказы: напра-во! Нале-во! Но я все-таки была в команде тети Тоси и не имела права предавать интересы клана.

Антошке стало скучно. Он выбрался из-за стола, включил телевизор и стал его настраивать. Телевизор стал показывать четко, как никогда прежде.

Потом Антошка отправился на кухню и починил кран.

Кран тек последние пять лет. Мне даже показалось, что кран как-то связан с моей жизнью. Какая-то фатальная хроническая поломка.

Антошка нашел старую резиновую игрушку, вырезал из нее прокладку и вставил в кран. Кран замолчал. Исчезли падающие капли, которые меня изводили.

— Боже! — Я не верила своим глазам и ушам. — Мне бы такого зятя...

— Да уж... — выразительно отозвалась тетя Тося.

Женить Антошку на моей дочери — это была ее голубая мечта.

Дина опустила голову, смотрела себе в колени. Ей напоминали, что она «села не в свои сани».

Но я видела, что она села как раз в свои сани. Судьба распорядилась правильно, и даже умно. Антон — не от мира сего. А Дина прочно стоит на земле. Сочетание моих родителей было именно таким.

Отец не удержался на земле. И мама, оставшись одна, не пропала. Дала детям образование и просто выкормила в голодные военные и послевоенные годы. Не дала пропасть.

Дина вышла из-за стола и направилась в кухню, к своему Антошке. Мы остались одни.

— Представляешь? Они все время трахаются, — стремительно зашептала Нонна. — Антошка уже похудел на четыре килограмма. Она из него все соки тянет.

У Нонны вытянулся и побелел нос.

«Гены, — подумала я. — Жизнь никого и ничему не учит».

Время шло. Моя дочь уже бегала на свидание с каким-то студентом. У студента было всегда плохое настроение, он замечал в жизни только темные стороны. Тетя Тося называла таких «говножуй».

Дина продолжала жить в их доме, но обстановка напоминала атомную электростанцию перед взрывом. Все шло вразнос.

— Антон приходит с работы и моет посуду, а эта деребздяйка не хочет на кухню выходить. Получается, Антон работает в две смены, на работе и дома. Он везде, а она нигде.

Тетя Тося буквально кипела и клокотала.

— А почему она не хочет на кухню выходить? — задавала я наводящий вопрос.

— Потому что проститутка. Я ей так и говорю. А правда никому не нравится. Я говорю правду!

— А слушать правду вы любите? — спросила я.

— Какую? — Тетя Тося насторожилась.

— Вы уже сжевали жизнь своего мужа и своей дочери. Теперь за внука принялись. Тетя Тося, вы — людоед!

— Так что же мне делать? Умереть? — неожиданно спокойно спросила тетя Тося.

— Не лезть в чужой огород.

— Но я не могу.

Это — правда. Террор — он и есть террор. Без правил. И без снисхождения.

События развивались логично и последовательно.

Дина забеременела, чего и следовало ожидать. Антон принял решение: расписаться. Официально оформить брак. В доме навис густой траур.

В те годы (не знаю, как сейчас) для актеров существовал элитный дом престарелых, с полноценным питанием и медицинским обслуживанием. Каждому предоставлялась отдельная комната. Окна выходили в обширный парк, перетекающий в лес.

В обмен на это великолепие надо было сдать имеющуюся площадь. Глеб посоветовал отдать тети Тосину комнату, от которой ни холодно, ни жарко. А тетю Тосю поселить в доме престарелых, где за ней будет полноценный уход: четырехразовое питание, медицинская сестра круглосуточно — смерить давление, сделать укол. Плюс общение с себе подобными, что тоже очень важно.

— А навещать можно? — спросила Нонна.
— Хоть каждый день, — разрешил Глеб. — Вход свободен.
Нонна задумалась.
Глеб стал собирать необходимые документы.
Тете Тосе ничего не говорили. Нонна решила поставить ее перед фактом. Так было короче и легче. Дина особой радости не выказывала. Ей было жалко тетю Тосю, ядовитую сколопендру.
Все шло своим чередом, хоть и туго. Руководство элитной богадельни предпочитало получать в свой фонд отдельные квартиры, а не комнаты. Но были учтены заслуги Царенкова. Тетя Тося по закону оставалась тещей заслуженного деятеля культуры. Тогда как у Лободы не было никаких прав. Просто Лобода — и все.
Сопротивление руководства удалось сломать. Тете Тосе дали место на первом этаже, без лоджии. Комната номер девять.
Нонна решила поехать и посмотреть своими глазами. Глеб вызвался сопровождать, но Нонна отказалась. Там могли оказаться знакомые. Одно дело — яркий Царенков, и совсем другое дело — заурядный Глеб.
— Живая собака лучше дохлого льва, — говорила тетя Тося.
— Лев — всегда лев, даже бывший, — возражала Нонна.
Нонна не хотела принадлежать Глебу целиком. И не могла без него обходиться. Поэтому она выбрала промежуточный вариант: вместе и врозь. Они существовали на разных территориях.
Нонна поехала в интернат. Автобус подвез ее к самому входу. Нонна отметила, что добираться удобно.
Внешне интернат не выглядел позорно. Вполне респектабельное строение.
Внутри сидела консьержка, отслеживала входящих. Перед ней стояла старуха и рассказывала свою жизнь. Консьержка не слушала, но кивала. Ждала, когда старуха отойдет.

Нонна разделась в гардеробе. Часы показывали половину четвертого. Значит, конец обеда.

Из столовой выплывали старики и старухи. Старух больше. Должно быть, они дольше живут. Женщины долговечнее.

Старость была представлена во всем многообразии: толстые и сухие, седые и крашенные хной. Увядшие рты, дряблые шеи, равнодушие во взоре. Природа загодя готовит человека к уходу.

Из столовой выходили молодые кинематографисты. Они покупали сюда путевки, как в дом творчества. Поработают — и снова в город, в гущу событий.

Молодые широко шагали, обгоняя стариков. Не толкали, но не замечали. Для молодого глаза их не существовало. Глаза молодых останавливаются на красивом и на съедобном. Чтобы можно было употребить себе во благо.

Старики ковыляли во мгле по тускло освещенному коридору. А молодые гулко топали, торопились размножаться. У поколений были разные задачи и разные скорости.

Нонна постучала в комнату номер девять. Комната была заперта. Следовало идти, выяснять, просить ключ. Нонна подумала и постучала в соседнюю дверь под номером восемь. Какая разница...

Дверь открылась.

Восьмую комнату занимала звезда звукового кино 30-х годов. Сейчас о ее звездности все забыли. Да если бы и помнили. Трудно совместить ТУ и ЭТУ.

Нонна вгляделась и совместила. Что-то неизменное осталось: смелость во взоре. Старуха бесстрашно смотрела в свое будущее.

— Здравствуйте, — сказала Нонна.

— Вы ко мне? — удивилась старуха.

— Я хотела посмотреть вашу комнату. Мы будем ваши соседи.

— Вы? — не поняла старуха.

— Не совсем. Дело в том, что я... — Нонна замолчала. У нее язык не поворачивался закончить предложение.

— Пожалуйста... — Звезда сделала приглашающий жест.

— Я оформляю родственника, — нашлась Нонна.

— Слава Богу. А я уж думала: молодые пришли сдаваться. Вам еще трахаться и трахаться, милочка...

— Долго? — спросила Нонна, и это был не пустой вопрос. Она боялась стареть.

— Сколько угодно. Старости нет. Есть болезни.

Нонна оглядела комнату. Стены были увешаны фотографиями прошлой жизни. Она жила прошлым.

Мебель — убогая, безличная, полированная. Эта комната пропустила через себя многие жизни, и комнате было все равно, кто следующий.

— Как вам здесь живется? — спросила Нонна.

— Со всеми удобствами и без перспектив, — ответила Звезда. — Время течет только в одну сторону.

— А дома — в противоположную?

— Дома об этом не думаешь. Просто живешь, и все.

Нонна постояла и сказала:

— Спасибо большое. Я пойду... Вам что-нибудь нужно?

— Книги, если можно. Маяковского и Корнея Чуковского. — Звезда помолчала и добавила: — У меня с ними был роман.

— С обоими? — удивилась Нонна.

— Не одновременно. С Корнеем позже.

— При живой жене?

— Вы странная, — удивилась Звезда. — При чем тут жена? Я говорю о любви, а не о семье.

— А разве не бывает любви в семье?

— Любовь — скоропортящийся продукт. Знаете, что убивает любовь? Привычка. Время.

— Ну, время и людей убивает, — заметила Нонна.

— Ничего подобного. У нас тут женятся. Находят себе пару.

— А зачем?

— Боятся помереть в одиночку. Надо, чтобы кто-нибудь проводил. Держал за руку.

Нонна помолчала и спросила:

— А Маяковский был красивый?

— У него был корытообразный рот.

— Это хорошо или плохо? — не поняла Нонна.

— Рот как корыто. Мне не нравилось. Хотя, конечно, он был законченный красавец.

— Вы бы хотели, чтобы открылась дверь и он вошел? — спросила Нонна.

— Я сама скоро к нему приду... — Она помолчала и добавила: — «Но жаль, только в мире ином друг друга уж мы не узнаем»...

— Узнаем, — сказала Нонна. Она была в этом уверена.

— Хотите чаю? — спохватилась Звезда. — У меня есть хорошее печенье.

— Нет-нет, спасибо. Мы еще увидимся.

Нонна попрощалась и ушла.

В гардеробе сидел крупный старик и разглагольствовал хорошо поставленным голосом. Ему внимала сухонькая старушка с прямой спиной.

— Сейчас время бессовестных людей! — провозгласил старик. — Все старые ценности не работают. А новые ценности не придумали. Сейчас одна ценность — деньги!

— Но это вполне старая ценность, — отреагировала старушка.

Нонна вышла из интерната.

Всюду лежал снег, гулял холодный ветер. А вверху небо было синим и молодым. И деревья застыли в ожидании счастья, как девушки на танцах.

Нонна села в автобус. Ей досталось место у окошка. Хорошо долго ехать, смотреть в окно и ничего не менять.

«Дома об этом не думаешь. Живешь — и все», — сказала Звезда. И это самое главное.

Тетя Тося занята с утра до вечера очень важным делом. Она обеспечивает жизненный процесс. Утром — завтрак. Никаких бутербродов. Только каши (это полезно) и к ним витамины: тертое яблочко, мед, сухофрукты.

Далее — поход в магазин. В магазине все продавщицы подружки. Она знает все про всех. В овощном отделе у Зины случилась беда: на сына наехала машина. Не насмерть, слава Богу, но с тяжелыми травмами. За рулем сидела молодая баба, не пьяная. Просто было темно, ни одного фонаря. Баба пришла к Зине на другой день, принесла доллары в целлофановом пакете. Дескать, заберите заявление из милиции. Зина вся в сомнениях: брать, не брать... С одной стороны: хорошо бы посадить, чтобы жизнь не казалась медом. А с другой стороны: она же не нарочно... «Еще бы не хватало, чтобы нарочно», — реагировала тетя Тося.

Магазин раскололся на два лагеря.

— Если их не наказывать, они нас всех передавят! — митинговал винно-водочный отдел. — Пусть сидит!

Бакалея не соглашалась:

— Она все равно откупится. Только деньги судье пойдут. Лучше уж Зине...

Тетя Тося возвращалась из магазина полная впечатлений. Этих впечатлений хватало на неделю.

Обед — не рутина. Творческий процесс. Например: куриные грудки — легко поджарить с овощами, и в самом конце — внимание! — консервированный ананас. Получается кисло-сладкое китайское блюдо. Ешь и замираешь от счастья. А тетя Тося стоит рядом и получает отраженное удовольствие. Она счастлива твоим счастьем.

В жизни тети Тоси, если подумать, больше ничего и не было. Только любовь к своей дочери, которая заменила ей все остальные любови. А дочь в ответ — комнату номер девять, где жизнь течет только в одну сторону.

Автобус подошел к дому, Нонна вышла. Подняла голову.

Тетя Тося маячила в окне своим бледным козьим ликом. Она ничего не знала и не узнает. Нонна ей ничего не скажет и от себя не отпустит. Она пройдет с матерью всю дорогу и в конце подаст ей руку. А там, как знать, может быть, смерть — это не точка, а запятая...

Нонна помахала матери рукой. Тетя Тося обрадовалась, и даже сквозь двойную раму было видно, как она засветилась лицом, замахала несуществующим хвостом, как собака, завидевшая хозяина.

Пусть зло придет в мир, но не через меня.

Чья это мысль? Да не все ли равно. Какая разница...

А ИЗ НАШЕГО ОКНА

Рассказ

*Борису Гороватеру —
хорошему человеку.*

Молодой режиссер Сергей Тишкин приехал на кинофестиваль. Фестиваль — коротенький и непрестижный. Городок маленький, провинциальный. Да и сам Тишкин — начинающий, неуверенный в себе. Он понимал, что фестиваль — это трамплин, толчок к восхождению. Это место, где соревнуются и побеждают, а заодно оттягиваются по полной программе: пьют и трахаются с молодыми актрисами. Молодые актрисы хотят любви и успеха. Для них фестиваль — шанс к перемене участи.

Сергей Тишкин рассчитывал просто отоспаться. У него родился ребенок. Жена валилась с ног. Сергей подменял ее ночами. Он носил свою девочку на руках, вглядываясь в крошечное личико с воробьиным носиком и полосочкой рта. Она была такая крошечная, такая зависимая...

Если, например, разомкнуть руки, она упадет на пол и разобьется. Значит, она полностью зависит от взрослых и может противопоставить только свою беспомощность. И больше ничего. У Тишкина сердце разрывалось от этих мыслей. Он прижимал к груди свое сокровище и делал это осторожно, трепетно. Даже проявление любви было опасно для крошечного существа.

У жены воспалилась грудь, температура наползала до сорока. Прежняя страсть улетела куда-то. На место страсти опустилась беспредельная забота и постоянный труд, непрекращающиеся хлопоты вокруг нового человечка.

Тишкин думал, что появление ребенка — счастье и только счастье. А оказывается, сколько счастья, столько же и труда. Плюс бессонные ночи и постоянный страх.

Тишкин поехал на фестиваль с чувством тяжелой вины перед женой и дочкой. Он не хотел отлучаться из дома, но жена настояла. Она всегда ставила интересы мужа выше своих. Поразительный характер. При этом она была красивая и самодостаточная. Все данные, чтобы не стелиться, а повелевать. Она любила своего мужа, в этом дело. А если любишь человека, то хочется жить его интересами.

В дом заехала теща, серьезная подмога. Жена и дочка не одни, а с близким человеком. И все же...

Вечером состоялось открытие. Сначала был концерт. Потом банкет.

Сидя в ресторане, Тишкин оглядывал столики, отмечал глазами красивых женщин. Просто так. По привычке. Он не исключал короткий левый роман. Не считал это изменой семье. Одно к другому не имело никакого отношения.

Красивые актрисы присутствовали, но за красивыми надо ухаживать, говорить слова, рисовать заманчивые перспективы. А Тишкин все время хотел спать и мог рассматривать женщину как снотворное. Красивые не стали бы мириться с такой малой ролью — снотворное.

Тишкин перестал оглядываться, стал просто пить и закусывать. И беседовать. Но больше слушал: кто что говорит. Говорили всякую хрень. Самоутверждались. Конечно, застолье — это не круглый стол, и не обязательно излагать глубокие мысли. Но хоть какие-нибудь...

К Тишкину подошла Алина, технический работник фестиваля. Она была из местных. На ней лежала функция расселения.

— Извините, — проговорила Алина. — Можно, я подселю к вам актера Гурина?

— Он же голубой... — испугался Тишкин.

— Что? — не поняла Алина.

— Гомосек. Гей, — растолковал Тишкин.

— Да вы что?

— Это вы «что». Не буду я с ним селиться.

— А куда же мне его девать?

— Не знаю. Куда хотите.

— Я могу его только к вам, потому что вы молодой и начинающий.

— Значит, селите ко мне.

— А вы?

— А я буду ночевать у вас.

— У меня? — удивилась Алина. Она не заметила иронии. Все принимала за чистую монету.

— А что такого? Вы ведь одна живете?..

— Да... Вообще-то... — растерялась Алина. — Ну, если вы согласны...

— Я согласен.

— Хорошо, я заберу вас к себе. Но у меня один ключ. Нам придется уехать вместе.

— Нормально, — согласился Тишкин. — Будете уезжать, возьмите меня с собой.

Алина отошла торопливо. У нее было много дел. Тишкин проводил ее глазами. Беленькая, хорошенькая, тип официантки. Полевой цветок среднерусской полосы. Такая не будет потом звонить и привязываться. Никаких осложнений.

Они уехали вместе.

Алина жила в пятиэтажке, в однокомнатной квартире.

Весь город, кроме старого центра, состоял из этих убогих панелей. По швам панели были промазаны черной смолой, чтобы не протекала вода.

Из окна виднелись другие панельные дома — депрессионное зрелище. Если видеть эту картинку каждый день, захочется повеситься. Или уехать в другую страну, где человек что-то значит.

У Алины был раскладной диван и раскладушка.

Вместе разложили диван. До раскладушки дело не дошло. Какое-то время они не могли разговаривать.

Страсть накрыла Тишкина как тугая волна. Он готов был отгрызть уши Алины. Она вертелась под ним и один раз даже упала с дивана. Тишкин не стал дожидаться, когда она влезет обратно, и тоже рухнул вместе с ней и на нее. На полу было удобнее — шире и ровнее.

Когда все кончилось, они долго молчали, плавали между небом и землей. Потом он что-то спросил. Она что-то ответила. Стали разговаривать.

Выяснилось, что Алине двадцать пять лет. Работает в «Белом доме» — так называется их мэрия. Белый дом действительно сложен из белого, точнее, серого кирпича.

— А друг у тебя есть? — спросил Тишкин.

— Так, чтобы одного — нет. А много — сколько угодно.

— И ты со всеми спишь? — поинтересовался Тишкин.

— Почему со всеми? Вовсе не со всеми...

Тишкин задумался: вовсе не со всеми, но все-таки с некоторыми.

— Каков твой отбор? — спросил он.

— Ну... если нравится...

— А я тебе нравлюсь?

— Ужасно, — созналась Алина. — С первого взгляда. Я тебя еще на вокзале приметила. Подумала: что-то будет...

Тишкин благодарно обнял Алину. Она вся умещалась в его руках и ногах, как будто была скроена специально для него. И кожа — скользящая, как плотный шелк.

Снова молчали. Тишкин не хотел говорить слов любви и надежды, не хотел обманывать. И молчать не мог, нежность рвалась наружу. Он повторял: Аля, Аля... Как заклинание.

Когда появилась возможность говорить, она сказала:

— Вообще-то меня Линой зовут.

— Пусть все зовут как хотят. Для меня ты — Аля.

Тишкин улавливал в себе горечь ревности. Он знал, что уедет и больше никогда не увидит эту девушку. Но такой у него был характер. То, что ЕГО, даже на один вечер должно быть ЕГО, и больше ничье.

— Те, кто нравится, — продолжил он прерванный разговор. — А еще кто?

— Те, кто помогает.

— Деньгами?

— И деньгами тоже. Я ведь мало зарабатываю.

— Значит, ты продаешься? — уточнил Тишкин.

— Почему продаюсь? Благодарю. А как я еще могу отблагодарить?

Тишкин помолчал. Потом сказал:

— У меня нет денег.

— А я и не возьму.

— Это почему?

— Потому что ты красивый. И талантливый.

— Откуда ты знаешь?

— Говорили.

— Кто?

— Все говорят. Да это и так видно.

— Что именно?

— То, что ты талантливый. Я, например, вижу.

— Как?

— Ты светишься. Вот входишь в помещение и светишься. А от остальных погребом воняет.

Тишкин прижал, притиснул Алину. Ему так нужна была поддержка. Он не был уверен в себе. Он вошел в кинематограф как в море и не знает: умеет ли он плавать? А надо плыть.

И вот — маленькая, беленькая девушка говорит: можешь... плыви... Он держал ее в объятиях и почти любил ее.

— Ты женат? — спросила Алина.

— Женат.
— Сильно или чуть-чуть?
— Сильно.
— Ты любишь жену?
— И не только.
— А что еще?
— Я к ней хорошо отношусь.
— Но ведь любить — это и значит хорошо относиться.
— Не совсем. Любовь — это зыбко. Может прийти, уйти... А хорошее отношение — навсегда.
— А тебе не стыдно изменять?
— Нет.
— Почему?
— Потому что это не измена.
— А что?
— Это... счастье, — произнес Тишкин.
— А у нас будет продолжение?
— Нет.
— Почему?
— Потому что я должен снимать новое кино.
— Одно другому не мешает...
— Мешает, — возразил Тишкин. — Если по-настоящему, надо делать что-то одно...
— А как же без счастья?
— Работа — это счастье.
— А я?
— И ты. Но я выбираю работу.
— Странно... — сказала Алина.

Они лежали молча. Комнату наполнил серый рассвет, и в его неверном освещении проступили швы между стенами и потолком. Было видно, что одно положено на другое. Без затей.
— С-сука Каравайчук, — проговорила Алина. — Не мог дать квартиру в кирпичном доме...
— Каравайчук — женщина? — не понял Тишкин.
— Почему женщина? Мужчина.

— А ты говоришь: сука.

— Высота два пятьдесят, буквально на голове. А в кирпичных — два восемьдесят...

— А с Каравайчуком ты тоже спала?

— Дал квартиру за выселением. Сюда было страшно въехать...

Тишкин поднялся и пошел в туалет. Туалет был узкий, как будто сделан по фигуре. На стене висел портрет певца Антонова.

Тишкин понимал, что у Алины испортилось настроение, и понимал почему. Отсутствие перспектив. Женщина не может быть счастлива одним мгновением. Женщина не понимает, что мгновение — тоже вечность.

Тишкин вернулся и спросил:

— Ты что, не любишь Антонова?

— Почему?

— А что же ты его в туалет повесила?

— Там штукатурка облупилась. Я, конечно, наклеила обои. Но это бесполезно. Все равно, что наряжать трупака.

— Кого?

— Покойника... Этот дом надо сбрить, а на его месте новый построить. А еще лучше взорвать тротилом...

— Что ты злишься?

Тишкин залез под одеяло, ощутил тепло и аромат цветущего тела.

Хотелось спать, но еще больше хотелось любви. Тишкин осторожно принялся за дело.

— Я у подруги была в Германии, город Саарбрюкен. — Алина игнорировала его прикосновения, переключилась на другую волну. — Она туда уехала на постоянное проживание. Замуж за немца вышла. Так там лестница — часть апартаментов. Ручки золотые...

— Медные, — уточнил Тишкин.

— Там все для человека...

— Ты хочешь в Германию? — спросил Тишкин.

— Куда угодно. Только отсюда. Я больше не могу это видеть. Кран вечно течет... В раковине след от ржавой воды. И так будет всегда.

Стало слышно, как тикают настенные часы на батарейках.

— Перестань, — сказал Тишкин. — Все хорошо.

— Что хорошего?

Ночь была волшебной. Но уже утром все кончится. А через три дня Тишкин уедет, канет с концами. Он светится талантом, но не для нее. И его нежность и техника секса — тоже не для нее. Что же остается?

— Вон какая ты красивая... И молодая. У тебя все впереди, — искренне заверил Тишкин.

— Ну да... Когда мне было пятнадцать — все было впереди. Сейчас двадцать пять — тоже впереди. Потом стукнет пятьдесят — молодая старуха. И что впереди? Старость и смерть. Чем так жить, лучше не жить вообще...

— Дура... — Тишкин обнял ее.

Алина угнездила голову на его груди. Они заснули, как будто провалились в черный колодец.

Проснулись к обеду. Часы на стене показывали половину второго.

— Меня убьют, — спокойно сказала Алина.

Отправилась в ванную. Вышла оттуда — собранная, деловая, чужая.

Быстро оделась. Накрасила глаза.

Было невозможно себе представить, что это она всю ночь обнимала Тишкина и принадлежала ему без остатка. Алина стояла храбрая и независимая, как оловянный солдатик. И не принадлежала никому.

Тишкин получил главный приз фестиваля. Жюри проголосовало единогласно. Критики отметили «свежий взгляд», новый киноязык и что-то еще в этом же духе.

Тишкин стоял на сцене и искал глазами Алину. Но она исчезла. Где-то бегала. Участники фестиваля приезжали и уезжали в разные сроки. Надо было кого-то отправлять, кого-то встречать.

Тишкин стоял на сцене торжественный и принаряженный и действительно светился от волнения. Несмотря на то что фестиваль был маленький и непрестижный, страсти кипели настоящие.

Матерый режиссер Овечкин, которому прочили главный приз (иначе он бы не поехал), сидел с каменным лицом. Он пролетел, и, как полагал, несправедливо. Получалось, что победила молодость. Пришли другие времена, взошли другие имена. И вот это было самое обидное.

Овечкину было пятьдесят два, Тишкину — двадцать семь. Объективная реальность. Дело, конечно, не в возрасте, а в мере таланта. И в возрасте.

Когда-то четверть века назад он так же ярко ворвался в кино, и критики талдычили: новый взгляд, глоток свежего воздуха... Но это было двадцать пять лет назад...

У Овечкина было прошлое, а у Тишкина — настоящее и будущее.

Было понятно, что фестиваль окончится, все разъедутся и забудут на другой день. И то, что сейчас кажется жизненно важным, превратится в сизый дым.

Миг победы — это только миг. Но и миг — это тоже вечность.

Тишкин стоял на сцене и был счастлив без дураков. Ему еще раз сказали: плыви! И он поплывет. Он будет плыть, не щадя сил. В него поверили критики, коллеги, профессионалы. Значит, и он обязан верить в себя. Это его первый «Первый приз». А впереди другие фестивали, в том числе Канны, Венеция, Берлин. И он будет стоять в черно-белом, прижимая к груди «Оскара», «Льва», «Золотую розу»...

После закрытия Тишкин позвонил домой. Сообщил о победе. Жена поднесла трубку дочери, и дочка в эту трубку подышала. Ее дыхание пролилось на сердце Тишкина как сладкая музыка. Он ничего не мог сказать и только беспомощно улыбался.

***

Прошло четыре года.

Перестройка длилась и уткнулась в дефолт. Страна шумно выдохнула, как от удара под дых.

Тишкин снял еще один фильм. Всего один за четыре года. Государственное финансирование прекратилось, как и прекратилось само государство. Жить по-старому не хотели, а по-новому не умели. Кто успел, тот и съел. А кто не успел — моргали глазами, как дворовые собаки, и ждали неизвестно чего.

Чтобы провести озвучание, Тишкину пришлось продать машину. Артисты работали бесплатно, из любви к искусству. Иногда хотелось все бросить, не тратить силы и идти ко дну. Но Тишкин плыл, плыл до изнеможения и наконец ступил на берег. Фильм был закончен.

Это был фильм о любви. О чем же еще... Снимать на злобу дня он не хотел, поскольку все дружно и разом кинулись снимать на злобу дня и даже появился термин «чернуха». Все стали отрывные и смелые.

Раньше модно было намекать, держать фигу в кармане. А нынче модно было вытащить фигу и размахивать ею во все стороны. Конъюнктура поменялась с точностью до наоборот.

Тишкин брезгливо презирал любую конъюнктуру. Ему захотелось напомнить о вечных ценностях. Он и напомнил.

Принцип Тишкина-режиссера состоял в том, чтобы ИНТЕРЕСНО рассказать ИНТЕРЕСНУЮ историю. У него именно так и получилось. Монтажницы и звукооператоры смотрели затаив дыхание. Фильм затягивал, держал и не отпускал.

А дальше — тишина. Прокат оказался разрушен. Фильм приобрели какие-то жулики из Уфы. Они предложили Тишкину проехаться по России с показом фильма. За копейки, разумеется. Мало того что Тишкин снял фильм за свои деньги, он еще должен был набивать чужой карман.

Жена собирала чемодан. Дочка выполняла мелкие поручения: принести расческу, зубную щетку и так далее.

Семейная жизнь Тишкина продолжалась, как продолжается море или горы. Точечные измены ничего не меняли и ничему не мешали.

Случайных подруг Тишкин рассматривал как отвлечение от сюжета внутри сюжета. А сам сюжет сколочен крепко, как в талантливом сценарии.

Алина из маленького городка осталась в его сознании и подсознании. Он даже хотел ей позвонить. Но что он ей скажет? «Здравствуй» и «до свидания»... Для этого звонить не стоит. Уж лучше кануть во времени и пространстве.

Тишкин приехал с фильмом в маленький городок, где когда-то проводился фестиваль.

Главная достопримечательность городка — мужской монастырь.

Тишкин бродил по исторической застройке, и ему все время казалось, что сейчас из-за угла выйдет Алина.

Из монастыря выбегали молодые парни в рясах. Здесь размещалась семинария. Никакого смирения в них не наблюдалось. Молодые румяные лица, крепкие ноги, энергия во взоре. И, глядя на семинаристов, хотелось сказать: «Хорошо-то как, Господи...» И в самом деле было хорошо. Ветер разогнал облака, проглядывало синее небо. И небо тоже было молодым и новеньким.

Когда-то здесь бродили бояре в неудобных одеждах, сейчас стоит Тишкин в кроссовках и короткой курточке. Он попал во временной поток. Через пятьдесят лет поток смоет Тишкина, придут новые люди. Но и их смоет. И так будет всегда.

Кто все это запустил? Бог? Но откуда Бог? Его ведь тоже кто-то создал?

Тишкин вышел из монастыря. Остановил машину и отправился на улицу Чкалова. Он хорошо запомнил улицу и дом, где жила Алина.

А вдруг она вышла замуж за Каравайчука? Все-таки четыре года прошло. Не будет же она сидеть и ждать у моря погоды.

Тишкин вылез возле ее дома. Нашел автомат.

— Да, — спокойно отозвалась Алина.

— Привет. Ты меня узнаешь?

Тишкин слышал, как в его ушах колотится его собственное сердце.

— Ты откуда? — без удивления спросила Алина.

— Из Америки.

— А слышно хорошо. Как будто ты рядом.

— Ты вышла замуж? — спросил Тишкин. Это был основной вопрос.

— За кого?

— За Каравайчука, например...

— А... — без интереса отозвалась Алина. — Нет. Я одна.

— Хорошо, — обрадовался Тишкин.

— Очень... — Алина не разделила его радости.

— Ладно. Я приду, поговорим, — закруглился Тишкин.

Он положил трубку и отправился в магазин. Деньги у него были. Тишкин купил все, что ему понравилось. Вернее, все, что съедобно.

Лифта в доме не было. Тишкин пошел пешком. Когда поднялся на пятый этаж, сердце стучало в ушах, в пальцах и готово было выскочить из груди.

Он позвонил в дверь. Послышались шаги.

— Кто? — спросила Алина.

Он молчал. Не мог справиться с дыханием.

Алина распахнула дверь.

— Господи... — проговорила. — Ты откуда?

— Из Америки, — сказал Тишкин.

Они стояли и смотрели друг на друга.

Ее лицо было бледным и бежевым, как картон. На голове косынка, как у пиратов в далеких морях. Она похудела, будто вышла из Освенцима. Перед Тишкиным стоял совершенно другой человек.

— Изменилась? — спросила Алина.
— Нет, — наврал Тишкин.
— А так?

Алина сняла косынку, обнажив голый череп. Он поблескивал, как бильярдный шар.

— Как это понимать? — оторопел Тишкин.
— Меня химили и лучили. Все волосы выпали. Но они вырастут. Врачи обещают.
— Вырастут, куда денутся...
— Проходи, если не боишься.

Тишкин шагнул в дом. Стал раздеваться.

— А чего мне бояться? — не понял он.
— Ну... рак все-таки. Некоторые боятся заразиться. Ко мне никто не ходит. Да я никого и не зову. В таком-то виде...

Они прошли в комнату. Сели в кресла.

— Рассказывай, — спокойно велел Тишкин.
— А чего рассказывать? Я оформлялась в поездку. Во Францию. Заодно решила пройти диспансеризацию. Врач сказал: «Никуда не поедете. У вас рак». А я ему: «Фиг с им, с раком». Очень хотелось в Париж.
— Раньше ты хотела в Германию, — заметил Тишкин.

Надо было что-то сказать. Но что тут скажешь?

— Сейчас уже никуда не хочу. Операция была ужасная. Я думала: грудь срежут, и все дела. А они соскоблили половину тулова, под мышкой и везде. Теперь руку не поднять.
— Это пройдет...
— Ага... Пройдет вместе со мной. Я договорилась с Маринкой: когда я помру, пусть придет, мне ресницы покрасит. На меня ненакрашенную смотреть страшно.
— Не умрешь, — пообещал Тишкин.
— Ага... У меня мать от этого померла. И бабка. Наследственное. Почему это они умерли, а я нет?
— Потому что медицина сильно продвинулась вперед. Сейчас другие препараты. Выживаемость девяносто процентов.

— А ты откуда знаешь?

Алина впилась в него глазами.

— Это известно. — Тишкин сделал преувеличенно честные глаза. — Наука движется вперед. К тому же Интернет. Все со всеми связаны. Сейчас можно лечиться заочно. Наберешь по Интернету самого продвинутого специалиста и возьмешь консультацию.

— Бесплатно?

— Вот это я не знаю. Думаю, бесплатно. Какие деньги по Интернету...

Алина задумалась.

Постепенно Тишкин привыкал к ее новой внешности. Она была красива по-своему: худая и стройная, как обточенная деревяшка. Страдания сделали лицо одухотворенным. Молодость проступала сквозь болезнь.

Алина верила каждому его слову. Она была по-прежнему наивна и доверчива, как раненая собака.

Тишкин взял ее руку и стал целовать. Жалость и нежность искали выхода. Он целовал каждый ее пальчик. Ногти были детские, постриженные.

— Тебе не противно? — спросила Алина. — Ты не боишься, что рак на тебя переползет?

— Он не переползает. И потом его нет. Его же отрезали...

— Да? — уточнила Алина. — Действительно...

Настроение у нее заметно улучшилось.

— Хочешь поесть что-нибудь? Если не боишься, конечно.

Тишкин принес пакет из прихожей. Вытащил на стол коньяк, фрукты, ветчину, шоколад.

— А у меня вареная курица есть.

Алина вытащила одной рукой кастрюлю. Поставила на плиту.

— Не трогай ничего, — запретил Тишкин. — Я сам за тобой поухаживаю.

Он стал накрывать на стол. У него это ловко получалось.

Алина сидела, кинув руки вдоль тела. Смотрела.

— Что у тебя в жизни еще? — спросил Тишкин.

— Рак.

— А кроме?

— Ты говоришь как дилетант. Кроме — ничего не бывает.

— Ну все-таки... Какая-то мечта.

— Сейчас у меня мечта — выжить. И все. Каждый прожитый день — счастье. Если бы меня поставили на подоконник десятого этажа, сказали: «Стой, зато будешь жить», — я бы согласилась.

— Не говори ерунды.

— Это не ерунда. Я утром просыпаюсь, слышу, как капает вода из крана. Это жизнь. В раковине желтое пятно от ржавчины. Я и ему рада. За окном зима. Люди куда-то торопятся. Я их вижу из окна. Какое счастье... Я согласилась бы жить на полустанке, смотреть, как мимо бегут поезда, спать на лавке, накрываться пальто. Только бы видеть, слышать, дышать...

— Садись за стол, — скомандовал Тишкин. — То на подоконнике, то на полустанке...

— Ты не понимаешь, — возразила Алина. — Говорят, что душа бессмертна. Но мне жаль именно тела. Как оно без меня? Как я без него?

Алина смотрела расширившимися глазами.

— Все будет нормально, — серьезно сказал Тишкин. — И ты с телом. И тело с тобой. Давай выпьем.

— Мне немножко можно, — согласилась Алина. — Даже полезно. Организм, говорят, сам вырабатывает алкоголь.

Они выпили. Тишкин положил на хлеб ветчину. То и другое было свежим.

— Откуда в провинции свежая ветчина? — удивился Тишкин.

— У нас деревенские сами готовят и в магазин сдают.

— Фермерское хозяйство, — сказал Тишкин. — Как в Америке...

Они ели и углубленно смотрели друг на друга.

— Как же ты одна? — произнес Тишкин. — Почему возле тебя нет близких?

— А где я их возьму? Я сирота. Да мне и не надо никого, одной лучше. Что толку от подруг? Пожалеют притворно, а по большому счету всем до болтов. Будут рады, что рак не у них, а у меня.

— Хорошие у тебя подруги...

— Умирать легче с посторонними. Они нервы не мотают. Ты их нанял, они делают работу.

— А деньги у тебя есть?

— Пока есть. Каравайчук дал.

— Молодец. Хороший человек.

— У города спер, мне дал. Считай, социальная поддержка.

— Мог бы спереть и не дать, — заметил Тишкин.

В окно ударилась птица.

— Плохой знак, — испугалась Алина.

— Плохой, если бы влетела. А она не влетела.

Помолчали.

— Ты меня помнила? — спросил Тишкин.

— А как ты думаешь?

— Не знаю.

— Ты единственный человек, с кем мне было бы не страшно умереть. Я легла бы возле тебя и ничего не боялась.

Это было признание в любви.

Тишкин поднялся. Подошел к ней. Алина встала ему навстречу. Обнялись. Он прижал ее всю-всю... Потом сказал:

— Давай ляжем...

— Одетыми. Хорошо?

— Как хочешь.

— Да. Так хочу. Чтобы рак не переполз.

— Он не ползет. Он пятится.

Они легли на диван. Одетыми. Тишкин нежно гладил ее острые плечи, руки, лицо. Он любил ее всей душой — жалел, желал, протестовал против ее судьбы. Зачем понадобилась Создателю эта невинная жизнь, такая молодая, такая цветущая...

Тишкин ласкал тихо, осторожно, боясь перейти какую-то грань.

Никогда прежде он не испытывал такой надчеловеческой остроты и нежности.

— Я тебя не брошу, — сказал Тишкин.
— Я тебя брошу, — ответила Алина.
— Почему?
— Потому что я умру.
— Этого не будет. Я этого не хочу.
— Дело не в тебе.
— Во мне. Ты меня мало знаешь.

Алина приподнялась и посмотрела на Тишкина. А вдруг... Тишкин честно встретил ее взгляд.

— Ты никогда не умрешь, — поклялся он. — Ты будешь жить дольше всех и лучше всех. Ты будешь здоровая, счастливая и богатая.

Алина опустилась на подушку.

— Говорят, тело временно, а душа бессмертна, — проговорила она. — Наоборот. Тело никуда не девается, просто переходит в другие формы. А вот душа...

Тишкин задумался над ее словами. И вдруг уснул.

Они спали долго: остаток ночи и половину следующего дня.

Тишкин никуда не торопился. Просмотр должен был состояться довольно поздно, в каком-то Доме культуры.

Тишкин успел сделать влажную уборку. Протирал от пыли все поверхности, включая карнизы.

— Ты хорошо ползаешь по стенам, — одобрила Алина. — Как таракан.

Прошли годы.

Тишкину исполнилось сорок лет. Он их не праздновал. Говорят, плохая примета.

Сорок лет, а он так и оставался в начинающих, подающих надежды. Уже вылезли из-под земли новые начинающие, двадцатисемилетние режиссеры. Они открывали новую эру, а Тишкин начинал вянуть, не успев расцвести.

Новые времена оказались хуже, циничнее прежних. Раньше был идеологический барьер, теперь — финансовый. Есть деньги — иди и снимай что хочешь и как хочешь.

А нет денег — сиди дома. Тишкин и сидел.

Дочке исполнилось 13 лет. Готовая девица. Любила петь и переодеваться. И еще она любила своих папу и маму. А папа и мама любили ее. Иначе просто не бывает.

Тишкин мечтал снять кино по Куприну. Его литература была абсолютно кинематографичной, просилась на экран.

Куприн — несправедливо забытый, с крупицами гениальности, сильно пьющий, безумно современный. Типично русский писатель.

Тишкин взял несколько его рассказов, перемешал их, как овощное рагу, и сделал новую историю. Он знал, как это снимать. Будущий фильм снился ночами. Не давал жить.

Фильм — дорогой. Костюмы, декорации, хорошие актеры. Снимать дешево — значит провалить. Требовалось полтора миллиона. А где их взять? Государство не давало. У государства — свои игры. Свой бизнес. Кому нужен выпавший из обоза Тишкин? Он, конечно, подавал надежды — хорошо. Любит семью — прекрасно. Хороший парень. И что? Мало таких хороших парней, голодных художников? Барахтайся сам как хочешь.

Жена Лена оказалась добытчицей. Из тихой девочки превратилась в тихий танк. Вперед и только вперед. При этом — бесшумно.

Работала в турагентстве. Зарабатывала на жизнь. Отсылала домочадцев в Турцию и Грецию. Они возвращались загорелые и веселые. Последнее время ездить стало стрёмно: тут землетрясение, там цунами, и в довершение — террористические акты. Но Россия — страна непуганых дураков. Ездят, ничего не боятся. Авось пронесет. Турагентство крутилось на полную катушку.

В этом году Лена решила отправить мужа в Израиль, на Мертвое море. Концентрация соли — убойная. Соль вытягивает из человека все воспаления. Грязь делает чудеса. Муж дороже денег. Зачем тогда зарабатывать, если не тратить.

Лена заказала путевку в отель с названием «Лот». Тот самый библейский Лот, который проживал с семьей в Содоме и Гоморре.

Тишкин летел три часа. Потом ехал через весь Израиль на маленьком автобусе, типа нашей маршрутки. Маршрутка в дороге сломалась. Ждали, когда пришлют другую машину. Шофер-бедуин слушал музыку. Туристы сидели и ждали, как бараны. Тишкин с горечью отметил, что везде бардак. Бедуин обязан был проверить машину перед рейсом. Но не проверил. Сейчас сидит, нацепив наушники, и качает в такт круглой семитской башкой.

Один из русских туристов вознамерился набить бедуину морду, но другие отговорили. Сказали, что здесь это не принято. Явятся полицейские и оштрафуют либо вообще задержат. И отпуск пойдет насмарку. Бедуин не стоит таких затрат.

Бедуин продолжал слушать музыку. Он не понимал русский язык. Но напряжение передалось, и он стал выкрикивать что-то агрессивное на непонятном языке. Похоже, он матерился.

Стремительно темнело. Тишкин сидел и размышлял: бардак налицо, но законы свирепые. И законы работают в отличие от нашей страны.

К отелю подъехали поздно. Ужин стоял в номере.

Тишкин подошел к окну. Море подразумевалось, но было неразличимо в бархатной черноте.

На другом берегу переливалась огнями Иордания, как будто кинули горсть алмазов.

— А из нашего окна Иордания видна, — сказал себе Тишкин. — А из вашего окошка только Сирия немножко...

***

Бархатный сезон был на исходе, самый конец октября. Публика — золотой возраст, а попросту старики и старухи.

Днем они стояли в море под парусиновым навесом и громко галдели, как гуси. Преобладала русская речь. Выходцев из России называли здесь «русские».

Русские стройным хором постановили, что стареть лучше в Израиле: государство заботится, хватает на еду и даже на путешествия. Но единственное, что угнетает: постоянные теракты. У какой-то Фиры погиб сын! И они боятся увидеть Фиру. Зачем тогда эта Земля обетованная, если на ней гибнут дети...

Тишкин научился передвигаться в воде вертикально, делая ногами велосипедные движения. Море держало, позвоночник разгружался, солнце просеивало лучи сквозь аэрозольные испарения. Вокруг, сверкая, простиралось Мертвое море, тугое, как ртуть. В этом месте оно было неширокое. На берегу Иордании можно было разглядеть отели и даже маленькие строения, типа гаражей.

Тишкина распирали восторг и свобода. Он знал, что через две недели все кончится. Он вернется в Москву, зависнет в неопределенности, как муха в глицерине. Куприн вопьется в мозги, подступят унижения: ходить, просить, доказывать. Но это будет не скоро. Впереди пятнадцать дней, каждый день — вечность. Значит, пятнадцать вечностей.

Тишкин болтался, как поплавок, на полпути в Иорданию. Если захотеть, можно дошагать велосипедными движениями. Здесь ходу сорок минут.

Если повернуться лицом к берегу — библейский пейзаж. Бежевые холмы лежат как сфинксы. Где-то в километре отсюда — соляной столб, похожий на квадратную тетку с волосами до плеч. Считается, что это — жена Лота.

По берегу ходил спасатель — марокканский еврей, юный, накачанный, с рельефной мускулатурой и тонким лицом.

Тишкин подумал: так выглядели ученики Христа, а может, и сам Иисус. И по воде, аки по суху, он шел тоже здесь. Тугая вода не давала провалиться.

Живая вечность. Ничего не изменилось с тех пор. Как стояло, так и стоит: холмы-сфинксы, белесое небо, чаша моря в солнечных искрах.

Было рекомендовано заходить в море на двадцать минут. Потом выходить на берег и смывать соль под душем. Но Тишкин уходил в море на полтора часа. Он вбирал его кожей, вдыхал легкими. Он исцелялся. Спасатель вскакивал на свою пирогу и, орудуя одним веслом, догонял Тишкина в середине моря и требовал вернуться. Тишкин усаживался на край пироги, и они возвращались вместе, как два ацтека — оба стройные и загорелые.

На берегу стояли дети разных народов и смотрели. Уставшие от жизни старые дети.

Тишкин отметил, что большинство отдыхающих — немцы: у немцев была своя социальная программа. Их больные лечились здесь бесплатно.

Израиль тоже посылал своих пенсионеров на пять дней. С большой скидкой. Каждую неделю приезжала новая партия.

Высокая старуха в махровом халате долго смотрела на Тишкина. Потом спросила:

— Ви с Ашдода?

— Нет, — ответил Тишкин.

— Ви с Бершевы? — не отставала старуха.

— Я из Москвы, — сказал Тишкин.

— Их вейс. А как же ви сюда попали?

— Просто взял и приехал.

— На пять дней?

— Почему на пять? На две недели.

— Но это же дорого, — встревожилась старуха. — Сколько ви платили?

Тишкин заметил, что вокруг на берегу прислушиваются. Откровенничать не хотелось, но и врать он не любил. Тишкин назвал цену.

— Их вейс... Это очень дорого, — отреагировала старуха. — А откуда у вас деньги? У вас бизнес?

— Ну... можно сказать бизнес, — замялся Тишкин.

— А какой?

Тишкин не хотел называть турагентство Лены. Вообще он не хотел поминать жену. Что за мужик, который пользуется деньгами жены?

— Я снимаю кино.

— Про что?

— Про людей.

— Так ви режиссер?

— Ну да...

— Простите, а какое ви сняли кино?

Старуха оказалась настырная, но симпатичная. Просто она была любопытная, как жена Лота.

— Я снял два фильма. — Он назвал свои фильмы.

— Так ви Тишкин? Владимир Тишкин? — поразилась старуха. Ее брови поднялись, глаза вытаращились.

— Да... — Тишкин растерялся. Он не ожидал, что его фамилию знают.

Вдруг он услышал сдержанные аплодисменты. Тишкин обернулся. Люди поднялись с пластмассовых стульев и аплодировали. Их лица были серьезными и торжественными.

— Ми здесь все смотрим все русское, — проникновенно сказала старуха. — Ми вас знаем. Ми получили от ваших кино большое удовольствие. Спасибо...

Тишкин растерянно улыбался. Глаза защипало, будто в них попала соль. А может, и попала.

Он пошел под душ. Стоял и плакал.

Значит, жизнь не прошла мимо. Ни одного дня.

По вечерам было некуда податься.

В отеле устраивали танцы. Пожилые пары топтались с никаким выражением.

По понедельникам и четвергам пел негр с маленькой и очень подвижной головой. На английском. Голос у него был хороший, но слушать его было скучно. Тишкин подумал: пение, как правило, передает интеллект поющего или не передает за неимением оного. По тому, КАК поют, всегда понятно, КТО поет.

По вторникам и пятницам приходил Миша — инженер из Ленинграда. Сейчас он проживал в соседнем городе Арад и подрабатывал в отелях Мертвого моря. Пел советские песни семидесятых годов. Песни — замечательные, и пел Миша очень хорошо, хоть и по-любительски. Мелодии проникали в душу, и даже глубже. В кровь. Невозможно было не отозваться. Русские евреи вдохновенно пели вместе с Мишей. Они скучали по своей молодости, по России. А Россия по ним — вряд ли. Это была односторонняя любовь.

По выходным дням пела коренная еврейка. На иврите. Мелодический рисунок, как родник, бил из глубины времени, из глубины культуры. И даже тембр голоса — особый, не европейский.

Русские евреи слушали, завороженные особой гармонией. Она была не близка им, но они как будто узнавали свои позывные со дна океана.

Тишкин скромно сидел в уголочке и понимал, вернее, постигал этот народ. Его гнали, били в погромах, жгли в печах. А они возрождались из пепла и никогда не смешивали мясное и молочное. Резали сыр и колбасу разными ножами.

Еврейская женщина восходит к Богу через мужа. Семья — святое. Поэтому нация не размыта и сохранена.

Семья — национальная идея.

Пожилые пары топтались под музыку, держась друг за друга. В золотом возрасте время несется стремительно, оно смывает и уносит. Главное — зацепиться за близкого человека и удержаться. И они держались у всех на виду.

Тишкин смотрел, слушал и, как ни странно, работал. Под музыку приходили разные идеи. Выстраивался финал. Начало он придумал давно. Это будут документальные кадры тех времен. Руки чесались — так хотелось работать.

В отрыве от дома Тишкин начинал думать об Алине. Последние дни Алина не выходила из головы. Где она? Что с ней?

Он много раз звонил Алине с тех пор, но никто не подходил. Потом подошел незнакомый голос и сказал:

— Она здесь больше не живет.

— А где она живет? — спросил Тишкин.

— Нигде, — по-хамски ответил голос. Видимо, ему надоели звонки и вопросы.

А может, и вправду нигде. Только в его памяти. Тугой сгусток страсти. И сгусток жалости. Это не размывалось во времени. Это осталось в нем навсегда.

В том краю была одна-единственная улица, по которой ходили громадные автобусы — неслись, как мотоциклы. Если перейти эту опасную дорогу, открывалась еще одна куцая улочка вдоль магазинчиков. Даже не улочка, а помост. На нем стояли пластмассовые столы и стулья. По вечерам включали большой телевизор, и все местные жители собирались перед телевизором. Они были смуглые, черноволосые, в белых рубахах и черных штанах. Похожие на армян, на итальянцев, на любой южный народ. Сообща смотрели спортивные передачи и умеренно запивали пивом.

Мимо бродили отдыхающие. Тоже присаживались за столики.

Немцы выгодно отличались сдержанностью одежды и манер. Русские евреи выпячивали себя голосом и телом. Всенепременное желание выделиться.

Тишкин шел и приглядывался: с кем бы провести вечер. Убить время. «Получить удовольствие», — как говорила старуха.

И вдруг ноги сами понесли его вперед и вперед — туда, где в одиночестве сидела невероятная немка, отдаленно похожая на Алину. Тишкин заметил две краски: золотое и белое. Белые одежды, золотая кожа и золотые волосы. Из украшений — только браслет, тоже золотой и массивный.

Тишкин подошел и остановился. Он хотел спросить разрешения — можно ли сесть с ней за один столик, но не знал, на каком языке разговаривать.

— Это ты? — спросила немка по-русски. — А что ты здесь делаешь?

— То же, что и все, — ответил Тишкин.

Это была Алина, Тишкин не верил своим глазам.

— Садись, — предложила Алина.

Тишкин сел.

Они никак не могли начать разговор. Он стеснялся спросить: «Куда подевался твой рак?» Но именно этот вопрос был главным.

— Я тебе звонил. Ты переехала...

— В Германию, — уточнила Алина.

— И ты живешь в Германии? — удивился Тишкин.

— И в Германии тоже.

— А где еще?

— Где хочу.

— Ты вышла замуж за миллионера?

— За Каравайчука.

— На самом деле? — удивился Тишкин.

— А что тут такого?

— Ты же его не любила.

— Правильно. Я тебя любила. Но ты был где-то. А Каравайчук рядом.

Это было справедливо. Тишкин промолчал.

— А ты как? — спросила Алина.

— Плохо. Не снимаю. Просто сижу и старею. Приехал сюда тормозить процесс. Все болит, особенно душа.

— А почему ты не снимаешь?

— Денег нет. Государство дает треть. А остальные надо где-то доставать. Никто не дает.

— А сколько тебе надо? — спросила Алина.

— Полтора миллиона... долларов, — уточнил Тишкин.

— Я тебе дам.

— У тебя есть полтора миллиона? — не поверил Тишкин.

— У меня есть гораздо больше.

Подошел официант. Тишкин заказал себе виски и сок для Алины.

— Это деньги Каравайчука? — спросил он.

— Почему? У меня свой бизнес.

— Какой?

— Не бойся. Не наркота.

— А где же можно так заработать?

— Я умею находить деньги под ногами.

— У тебя мусороперерабатывающий завод?

Алина удивленно приподняла брови.

— Под ногами только мусор. Больше ничего.

— Не вникай, — предложила Алина. — Ты не поймешь. В каждом деле свой талант. Ты снимаешь кино, а я бизнесмен.

— Тебя Каравайчук раскрутил?

— Он дал мне начальный капитал. А раскрутилась я сама.

Официант принес виски в тяжелом стакане и соленые орешки. Поставил перед Алиной сок. Тишкин расплатился. Алина, слава Богу, не остановила. Не лезла со своими деньгами. У нее хватило такта.

— Я бы не дал тебе начальный капитал. Я дал бы тебе только головную боль, — заметил Тишкин.

— Ты дал мне больше.

— Не понял...

— Помнишь, ты лег со мной... Тебе не было противно... После этого со мной что-то случилось. Я тоже перестала быть себе противна. Я себя полюбила... Если бы не это, я бы умерла. Ты дал мне жизнь. Это больше, чем полтора миллиона.

— Но они не вернутся, — честно предупредил Тишкин. — Кино денег не возвращает. Ты их просто потеряешь, и все.

— Ну и фиг с ими, — легко проговорила Алина. — Эти не вернутся, другие подгребут. Для того чтобы деньги приходили, их надо тратить. Если хочешь свежий воздух, нужен сквознячок.

Тишкин пил и неотрывно глядел на Алину. Он видел ее три раза. Первый раз — юную и нищую. Второй раз — смертельно больную, поверженную. И третий раз — сейчас — сильную и самодостаточную. Хозяйку жизни. Три разных человека. Но что-то было в них общее — женственности золотая суть. Женщина. Это была ЕГО женщина. Тишкина всегда к ней тянуло. И сейчас тянуло.

— А где Каравайчук? — неожиданно спросил он.

— В номере. Футбол смотрит. А что?

Тишкин все смотрел и смотрел. Она была красивее, чем прежде. Как созревшее вино.

— Ты меня еще любишь? — спросил он.

— Нет, нет... — испугалась Алина. — Вернее, да. Но — нет.

— Понял.

Эти полтора миллиона отрезали их друг от друга. Тишкин мог бы отказаться от денег, но это значило — отказаться от кино. А кино было важнее любви, важнее семьи, равно жизни.

— Ты вспоминаешь прошлое? Или хочешь забыть? — спросил Тишкин.

Алина закурила. Потом сказала:

— Прежде чем дарить, Господь испытывает. Без испытаний не было бы наград.

— Ты в это веришь?

— А как не верить. Ты же сам мне все это и говорил.

— Но я не Бог...

— Знаешь, как они здесь обращаются к Богу? «Адонаи». Это значит «Господи»...

Зазвонил мобильный телефон. Алина поднесла трубку к уху. Трубка — белая с золотом. Разговор был важный. Алина вся ушла в брови, давала распоряжения. Из нее высунулась новая Алина — четкая и жесткая, которую он раньше не знал.

Тишкин встал и попрощался. Алина на секунду отвлеклась от важного разговора.

— Оставишь мне на рецепции номер твоего счета, — распорядилась Алина.

— У меня его нет.

— Открой.

— Здесь? — не понял Тишкин.

— Лучше здесь. Вернее.

Алина снова переключилась на мобильный телефон. Она и раньше так умела. Переключаться сразу, без перехода.

Тишкин направился в свой отель.

Воздух был стоячий, совсем не двигался. Было душно и отчего-то грустно. Хотелось остановиться и стоять. И превратиться в соляной столб, как жена Лота.

Мимо пробежала кошка. Она была другая, чем в России. Египетская кошка на коленях Клеопатры: тело длиннее, уши острее, шерсть короче. Такую не хотелось взять на руки.

Тишкин разделся на берегу и вошел в море голым. Густая чернота южной ночи надежно прятала наготу. Море было теплее воздуха и обнимало, как женщина.

На лицо села муха. Откуда она тут взялась? Мертвое на то и мертвое, здесь ничего не росло и не жило. Никакой фауны. Тишкин согнал муху. Она снова села. Тишкин вытер лицо соленой ладошкой. Муха отлетела.

Неподалеку колыхалась чья-то голова.

— Что? — спросил Тишкин. Ему показалось: голова что-то сказала.

— Я молюсь, — сказал женский голос. — Я прихожу сюда ночью и говорю с Богом.

— По-русски? — спросил Тишкин.
— Нет. На иврите.
— Как это звучит?

Женщина заговорила непонятно. Тишкин уловил одно слово: «Адонаи».

— И что вы ему говорите? — спросил Тишкин.
— Ну... если коротко... Спасибо за то, что ты мне дал. И пусть все будет так, как сейчас. Не хуже.
— А можно попросить лучше, чем сейчас?
— Это нескромно.

Женщина отплыла, вернее, отодвинулась. Растворилась в ночи.

На противоположном берегу сверкали отели. После отелей шла возвышенность, и огни были брошены горстями на разных уровнях.

— Адонаи, — проговорил Тишкин, — спасибо за то, что ты мне дал: меня самого, моих родителей и мою дочь. По большому счету больше ничего и не надо. Но... — Тишкин задумался над следующим словом. Сказать «талант» нескромно. Призвание. Да. — Мое призвание мучит меня. Не дает мне спокойно жить. Разреши мне... — Тишкин задумался над следующим словом, — выразить, осуществить свое призвание. Ты же видел, как мне хлопали. Значит, людям это надо зачем-то... Но даже если им это не обязательно, это надо мне. А может быть, и тебе...

Тишкин смотрел в небо. Небо было другое, чем в России. Ковш стоял иначе.

САЛЬТО-МОРТАЛЕ

Рассказ

Александра Петровна перлась с двумя продуктовыми сумками на пятый этаж. Отдыхала после каждого лестничного марша.

Дом был старый, построенный в тридцатых годах. Без лифта, хотя место для лифта было — широкий колодец. Туда даже бросилась однажды молодая женщина. Сначала бросилась, потом одумалась, а уже поздно. Установили бы лифт, заняли бы место, и некуда кидаться вниз головой.

Александра Петровна поставила свои сумки на втором этаже. Отдышалась. Сердце тянуло плохо, мотор износился. Раньше она не замечала своего сердца, не знала даже, в какой оно стороне — слева или справа. Ее молодое сердце успевало все: и любить, и страдать, и гонять кровь по всему организму. А сейчас — ни первое, ни второе. Она устала страдать. Ей было лень жить. Жила по привычке.

Александра Петровна — начинающая старуха. Пятьдесят пять лет — юность старости. Она преподавала музыкальную грамоту в училище при консерватории. Посещала концерты. Следила за музыкальным процессом в стране. Процесс, как ни странно, не прерывался. Советский Союз рухнул, а музыка витала и парила, как бессмертная душа. Появлялись новые музыканты, ничем не хуже старых.

Интересное наблюдение: в тридцатые годы жили плохо, а строили хорошо. Дом до сих пор стоит, как крепость, — добротный и красивый.

В девяностые годы люди живут, «под собою не чуя страны», а искусства расцветают, рождаются вундеркинды. Как это понимать? Значит, одно не зависит от другого. Талант не зависит от бытия.

Александра Петровна подняла сумки и двинулась дальше. Прошагала еще два марша. Снова передых. Она подняла голову, посмотрела вверх. В доме было пять этажей. Последнее время многие квартиры раскупили новые русские. Дом был с толстыми стенами, как крепость. Таких сейчас не строят. Экономят. И конечно — местоположение в самом центре, в тихом переулке. Лучшего места не бывает. Тихо и ото всего близко.

Квартиру получил муж. Он преподавал в военной академии. Без пяти минут генерал.

Муж был на двадцать лет старше. Ровесник матери. Между ними шла постоянная война. Борьба за власть. Причина военных действий — Шура.

Мать привыкла быть главной и единственной в жизни Шуры, а муж — военный, почти генерал. Привык командовать и подчинять. В армии подчиняются беспрекословно. Не спрашивают, вопросов не задают. «Есть» — и руку под козырек.

Теща — безграмотная, шумная и деятельная — захотела взять верх над полковником, почти генералом. Это же смешно.

Полковник был прямолинейный, как бревно. Никакой дипломатии, никаких компромиссов. Это пусть интеллигенция крутится, как уж на сковороде. А у него только: «выполнять» или «отставить».

Шура металась между ними, пыталась соединить несоединимое.

Все кончилось тем, что полковник перестал замечать свою тещу. Смотрел сквозь. Вроде — это не человек, а пустое место. После ужина не говорил «спасибо». Молча ел, вставал и уходил.

Это было ужасно. Шурина мама корячилась у плиты на больных ногах, изображала обед из трех блюд. Тратила не менее трех часов. А этот солдафон садился за стол, за десять минут съедал все утро, все силы и кулинарный талант и уходил с неподвижным лицом.

Даже официанту в ресторане говорят «спасибо», хотя там все оплачено.

С другой стороны: муж — это муж. Защита, держатель денег, отец ребенка. И красавец, между прочим. Штирлиц один к одному. Только Штирлиц — шатен, а этот русый. Он тоже был важен и необходим. Все настоящее и будущее было связано с ним. Когда теща отлучалась из дома (в санаторий, например), когда им никто не мешал и не путался под ногами — наступало тихое счастье. Как жара в августе.

Но мать — это мать. Плюс жилищная проблема. Приходилось мириться с существующим положением вещей.

Выбор был невозможен, однако мать постоянно ставила проблему выбора. Накручивала Шуру против мужа. Ни минуты покоя. У Шуры уже дергался глаз и развилась тахикардия. Сердце лупило в два раза быстрее.

Шуре казалось, что она умрет скорее, чем они. Но ошиблась.

Шура прошла еще два марша. Остановилась. Лестница была старая, пологая, удобная. С дубовыми перилами, отполированными многими ладонями. Как много с ней связано. По ней волокла вниз и вверх коляску маленькой дочери. По ней вела полковника в больницу. Ему было семьдесят лет. Не мало. Но и не так уж много. Еще десять лет вполне мог бы прихватить.

Шуре было тогда пятьдесят. Выглядела на тридцать. Молодость, как тяжелый товарный поезд, все катила по инерции. Не могла остановиться. Длинный тормозной путь.

Шура ярко красила губы и была похожа на переспелую земляничку, особенно сладкую и душистую. Ее хотелось съесть.

Лечащий врач, тоже полковник, пригласил Шуру в ординаторскую. Налил ей стакан водки и сказал, что у «Штирлица» рак легкого в последней стадии.

— Сколько ему осталось? — спросила Шура.

— Нисколько, — ответил врач.

— У него же сердце... — растерянно не поверила Шура. Муж всегда жаловался на сердце и пил лекарства от давления.

— Там это все рядом, — сказал врач.

У него было сизое лицо, и Шура догадалась, что врач — пьющий.

Шура выпила еще один стакан водки, чтобы как-то заглушить новость. Но стало еще хуже. Полная муть и мрак.

Она вернулась к мужу и спросила:

— Хочешь что-нибудь съесть? Хочешь яблочко?

— Ты мое яблочко, — сказал полковник.

Это было наивысшее проявление благодарности и любви. Без пяти минут генерал был сдержан и аскетичен в проявлении чувств.

Он умер через неделю у нее на руках. Шура встретила его последний взгляд. В нем стоял ужас. Он успел проговорить:

— Это конец...

Значит, конец страшен. Может быть, страшна разлука? Человек уходит в ничто. В ночь. И все эти разговоры о бессмертии души — только разговоры.

Шура вернулась домой и сказала матери:

— Павел умер.

Мать закричала так громко и отчаянно, что стая ворон поднялась с крыши дома напротив. Шура увидела, как они взлетели, вспугнутые криком.

Мать рыдала, причитая:

— Как нам теперь будет пло-охо...

Шура в глубине души не понимала мать. Умер ее не враг, конечно, но обидчик. Почему она так страдает?

Потом поняла. Противостояние характеров создавало напряжение, которое ее питало. Мать получала адреналин, которого так не хватало в ее однообразной старушечьей жизни. Мать не была старухой. Она была молодая, просто долго жила. За неимением впечатлений, мать питалась противостоянием и по-своему любила Павла. Как собака хозяина. Она чувствовала в нем лидера.

Если бы полковник слышал, как теща будет его оплакивать. Как тосковать...

Дочь Шуры уехала с мужем в Австралию. Что они там забыли?..

Дочь уехала. Павел умер. Шура и мать остались вдвоем, в просторной генеральской квартире.

Мать умерла через год. Видимо, полковник ее позвал. Ему было там скучно одному. Не с кем меряться силами.

Мать заснула и не проснулась. Может быть, не заметила, что умерла. Легкая смерть была ей подарена за тяжелую жизнь.

Шура осталась одна. Пробовала завести кота, но кот сбежал. Надо было кастрировать, а жаль. Зачем уродовать животное в своих человеческих интересах...

Как трудно жить одной, когда не с кем слова перемолвить. Единственная отдушина — телевизор. Шура подсела на телевизор, как наркоман на иглу. Прямо тянуло. Но и в телевизоре — жуть и муть. Воруют, убивают из-за денег. Получается, что деньги дороже жизни. Деньги стали национальной идеей. Раньше шли на смерть за веру, царя и отечество. А теперь — за горсть алмазов, за нефтяную скважину. Нацию перекосило. Все продается, и все покупается, включая честь и совесть. А депутаты рассматривают власть как личный бизнес. До страны никому нет дела.

Шура любила советские фильмы семидесятых годов. И тосковала по семидесятым годам. Там была молодость, мама, Павел, который был тогда старший лейтенант, сокращенно старлей. Он ухаживал, приходил в дом. И мама готовила грибной суп из белых сухих грибов. Какой стоял аромат! У матери были вкусные руки. В ней был запрятан кулинарный и человеческий талант. И все, что она ни делала, — все было так ярко, необычно. И звездочки всегда горели в ее карих глазах. Глаза были острые, жаркие, яркие. Ах, мама...

Шура влезла на свой пятый этаж. Возле батареи притулился седой мужик, похожий на инженера семидесятых годов, в искусственной дубленке.

Вообще-то инженер — не негр, обычный человек, и никаких особых примет у инженера не бывает. Тем не менее скромность, покорность судьбе, невозможность изменить что-либо — все это читалось в глазах сидящего человека.

— А что вы здесь делаете? — спросила Шура.
— Греюсь, — просто сказал инженер.
— А почему здесь?
— Последний этаж, — пояснил инженер.
— Ну и что? — не поняла Шура.
— Меньше народа. Не выгонят.
— А вы что, бездомный?
— В каком-то смысле, — ответил инженер и добавил: — Не гоните меня...
— Да ладно, сидите, — смутилась Шура.

Подумала про себя: чего только не бывает, приличный мужик, сидит, как бомж... Может быть, его кинули с квартирой? Стал жертвой аферистов...

Шура открыла ключом свою дверь.

Вошла в квартиру. Разделась. Разобрала сумки. Вытащила бутылку шампанского. Шампанское она пила безо всякого повода. Там был углекислый газ. Он благотворно действовал на сердце.

Шура предвкушала, как вечером сядет перед телевизором, достанет хрустальный фужер на высокой ножке, и — вот он, желанный покой, вот оно, блаженное одиночество. Оказывается, покой и одиночество — это два конца одной палки. А абсолютный покой и абсолютное одиночество — это небытие. То, чего достигли мама и Павел — самые близкие, самые драгоценные люди.

Шура разложила продукты по местам: что-то в морозильную камеру. Что-то в холодильник. Крупы — в буфет.

Инженер не шел из головы. Как это он сидит на лестнице? Все-таки человек. Не собака.

Шура вышла на площадку. Инженер читал газету.

— Простите, вы голодный? — спросила Шура.

Инженер опустил газету. Молчал.

— Вы когда ели в последний раз? — уточнила Шура.

— Вчера.

— Дать вам супу?

Инженер молчал. Ему одинаково трудно было согласиться и отказаться.

— Заходите, — пригласила Шура.

Он поднялся. На нем были черные джинсы, дорогие ботинки. Бомжи так не одеваются. Инженер был похож на породистую собаку, потерявшую хозяина. На лице глубокие морщины, нос чуть-чуть лежал на щеках, как у актера Бельмондо. Лицо мужественное, а улыбка детская и большие синие глаза. Его было совершенно не страшно пригласить в дом. Лицо — как документ, очень многое сообщает о человеке. И видящий да увидит.

Муж Павел, например, обладал лицом, по которому сразу становилось ясно: честный, порядочный человек. А какие лица у сегодняшних политиков? Себе на уме. Именно себе. Фармазоны и хитрованы.

Инженер вошел. Снял ботинки.

Шура достала ему тапки — не Павла, нет. Гостевые, страшненькие.

Инженер прошел в кухню. Сел к столу.

Шура достала водку. Поставила рюмку в виде хрустального сапожка. Налила полную глубокую тарелку супа харчо. Там рис, баранина, чеснок. Энергетический запас супа довольно мощный. На день хватит.

Инженер опустил голову и начал есть. Шура села напротив, с вопросами не приставала, но и удержаться не могла.

— Вы приезжий? — спросила она.
— Нет. Я москвич.
— А чем вы занимаетесь?
— Бомжую, — просто сказал инженер.
— А почему?
— Так вышло.

Он закончил тарелку. Откинулся на стуле.

— Моя жена умерла. Дочь влюбилась в бандита. Привела его в дом. А бандит меня выгнал. «Уходи, — говорит, — а то убью». Ну, я и ушел.

— Куда?
— В никуда.
— Давно?
— Десять дней.
— А где же вы спите?
— На вокзале.
— А у вас что, нет друзей?
— Есть. Но мне неудобно.
— Что «неудобно»?
— Того, что Таня привела бандита. Но Таня и сама не знает. Он ей врет.
— А вы почему не сказали?
— Таня беременна, ей нельзя волноваться.
— А вы в милицию не обращались?
— Тане он сейчас нужнее, чем я. Она его любит. И он ее тоже.
— Какая может быть любовь у бандита?
— Такая же, как у всех остальных. Они тоже люди.
— Они — плохие люди, — поправила Шура.
— Они — другие.
— Вы странный... — сказала Шура. — Вас выгнали из дома, а вы пытаетесь его понять. Толстовец какой-то...
— Если бы у меня были деньги, я бы снял квартиру. Но все деньги ушли на болезнь жены. В смысле, на лечение. А зарплата у меня — стыдно сказать.

— Вы не старый. Могли бы поменять работу.

— Он отобрал у меня паспорт. Я полностью выпал из учета.

— Какое безобразие! — возмутилась Шура и даже ударила рукой по столу. — Хотите, я с ним поговорю?

— С кем? — не понял инженер.

— С бандитом.

— И что вы ему скажете?

— Скажу, что он... не прав.

— Это серьезный аргумент. — Инженер улыбнулся. Встал. — Большое спасибо.

— Подождите. Хотите еще? Впрок...

— Я впрок не ем. Я как собака.

Инженер вышел в прихожую. Надел свои ботинки.

Шуре стало его жалко. Куда он сейчас пойдет, выкинутый и бездомный...

— А вы не врете? — неожиданно спросила она.

— Нет. А почему вы спросили?

— Все это так неправдоподобно...

— Да, — согласился инженер. — Жизнь иногда предлагает такие сюжеты, что никакому писателю-фантасту не придумать.

Инженер надел свою дубленку. Стоял с шапкой в руке.

От него исходила спокойная мирная энергия. И это было странно. Человек в стрессовой ситуации ведет себя совершенно адекватно, как будто все происходит не с ним, а с кем-то. А он — только свидетель.

А как бы повел себя Павел на его месте? Прежде всего он никогда не оказался бы на его месте. Однако поди знай...

— Заходите завтра, — неожиданно пригласила Шура.

— Во сколько?

— Так же, как сегодня. В шесть часов вечера. Я сварю вам борщ на мясном бульоне. Вы должны есть горячее хотя бы раз в день.

— Спасибо, — сдержанно отозвался инженер. В его глазах стояла благодарность, но без подобострастия. — Я приду.

Он ушел. Шура не могла понять: почему она его не задержала? Пусть бы переночевал. У нее есть свободная комната и диван. Поспал бы нормально... Но Шура была из первой половины прошлого века. Можно считать, из мезозоя. Их поколение было воспитано иначе, чем перестроечное.

Инженер — тоже из мезозоя, и может статься, что он больше не появится. Постесняется.

Шура решила не думать, чтобы не расстраиваться, но борщ сварила, на всякий случай. Положила в кастрюлю большой кусок мяса с сахарной косточкой, а дальше все — как мама: лимон, чеснок, зелень и ложку сахара. Сахар — это главное, он выявляет спрятанный вкус. Такой борщ невозможно есть одной. Просто кощунственно. Это все равно, что сидеть одной в зале и слушать божественную музыку. Нужно объединить со-переживание. Сочувствие. Одиночество — это отсутствие «СО»...

Инженер явился ровно в шесть часов. В его руках была веточка вербы. Сорвал по дороге.

Шура поставила веточку в бутылку из-под кефира. Через несколько дней почки набухнут, и вылупятся пушистые комочки. Это лучше, чем формальные гвоздики.

Инженер стеснялся, но меньше, чем в прошлый раз. Он не был так скован. Потрогал розетки. Заметил, что одна из них греется. Это опасно. Он проверил проводку. Потом попросил отвертку и укрепил розетки, чтобы прилегали плотно.

— Где вы ночевали? — спросила Шура.

— В приемном покое, — ответил инженер.

Неподалеку находился роддом. Может быть, там решили, что он чей-то папаша или дедушка.

«Как изменилось время, — подумала Шура. — Приличные люди бомжуют, а бандиты живут в их домах». Раньше криминалитет не смешивался с интеллигенцией. Существовали на разных территориях, в разных человеческих слоях.

А сейчас все смешалось. Бардак, да и только. И непонятно — как этому противостоять. Никак. Если только объединиться.

— Послушайте, — сказала Шура. — Так продолжаться не может. Вы должны обратиться в милицию. Пусть его арестуют.

— И моя дочь останется одна, — продолжил инженер.

— Но вы имеете право на свой угол в доме. Вы должны прийти и остаться.

— И он меня убьет...

— Но ваша дочь... Как она это терпит?

— Она не знает. Хорошо, что моя жена умерла. Не дожила до этого позора. Она у меня была с идеалами. Секретарь партийной организации.

— А вы?

— Я никогда в партии не состоял.

— А где вы работали?

— В НИИ. Главный инженер проекта. Сейчас этого НИИ больше нет.

— А инженеров куда?

— Кто куда. Некоторые уехали. Некоторые ушли из профессии. Квартиры ремонтируют. Чипсами торгуют.

Позвонили в дверь.

Шура открыла и увидела свою соседку Римму Коробову.

— У тебя ликер есть? — спросила Римма.

— Нет. Шампанское есть.

— Мне ликер нужен. В пирог добавить.

Шура задумалась.

— А бальзам подойдет? У меня есть мордовский бальзам.

— Надо попробовать.

— Проходи, — пригласила Шура.

Римма прошла в дом. Увидела инженера.

— Здрасьте, — удивилась Римма. Она не предполагала мужчин в доме Шуры.

— Это мой родственник, — представила Шура. — Из Украины. Познакомьтесь.

— Римма...

— Олег Петрович. Алик...

«Внука ждет, а все Алик... — подумала Шура. — Инфантильное поколение...»

Римме было сорок лет. Год назад ее бросил муж Володька. Разбогател и бросил. Наши мужчины дуреют от денег. Считают, что им все можно.

Володька и раньше прихватывал на стороне, но все-таки имел совесть. А последнее время гулял напропалую, думал, что Римма все будет хавать за его деньги. Но Римма не стала хавать. Сказала:

— Пошел вон.

И Володька пошел вон.

Римма не ожидала, что он воспользуется. Думала, что все-таки одумается. Но Володька брызнул как таракан. Его уже поджидала какая-то старшая школьница, на двадцать пять лет моложе. Сейчас это модно. У современных мужиков проблема с потенцией, и наличие рядом молоденькой телки как бы отрицало эту проблему. Молодая подружка была чем-то вроде значка, вернее, знака качества.

Римма вся почернела, обуглилась, как будто выпила соляной кислоты и все в себе сожгла. Шура ее жалела, но скрывала свою жалость. Римма не терпела сочувствия. Гордость не позволяла. Но постепенно лицо ее светлело. Римма выживала.

— Садись с нами, — предложила Шура.

Римма села. Спина у Риммы была прямая. Шея высокая. Головка маленькая, засыпанная чистыми душистыми светлыми волосами. Непонятно, что надо было этому Володьке с короткими ногами и оттопыренной задницей. И ходил, приседая, будто в штаны наложил.

Шура не любила этого предателя Володьку, но помалкивала. Римме было одинаково неприятно, когда ругали или хвалили ее бывшего мужа.

Ругали — значит, обесценивали ее прошлое. Хвалили — значит, крупная рыба соскочила с крючка. Шура помалкивала. Она знала, что все канет в прошлое. Не сразу, но канет. Целая жизнь имеет конец, не то что какой-то Володька...

Шура достала шампанское. Алик ловко открыл. Разлил по фужерам.

— Это мой родственник, — еще раз сказала Шура. — С Украины приехал. Работу ищет.

— С Украины? — удивилась Римма. — А я думала: вы еврей.

— Одно другому не мешает, — сказал Алик. — На Украине много евреев. Они всегда селятся там, где тепло.

— Их автономная республика Биробиджан, — возразила Римма. — Там холодно.

— Так там их и нет. Может быть, один или два.

— А вы какую работу ищете? — спросила Римма.

Алик растерянно посмотрел на Шуру. Он не умел врать.

— Ремонт, — нашлась Шура.

— А обои можете переклеить?

— Легко, — сказал Алик.

— А напарник у вас есть?

— А зачем напарник? — спросила Шура. — Лишние деньги бросать. Сами поможем.

— А вы машину водите? — спросила Римма.

— А зачем тебе? — поинтересовалась Шура.

— Кольку в школу возить. Я не в состоянии просыпаться в полседьмого.

— Я вожу машину, — сказал Алик. — Но у меня ее нет.

— У меня есть. У меня есть все: квартира, машина и деньги.

— Только счастья нет, — вставила Шура, хотя ее не просили.

— А я и не хочу, — спокойно сказала Римма. — Там, где счастье, там — предательство.

Алик задумался. Дочь получила счастье и предала отца, хоть и невольно. Счастье — товар самый ценный и самый нестойкий.

— А где вы будете жить? — Римма смотрела на Алика.

— У меня, — торопливо ответила Шура.

— А вы можете иногда у меня ночевать? Я поздно прихожу. Колька боится один оставаться.

— Переночую, — согласился Алик.
— А утром — в школу отвезти. Потом из школы забрать. Ну, и уроки с ним выучить.
— А ты что будешь делать? — спросила Шура.
— Работать. Жить. Вовка выплачивает денежное пособие, а сам свободен, как ветер. А я тоже хочу быть свободна и не смотреть на часы. Мне надо жизнь выстраивать с нуля.
— Значит, Алик — усатый нянь? — спросила Шура.
— А что особенного? Мальчику нужен мужчина.
— Соглашайтесь! — постановила Шура.
— Питание, проживание и зарплата, — перечислила Римма.

Алик моргал глазами. Его судьба подпрыгнула, перевернулась, сделала сальто-мортале. И встала на ноги.

— Можно попробовать... — неуверенно согласился он.

Шура разлила шампанское по бокалам. Включила магнитофон. Потекла музыка. Танго.

— Белый танец! — объявила Шура.

Римма встала и пригласила Алика. И тут случилось маленькое чудо. Алик танцевал очень хорошо и заковыристо. Он ловко опрокидывал Римму на руку, и его рука под спиной была сильная, устойчивая. Потом он слегка подкидывал Римму и припечатывал ее к своему плечу. И плечо тоже было твердое, как литое. На такое плечо не страшно опереться.

Жизнь вставала на рельсы. Худо-бедно, да вывезет. А может, и не худо-бедно. Главное — объединиться и противостоять.

Вечером Римма привела Кольку и куда-то смылась. Алик, Шура и мальчик остались втроем. Смотрели телевизор. Обменивались впечатлениями. «СО» вернулось в дом после долгого отсутствия. И казалось, что это не трое сирот: вдова, брошенный ребенок и король Лир, а полноценная семья — встретились и воссоединились после долгой разлуки.

ЗА РЕКОЙ, ЗА ЛЕСОМ
Рассказ

Артемьев любил любовь. Женщины — как цветы, каждая неповторима. У каждой своя красота и свой аромат. Невозможно пройти мимо. Хочется остановиться, сорвать и понюхать. А потом, естественно, выбросить. Что еще делать с сорванным цветком...

И женщины его тоже любили. За слова. За нежность. Таких слов и такой нежности они не знали ранее. И уже не могли без этого жить. Однако наступал момент разлуки. Артемьев не умел красиво расставаться. Просто исчезал, и все. Трусил. Не хотел выслушивать чужие трагедии.

Брошенные женщины вели себя по-разному. Гордые — не возникали. Исчезали, страдая. Другие — не мирились, преследовали и даже мстили. Одна из них, по имени Элеонора, пришла к его дверям и стала беспрерывно звонить. Артемьев не открывал, поскольку был не один, а с Розой.

Элеонора закричала, что сейчас подожжет дом. И действительно подожгла. Она распорола обивку на двери, сунула туда тряпку, пропитанную бензином. И подожгла. Квартира наполнилась дымом. Роза смотрела на Артемьева большими перепуганными глазами. Они боялись оставаться в квартире и боялись выйти. Разгневанная Элеонора могла плеснуть в них бензином и поджечь, как дверь.

Артемьев пережил с Розой напряженные минуты. Это их сблизило.

Впоследствии Артемьев женился на Розе, хотя она была не лучше других. Это была попытка защититься от хаоса, как сказал один рано умерший писатель, тоже бабник.

∗ ∗ ∗

Роза родила Артемьеву двоих дочерей — одну за другой. И это оказалось очень кстати. Впоследствии старшая выросла и уехала в Англию. А младшая, Людмилочка, осталась с ними. Была бы одна дочь — все равно что никого. Какой смысл от дочери в Англии...

Роза и Артемьев жили хорошо, у них было много общего. И прежде всего — жадность. Материальная ориентация. Это не такое уж плохое качество, как думают. Жадность в детстве и старости не что иное, как инстинкт самосохранения. А в среднем возрасте — двигатель прогресса. Жадность и любопытство — вот что правит миром.

Артемьев про свою жадность ничего не знал. Это чувствовали остальные. А сам со своей жадностью он не сталкивался и не перебирал золотые монеты в сундуке, как Скупой рыцарь.

Артемьев скупал картины и уже не мог жить без хорошей живописи. Он разбирался в художниках, умел увидеть настоящее там, где не видел никто. Умел предвидеть и предвосхищать.

Войдя в свой дом, Артемьев сразу начинал отдыхать, как бы ни устал. Полотна на стенах как будто говорили ему: «Привет. Ты дома». И он мысленно отвечал им: «Привет. Я дома».

Роза была частью дома, частью его самого. Он ее любил. Но гулял. Привычка.

Первое время Роза переживала. Скандалила. Потом махнула рукой. Здоровье дороже.

Так и жили. Артемьев пропадал бог знает где. Однако ночевать приходил домой. Это был неписаный закон: ночевать дома. И бедный Артемьев среди ночи на перекладных перся через всю Москву. Являлся к четырем утра. Но являлся. Роза ждала. Не спала.

Хранить верность жене Артемьев не мог. Но хотя бы верность дому.

И он хранил.

Подружек Артемьева Роза называла «похихишницы». От слова «похихикать». И от слова «хищницы». Но не родилось еще такой хищницы, которая могла бы отодрать от Артемьева хоть жалкий клок. Артемьев подарков не делал. Он сам подарок. Мог написать стихотворение и напечатать его в газете. Стихотворение было прекрасным, возвышающим душу. И все материальное рядом с этим меркло.

Похихишницы не понимали: как он может жить со своей Розой, такой скучной и страховидной? Как он может провести с ней романтический вечер? Но Артемьев не рассматривал свою жену как сексуальный объект. Роза — это дом из камней, как у Наф-Нафа. В таком доме не страшен серый волк. Роза — это пространство, где стоит его письменный стол, и он может за ним работать. Более того, Артемьев мог работать только тогда, когда Роза находилась в соседней комнате. За стеной, но рядом. Он успокаивался от ее присутствия. Уравновешивался.

Артемьеву нравилось, когда ему мешали. Он лучше собирался и сосредотачивался, когда ему мешали.

Девочки любили забегать в кабинет отца. Артемьев разыгрывал возмущение, гнал упрямых девочек. Они уходили не сразу. Он успевал вдохнуть запах детства, увидеть, какие они неправдоподобно прекрасные Божьи создания. Вся красота жизни и смысл бытия были сосредоточены в этих русоголовых, сероглазых, благоуханных, как ветка жасмина.

Пугало будущее: вырастут и наткнутся на такого, как он, пожирателя чужой молодости. Эти мысли Артемьев гнал прочь. Он много работал — так требовала душа. Зарабатывал, чтобы сколотить капитал и передать выросшим дочерям. Пусть у них сразу будет все. Чтобы не зависели от мужей, как Роза. Чтобы сами распоряжались своими жизнями.

Любовь к детям, ответственность перед ними — вот что являлось главным топливом Артемьева. Что касается Розы — он ее не бросит. И это все. Он сохранит ее статус — жены писателя.

В анкетах сокращенно писалось: «ж. пис.» Звучало «жопис». Женский мир состоял из похихишниц и жописов.

Каждая похихишница мечтала перебраться в жописы. А каждая жена мечтала о нежности и высоких словах. Но все вместе не бывает. Что-то одно.

Девочки выросли. Старшая уехала учиться в Англию. Пошла такая мода: учиться за границей. Завела себе бойфренда, индуса. Хорошо хоть не негра.

Индус на фотографиях был красивый, похож на таджика. Дочь не собиралась возвращаться в Россию.

— Неужели она поедет в Индию? — пугалась Роза. — Там блеск и нищета. И коровы на улицах.

— Там тепло, — отвечал Артемьев. — Там на улице можно жить.

— Зачем же мы строили дачу? — вопрошала Роза.

Этот вопрос был самым мучительным. Зачем все их напряжение, если это не пригодилось.

Но подросла младшая дочь, Людмилочка. Она была похожа на своего некрасивого отца. Друзья дома шутили:

— Вылитый папаша, но обошлось.

И действительно, все, что в Артемьеве было некрасивым: короткий рубленый нос, глубоко утопленные глаза, — в Людмилочке как-то откорректировалось, выстроилось в музыкальную фразу. Короткий нос, пышный рот и яркие хрустальные глаза в темных ресницах. Хоть на обложку журнала. Вылитая Орнелла Мутти, только моложе.

Хорошо было бы посмотреть на папашу Орнеллы. Очень может быть, что он похож на нашего писателя Артемьева.

Артемьеву меж тем исполнилось 55 лет. И тут произошло нечто из ряда вон выходящее. Он влюбился.

Всю прошлую жизнь Артемьев как будто шел по цветущему лугу, срывал цветы удовольствия, нюхал и бросал. А сейчас замер. И больше никуда не пошел. Остановился.

Его новая похихишница была не лучше прежних. Просто он сам стал другой.

Ее звали Елена. Елена — скромная врачиха из писательской поликлиники. Она выслушивала Артемьева через стетоскоп, близко подвинув лицо. От ее лица шло тепло.

Их лав стори начиналась как заурядный роман. А потом Артемьев вдруг понял, что не может без нее жить. И может при ней работать. И плоть ликует и кричит: да, да, да... И так захотелось счастья и покоя. Никуда не бегать, не врать. А просто остановиться и замереть.

Дочери выросли, у них свои индусы. У Людмилочки наметился полукитаец из Новосибирска. Правда, китаец оказался не простой, но об этом позже.

Роза... Она давно ему мать. Он не спит с ней лет десять. Кто же спит с мамашей...

Артемьев заколебался.

Пол дрогнул под ногами, стены заходили. Серый волк не сдул дом. Но землетрясение...

В один прекрасный день, вернее, ночь — поистине прекрасную — Артемьев не пришел домой ночевать. Это был грозный знак.

Роза спросила:

— Где ты был?

— На съемках, — сказал Артемьев. — Ночное телевидение.

Роза поняла: он врет. Но не нарывается. Мог бы признаться. И что тогда? Тогда надо принимать решение. А он не хочет принимать решение. Значит, все останется по-старому. Муж в доме. А на похихишницу придется закрыть глаза. Можно подумать, что для нее это новость.

Артемьев всю жизнь гулял на длинном поводке, как козел в чужом огороде. И как знать, может быть, эти похихишницы сохранили Розе семью.

В глубине души Роза не обвиняла мужа. Она обвиняла этих недальновидных глупых баб, которые лезут к чужому мужу вместо того, чтобы завести своего собственного. Пусть плохонького, но своего. Роза презирала каждую, как воровку, которая ворует вместо того, чтобы идти работать.

Врачиха задержалась в жизни Артемьева. Прошел год, другой, третий, а она все стояла на небосклоне и светила, как солнце в полдень. И все было ясно без слов. Роза ничего не спрашивала. Артемьев ничего не врал. Наступила негласная договоренность: «Я буду жить как хочу. А ты будешь жить как раньше...»

Людмилочка называла врачиху «постоянка». Значит, постоянная.

Розу все время трясло, как будто она стояла босыми ногами на оголенном проводе. Она боялась, что Артемьев уйдет на зов любви и Людмилочка уйдет к своему полукитайцу. И Роза останется одна-одинешенька, а у нее ни профессии, ни хобби. Ее единственная профессия — это Артемьев. Она создавала ему дом, готовила еду и берегла накопленные богатства в виде живописи, недвижимости и просто денег, которые она ласково называла «денежки». Денежки лежали на книжке, и в сейфе, и в тайнике в ванной комнате. Ни один вор не догадается.

Если Артемьев бросит Розу, ее жизнь погрузится во мрак и холод. Наступит вечная ночь, как на том свете. Это и будет смерть при жизни.

Роза замирала от страха. Просила Людмилочку:

— Поговори с отцом.

— О чем?

— Пусть он ее бросит.

— Да какая разница, — возражала Людмилочка. — Ему почти шестьдесят. Скоро этот вопрос отпадет сам собой.

— Ну да... — не верила Роза. — А вон режиссер, как его... по телевизору, восемь раз женился.

— У него такая привычка: все время жениться. А у нашего привычка все время соскакивать. Он и сейчас соскочит.

— Почему это? — не поверила Роза.

— Потому что он жадный. Все наследство должно перейти детям. А не на сторону. Купеческий закон. И дворянский.

Роза успокаивалась на какое-то время. Потом ее опять начинало трясти. Постоянное перенапряжение сказывалось на сосудах. Стало прыгать давление.

Роза пила успокоительные лекарства и ходила прибалдевшая. Жила как под местным наркозом: все слышишь, но терпишь.

Артемьев ничего не видел и не слышал. В нем постоянно звучала музыка любви и заглушала все остальное.

Елена казалась Артемьеву совершенством. В ней было все прекрасно: лицо, одежда, душа и мысли. Чеховский идеал. При этом она была тихо верующая, принимала жизнь такой, как она есть. И ничего не требовала: ни денег, ни того, что раньше называлось «положение в обществе». Она не выдирала Артемьева из семьи. Это грех. В ней не было никакой агрессии. Она была счастлива своей любовью к нему. И его любовью к ней.

Артемьев любил бывать с Еленой на людях: на выставках, в театре, на презентациях. Он ее развлекал, как сейчас говорят, «тусовал».

Среди людей особенно чувствовалось их единение. Их поле как будто было замкнуто друг на друге.

Стоя среди людей или сидя в темноте зала, Артемьев все время помнил, что у нее под кофточкой прохладная грудь. А заветное место — тугое, резиновое, всегда чуть-чуть влажное от желания. Она постоянно его желала, и он не мог не отозваться на ее зов. Он был сильным рядом с ней. И он ей верил.

Артемьев рассказывал Елене свои замыслы и во время этих рассказов проверял себя: интересно или нет. Если ему было интересно рассказывать, а ей интересно слушать — значит, он на правильном пути.

Артемьев был военный писатель. Но война была фоном, на котором решались нравственные проблемы.

Война все переворачивала с ног на голову. В своих повестях Артемьев пытался все поставить на свои места. Легко рассуждать о добре и зле в мирной жизни. А попробуй сделать это в аду.

Елена не имела к литературе никакого отношения, но у нее был абсолютный слух на правду. Она безошибочно улавливала фальшь. Она была душевно продвинута, и Артемьев ориентировался на нее, как корабль в ночи ориентируется на свет маяка.

Последнее время ему стало казаться, что без нее он не сможет работать. Она должна быть всегда рядом, на расстоянии вытянутой руки.

Грянула перестройка.

Люди начали жить на доллары. Рубли стали называться «деревянные». Артемьев и Роза живо сообразили, что от деревянных надо избавляться. И все, что у них лежало в сейфе и в тайнике, вложили в недвижимость.

Купили еще один дом под Москвой. И дом на острове Кипр. Там оказалось дешевле, чем в России. Оба дома сдавали, поскольку невозможно жить везде одновременно.

Полукитаец Людмилочки раскрутился, стал мощным воротилой. Открыл сеть ресторанов и сеть казино.

Людмилочка уговаривала отца вложиться в казино, но Артемьев сомневался. Боялся, что его обманут, или, как сейчас говорят: кинут. Он вообще был человеком недоверчивым. Страшно было потерять то, что заработано трудом всей жизни. А жизнь уже не повторить.

Елену тем временем уволили из писательской поликлиники. Шел передел собственности. Явился новый хозяин. Набирал новую команду. Елена ушла, чтобы не путаться под ногами. Стала работать в обыкновенной районной поликлинике. Вызовы на дом. Прием больных.

Кончилась прежняя жизнь закрытой поликлиники с отсутствием очередей, тишиной и чистотой, вышколенностью персонала, заискивающей вежливостью пациентов.

Районная поликлиника — как вокзал. Минимальное количество времени на больного, потому что поджимает следующий. Тяжело вникнуть, и в конце концов тупеешь, и неохота вникать. Больные — горластые и настырные, качают правду. Их разверстый рот похож на хайло, печное отверстие. Хочется его заткнуть несвежим вафельным полотенцем. И вся эта музыка — за смешные деньги. В цивилизованной стране врач получает такую сумму за час работы. А здесь — за месяц. Да что сравнивать...

Единственный свет в окне — Артемьев. Он придет к ней вечером. Начнет рассказывать. И его глубокий голос будет тихо струиться, уносить в другую реальность. И ради той, другой реальности можно вытерпеть эту.

Роза терпеливо ждала: когда же иссякнет роман? Когда же Артемьев перестанет шастать на сторону? Но роман не иссякал, и даже наоборот — раскручивал обороты.

Артемьев, уже не стесняясь, жил на два дома, и даже существовал негласный график. Рабочую неделю он жил с семьей, а выходные проводил у Постоянки. У него все чаще мелькала мысль: пора бы определиться, прибиться к одному берегу. Но удерживала привычка бытия и купеческий закон: все наследство — детям.

Артемьев мог бы уйти в чем стоял. Постоянка не претендовала на наследство. Но тяжело обидеть Розу, оскорбить детей... Роза будет раздавлена. Дети унижены. И он сам тоже окажется раздавлен своей виной.

И еще одна причина. Для творчества не полезна душевная гармония. Необходим разлад души с действительностью. Разность потенциалов.

С другой стороны, Постоянка тоже могла поднять восстание. Она старела в любовницах. Не заводила детей. Года наплывали один на другой. А что впереди?

***

Однажды Роза стояла за спиной мужа и смотрела, как он одевается. Шарф. Пальто. Кепка. Отправлялся к Постоянке.

— Какая же она дура... — выговорила Роза.

— Почему? — удивился Артемьев. При этом не уточнялось, кто «она». И так ясно.

— Потому что ты не женишься. Ты нас не бросишь.

— Не женюсь, — подтвердил Артемьев. — Кто же бросает своих...

— И цветочка не купишь. И денег не дашь...

— При чем тут деньги?

— Значит, ни статуса, ни материальной поддержки, — подытожила Роза. — Тогда что же остается?

— Остается чистое чувство, — сказал Артемьев.

— Понятно... Любовь — морковь...

— Просто любовь. Без моркови.

— Я же говорила: дура...

Роза храбрилась. Но тряслась. Она продолжала стоять на оголенном проводе.

Артемьев вел себя нагло, потому что за ним была сила. Он — держатель денег. А кто платит, тот и хамит. И ничего с этим не сделаешь.

Роза ждала, что Постоянка допустит грубую ошибку, например: начнет закатывать скандалы. Артемьев не выносит скандалов. Или заведет себе другого, чтобы вызвать ревность. Ревность, как правило, подогревает чувство у всех, кроме Артемьева. Для него ревность — это недоверие. А недоверие убивает любовь наповал.

Однако Постоянка сидела тихо, ошибок не делала, в дом не звонила, денег не требовала. Если разобраться — идеальная любовница. Мало ли какая могла попасться, наглая и алчная...

— Ты должна ей молоко покупать, за вредность, — замечала Людмилочка.

— А мне кто будет молоко покупать? — вскидывалась Роза. — Сколько здоровья уходило на его пьянки-гулянки. И конца не видно. И под старость покоя нет. Когда же это кончится? — вопрошала Роза.

— Это кончится вместе с ним, — предполагала Людмилочка.

Что думала, то и говорила. Хоть бы наврала во спасение.

Роза отправилась к гадалке по имени София.
София раскинула карты, покачала головой.

— Скоро, скоро твое сердце успокоится, — пообещала она. — Возле червовой дамы смерть. Вот смотри...

Постоянка — червовая дама, поскольку блондинка. Возле нее действительно сплошная чернота: крести и бубны.

— Неужели помрет? — оробела Роза. — А когда?
— Это же карты. Здесь не написано. Скоро.
Роза щедро заплатила Софии за эту новость. Пошла домой.
Роза не была злым человеком, поэтому она не злорадствовала. Более того, она сочувствовала бедной Постоянке: молодая еще, могла бы жить и жить. Но судьба не дает слишком много одному человеку. Она подарила Постоянке большую долгую любовь, а за это отнимает жизнь.

Вот ей, Розе, судьба выделила унылую погоду, как в средней полосе: короткий день, беспросветная зима. На Розе природа сэкономила солнышко любви, поэтому Роза будет жить долго. Она природе не в тягость.

Так размышляла Роза по дороге домой. Она ехала на автобусе, хотя могла бы взять такси. А зачем тратить деньги? У денег глаз нет.

Роза приехала домой. Артемьев оказался дома, несмотря на субботу. Его лицо было желтым, как горчица.

— Что с тобой? — испугалась Роза.
— Не знаю. Я пожелтел... Наверное, что-то съел.
Розе стало ясно: гадалка перепутала. Черная карта относилась к трефовому королю.

***

Артемьева положили в больницу.

У него определили цирроз печени. А он ничего не чувствовал и не предчувствовал. Любил — и был счастлив. Работал — и был счастлив. Что же явилось причиной болезни? Может быть, подспудная вина... А может, просто компьютер дал сбой.

Казалось, что болезнь можно обмануть.

«Если дружно мы навалимся втроем, то тяжелые ворота разнесем», — сказала себе Роза.

И они дружно навалились: Роза, Людмилочка, полукитаец со своими немереными деньгами, старшая дочь и ее индус со своими целебными лекарствами и травами с самого Тибета.

Роза обеспечивала диетическое питание и возила в больницу. Базар, кухонная плита, кастрюльки, баночки.

Людмилочка — по связям с общественностью. Переговоры с врачами, доставание лучших специалистов, консилиумы.

Полгода семья кипела, как гейзер. Каждый день, каждый день...

Артемьев лежал в хороших условиях. Лечили его хорошо. Везде сплошное хорошо, единственное неудобство — посещения. Он не хотел сталкивать Постоянку с родственниками, и ему приходилось работать регулировщиком. Артемьев каждый раз выяснял: кто, когда, — и переносил Постоянку на освободившееся время. Если жена днем, то Постоянка — вечером. И наоборот.

Но однажды произошел сбой. Постоянка столкнулась с Людмилочкой. Они явились одновременно.

Постоянка растерялась и от страха проговорила:

— Здравствуйте...

— Здравствуйте, — спокойно ответила Людмилочка. — Давайте познакомимся.

— Елена Юльевна, — представилась Постоянка.

— Мила. — Людмилочка протянула руку. Последовало рукопожатие вражеских сторон.

Артемьев смотрел на них слегка отрешенно. У него было мало сил на эмоции — как положительные, так и отрицательные. У него было очень мало энергии, и он ее берег.

Людмилочка знала, что цирроз — это прежде всего слабость. Она быстро попрощалась и ушла, чтобы не мешать.

Людмилочка села в холле и стала ждать. Ждать пришлось не мало. Целый час. «О чем это они? — удивлялась Людмилочка. — После десяти лет знакомства...»

Артемьев тем временем рассказывал своей Елене Юльевне новый замысел. Сюжет — треугольник: Ленин — Крупская — Арманд. Там были захватывающие моменты. У интересных людей и любовь протекает интересно.

— Это не треугольник, — заметила Постоянка. — Квадрат. Ты забыл революцию. Ленин, Крупская, Арманд, революция.

— Точно... — согласился Артемьев. — Без революции это бытовая история. Как у нас с тобой.

— У нас не бытовая, — возразила Постоянка. — Вместо революции у нас литература.

— А... — покивал Артемьев. — Точно...

Они говорили и говорили. И откуда силы брались. Когда Постоянка уходила, Артемьев сразу засыпал.

Елена вышла из палаты. Людмилочка поднялась ей навстречу. От нее веяло успехом и благополучием. От Постоянки веяло глубокой печалью. Она знала диагноз Артемьева и его прогнозы с точностью до дней.

— Простите... — начала Людмилочка. — Я подумала: зачем вам прятаться?

— Я не прячусь. Я не хочу его огорчать.

— Ну да... Я подумала: мама очень устает. Она не может ходить каждый день. У нее больные ноги. Может, вы возьмете на себя три дня в неделю: пятница, суббота, воскресенье. А рабочая неделя — на нас.

Елена Юльевна выслушала внимательно и бесстрастно. У нее было выражение лица, как у врача, который выслушивает пациента.

График посещений оставался примерно тот же самый, что и раньше. Елена посещала Артемьева в свои выходные. Но ей была оскорбительна легализация графика. Ей РАЗРЕШАЛИ. Более того, ей ПРЕДЛАГАЛИ. Почему? Потому что она неопасна. Артемьев уже не уйдет к ней. Он уйдет только в вечность.

Постоянка молчала. Людмилочка по-своему поняла ее молчание.

— Я понимаю, это нагрузка. Дорога, фрукты — это дорого. Разрешите, я предложу вам триста долларов в месяц.

Постоянка удивилась. Ее глаза сделались круглыми, брови приподнялись.

— Никто не узнает, — заверила Людмилочка. — Я сама буду вам платить. Это наша с вами личная договоренность. Для меня триста долларов не проблема.

— Дело не в деньгах, — сухо сказала Постоянка. — Просто есть вещи, которые не покупаются. И не продаются: Вера, Надежда, Любовь... Я понятно говорю?

— Ну... Извините, конечно, — смутилась Людмилочка. — Я хотела как лучше. Я о вас беспокоилась...

— Обо мне не надо беспокоиться. Подумайте лучше о себе.

Людмилочка пожала плечами. И пошла, пошла...

Людмилочка ехала домой на удобной машине. Машина была высокая, казалась очень надежной.

Она думала о своем друге, полукитайце. Его мать была русской. Имя тоже русское: Саша. Вроде русский человек, а хитрожопый. Азиатская примесь сказывается. С женой не разводится. Детей не бросает. Людмилочке рожать не разрешает. Понятное дело. И чем она отличается от Постоянки? Ничем. Точно такая же Постоянка, только с деньгами. Постоянка двадцать первого века. Сейчас все сместилось: за деньги отбирают жизнь, и любовь можно купить за деньги, и, между прочим, не так уж дорого. И совесть спокойно продается.

Елена Юльевна — реликтовый экземпляр. Ее можно занести в Красную книгу.

Людмилочка вернулась домой в самых противоречивых чувствах. Ей вдруг захотелось бросить полукитайца с его круглым, как тарелка, лицом. Позвонить Ваньке Полозову, с которым она трахалась с девятого класса, и больше ни с кем она не могла повторить этого чувственного фейерверка. Ни с кем и никогда.

Людмилочка поймала себя на том, что завидует Постоянке. Хотя чему там завидовать... Время упущено. Мужик умирает. А больше у нее ничего и нет. Только память. У Постоянки нет будущего, но есть прошлое. Вот что у нее есть. Прошлое. И если расходовать помаленечку, его может хватить надолго. До конца.

— Кушать будешь? — спросила Роза. — У нас сегодня супчик из белых грибов. И пловчик с баранинкой.

— Что? — переспросила Людмила.

— Плов...

— Так и говори: плов. А то пловчик, супчик, как одушевленные. Прямо дети...

Роза исподлобья глядела на дочь. Не понимала, чем та недовольна. Для Розы любить — значило накормить. А что еще?

Елена рассчитывала отложить себе на туфли. Но ничего не вышло. Все деньги уходили на такси.

У нее не было сил добираться на общественном транспорте, полтора часа в один конец с тремя пересадками. Больница находилась за городом. Там лежали номенклатурные работники, имеющие собственные машины с шофером.

Елена брала такси — это тоже машина с шофером.

Она приходила к Артемьеву. Вынимала из сумки бутылочки со свежевыжатыми соками. И обязательно цветы. Цветы слабо благоухали. Звали к жизни.

Артемьев был равнодушен ко всему. Ни цветы, ни соки его не радовали. Его глаза были повернуты в глубь тела, в котором происходило что-то неотвратимое и от него не зависящее.

Елена гладила Артемьева по голове, по лицу, как своего сыночка. А он только моргал. Его голубые глаза оставались печальными и одинокими.

Елена знала как врач, что происходит в глубине его тела. Рабочие клетки печени стремительно замещаются соединительной тканью. Поле зарастает чертополохом.

Если бы можно было остановить процесс или хотя бы замедлить. Но цирроз — на третьем месте после онкологии и сердечно-сосудистых заболеваний. Палач номер три.

Артемьев не говорил о смерти. И о любви тоже не говорил. Его жизнь заканчивалась. Позади остались страсти, книги, успех. Где-то отдельно от него жили своей жизнью дочери. А он сам как будто не жил на белом свете. Так быстро проскочила его жизнь. Одиночная ракета вознеслась в небо, поискрила, да и погасла.

Роза пришла во вторник. Это был ее присутственный день. Кровать стояла без белья.

Роза отправилась в ординаторскую. Спросила:

— Куда вы перевели Артемьева?

— Сядьте. — предложила лечащий врач.

Роза осела на стул.

Шофер Саша не ждал хозяйку возле больницы. Отъехал полевачить.

Роза отправилась домой на метро.

Артемьева хоронили по первой категории. Гроб выставили в Союзе писателей.

Народу пришло неожиданно много. Это удивляло, потому что начиналась эпоха большого равнодушия. Стало ясно: Артемьев сказал что-то очень важное о своем времени. И люди были благодарны и пришли попрощаться. Не поленились.

Елена тоже пришла. Стояла скромно, в сторонке.

Ей было важно увидеть лицо Артемьева. Он умер без нее, ночью. Елена хотела понять: мучился ли он перед смертью, было ли ему больно. И она вглядывалась, не отрывала глаз, искала черточки страдания. Но лицо было абсолютно спокойным, светлым и красивым. Казалось, будто он легко и доверчиво шагнул в неведомое. Переступил черту.

Елена не плакала. Она мысленно держала Артемьева за руку. Не удерживала, а вела...

Он был большим ребенком, доверчивым, по-детски жадным, по-детски любопытным. Он и был ее ребенком. А еще он был ее Мастером. И только с ним она была ТАЛАНТЛИВА. Как скрипка в руках Паганини.

Роза надела шляпу с полями и обвила ее черным гипюром. Получилось красиво. Роза сидела на почетном месте возле гроба, но зорким взглядом углядела в толпе всех его похихишниц. Их было не меньше пяти штук, не так уж и много. По одной на пятилетку.

Похихишницы толкались жопами, клали цветы, норовили протолкнуться поближе к гробу, попасть в телевизионную камеру.

Роза едва заметно ухмылялась, наблюдая эти усилия. Камеру интересовала только семья, дочери и жена, а также видные политики! Людмилочка наклонилась к матери и тихо проговорила:

— Мамаша, притушите победный блеск ваших глаз. Это заметно...

Роза не отреагировала на замечание. Она ничего не могла с собой поделать. Она действительно присутствовала на главной победе своей жизни. Быть женой Артемьева — это полдела. Жена — величина переменная. Сейчас жена, а через полчаса уже не жена. Но быть вдовой Артемьева — это НАВСЕГДА. Теперь никто не украдет мужа, статус, благосостояние. Все — ее. А похихишницам только и остается толкаться возле гроба, как голубям. Собирать жалкие крохи. И при жизни — крошки, и сейчас — считай ничего...

Панихида окончилась. К Розе и Людмилочке подошел сам мэр и поцеловал им руку. Каждой по очереди. Телевидение отразило этот акт сочувствия и уважения.

Гроб перенесли в автобус.

Артемьев завещал похоронить себя в родной деревне Заколпье. Предстояло ехать сто километров.

Никто из важных гостей не пожелал преодолевать такие расстояния. А похитительницы пожелали, как ни странно. Одна за другой полезли в автобус, оттопыривая зады разных размеров и форм.

Роза растерялась, а Людмилочка сказала:

— Пусть едут. Автобус полупустой. Перед деревенскими неудобно.

Постоянка стояла в стороне. Людмилочка подошла к ней.

— Может быть, вы хотите проводить папу? — проговорила она. — Папа был бы очень рад. И я тоже.

Елена поднялась в автобус.

«Папа был бы очень рад»... Странно сопрягать такие понятия, как радость и смерть. И вместе с тем Елене казалось, что Артемьев еще здесь. Рядом с ней. Он ее почувствует, и ему будет спокойнее. Не так одиноко и не так холодно.

Елена села в ногах и незаметно коснулась гроба коленями.

Хоронили на высоком месте, под широкой разлапистой сосной.

Артемьев сам себе приглядел это место — еще давно, когда был молодым и крепким мужиком. Он сказал тогда: «Хочу лежать здесь».

Все смеялись. Казалось, это время никогда не придет. Но оно пришло. Вот оно.

Внизу текла река, за рекой — луга, и лес в отдалении. А надо всем синее небо и барашки облаков. «Равнодушная природа продолжала красою вечною сиять». Природе все равно, кого именно она смывает с лица земли: того или этого, хорошего или плохого, любимого или бесхозного. Ей главное — освободить место для следующего.

Гроб опускали деревенские.

Могила уходила в песок. Никакой влаги. Хорошее место выбрал себе Артемьев.

Роза заплакала. Она осознавала, что и ее тут положат. Стало себя жалко. Хоть и муж под боком, и песок, а все равно... Жалко расставаться с детьми, с белым светом. И Артемьева тоже жалко. Он был такой живой и грешный, и порядочный при всех своих грехах. У него была крепкая деревенская середина. Без городской гнильцы.

Полетели комья земли.

Похихишницы завыли. Хоронили их молодость, страсть, звездные часы жизни. Каждая была уверена: только ей достались его любовь, крики и шепоты, жаркое дыхание жизни.

Пусть жене отойдет все нажитое добро. Но ведь его с собой не возьмешь, и за тобой не понесут...

Елена не знала, кто эти женщины. Может быть, родственницы. Хотя для деревенских они были слишком ухоженны.

И похихишницы не понимали, кто эта странная молодуха — стоит и не плачет. Хоть бы слезу уронила для приличия.

Елена действительно не плакала. Она осознавала умом, что хоронят ее любимого Артемьева, но сердцем не верила. Ей казалось, что он отъехал в дальнюю командировку, куда-то на Север, например. Они будут как-то общаться, подавать друг другу сигналы, сниться во сне, мысленно беседовать. И он будет отвечать на все ее вопросы.

А потом, когда придет время, она к нему поедет и они встретятся. И уже не расстанутся. И сейчас не расстались. Их души по-прежнему на одной волне. Она чувствовала, что он рядом. И растерян. Она мысленно говорила ему: «Ничего не бойся. У тебя все получится».

Материальный мир этого объяснить не может. Но вера открывает другие знания и другие возможности.

Елена не плакала. Она просто стояла и вслушивалась: как он там?

***

Поминки справляли в доме Артемьева. В его летней резиденции — как говорила Людмилочка. Дом всю зиму стоял нежилой, и сейчас в него было неприятно войти. Запах сырости и гнилой картошки.

— Значит, так, — распорядилась Людмилочка. — Снимайте каблуки, берите вёдра. И за водой...

Похихишницы не возражали. Они скинули свою выходную обувь. Сунули ноги в галоши, стоящие у двери, и строем пошли к колодцу. Колодец был не рядом, на середине длинной улицы, но им это не мешало. Наоборот. Хотелось перевести душевную тяжесть в физическое действие.

Телевизионная дива скинула свои меха и переоделась в телогрейку. Приобрела вид хипповый и жизнеутверждающий.

Похихишницы превратились в простых рукастых тёток. Наносили воды, вымыли полы и даже окна. Одна из них, циркачка, подставила лестницу и забралась под потолок. Протёрла стены. Дом как будто вздохнул и посветлел.

Похихишницы старались от души. Людмилочка командовала, осуществляла общее руководство.

Роза накрывала на стол. Она привезла с собой всё, что следует. Надо было разложить по блюдам, чтобы выглядело красиво. Не на газете же есть.

Постоянка тихо помогала Розе. Перетирала тарелки кухонным полотенцем. Вилка слева, нож справа.

Стол был накрыт. Все сполоснули потные лица и уселись в свободном порядке.

Пришли деревенские. Принесли бутыль самогона. Пришлось сдвигаться. Места хватило всем. В тесноте, да не в обиде. А вот рюмок не хватило. Пришлось добавить стаканы и железные кружки — всё, что нашлось в доме.

Стали поминать Артемьева. Ровесники помнили его ребёнком и молодым парнем. Роза всё это слышала не раз: как Артемьев мальчишкой тонул в полынье, как его спасли. И он спасал, когда вошел в силу. Заботился о деревне, доставал доски и гвозди через свои каналы. Тогда ведь ничего нельзя было достать. А жить надо было.

Сейчас — другое время. Бессовестное. За деньги можно все. Только где их взять, деньги?

Бывший председатель колхоза, а ныне просто фермер, завел страусов. Страусиные яйца — это тебе не куриные.

— Но они же бегают, — заметила цирковая похихишница.

— Бегают, когда жизнь заставляет. А тут им еду в загон приносят. Куда бежать?

Соседка Артемьевых Зоя стала рассказывать, что в соседний колхоз заехали американцы — муж и жена. Организовали фермерское хозяйство. Сами молодые, красивые. Коровы мытые, сытые. В коровнике чисто. Доят по компьютеру. Вся деревня работает вместе с американцами. Никто не пьет и не матерится. Культурно разговаривают.

— А почему не матерятся? — спросила Людмилочка. — Американцы же не понимают. И коровам все равно.

— Не хочется грубостей, — объяснила Зоя. — Хочется культурно. Надо бы и в нашу деревню пару американцев.

— А русские не могут? — спросила цирковая похихишница.

— Не могут, — спокойно сказал фермер. — Нет культуры труда.

— Научатся, — помечтала Роза.

— Может, когда-нибудь научатся. Сколько стояла советская власть? Семьдесят лет. Вот считай: семьдесят на обратную раскрутку.

— Алексей петь любил, — напомнила Елена. — Давайте споем его любимую.

— Пел мимо нот, но громко, — вспомнил Гена, Зоин муж.

Гена поставил на колено гармонь, развернул мехи. Запел. Голос у него был хрипловатый, но пел он хорошо. Людмилочка с удивлением посмотрела на Гену. Он пел не хуже эстрадных певцов, если не лучше.

— За рекой, за лесом... — начал Гена. — Солнышко садится...

— Что-то мне, подружки, дома не сидится, — подхватили деревенские. Они разделились на голоса. Выстраивался хор.

— Сладкая истома, черемухи цвет...

Похихишницы не выдержали, влились в хор.

— Усидишь ли дома в восемнадцать лет...

Как они пели... Как рвалась душа на волю.

Елена глядела на поющий стол. Все объединились и слились в одно. Не было городских и деревенских, богатых и бедных, победителей и пораженок, законных жен и случайных похихишниц.

Все объединились в одну большую душу, как во время молитвы.

Артемьев лежал под елью. Земля еще не слежалась и пропускала звуки. Он слышал голоса, сплетенные в песню. Это были голоса тех, кого он любил в течение жизни.

Они звучали так красиво и всепрощающе. Возможно, это пели ангелы. А может быть, просто шел дождь...

СКАЗАТЬ — НЕ СКАЗАТЬ...
Повесть

Артамонова поступила в училище легко, с первого раза. На вступительном экзамене играла Чайковского, Шопена и что-то для техники, сейчас уже забыла что. Кажется, прелюд Скрябина.

Киреев поступал вместе с ней, но провалился. Получил тройку по сочинению, недобрал один балл. У него случились две орфографические ошибки и пять лишних запятых. Киреев обладал абсолютным музыкальным слухом, но пять запятых оказались важнее.

В последний день вывесили списки принятых. Киреева не было в списке, значит — откинут, отбракован, как нестандартный помидор. Он стоял чуть в стороне и смотрел перед собой куда-то вдаль. Артамонова хотела подойти к нему и сказать, что он самый способный изо всех. Но постеснялась. Он мог принять сочувствие за унизительную жалость и обидеться.

Когда сдавали, приходили на экзамены — держались общим табунком, болели друг за друга. А сейчас разделились на две несмешивающиеся части: везунки и неудачники. Принятые смотрели на непринятых, как живые на покойников: немножко с ужасом, немножко с любопытством и с неосознанной радостью — вы ТАМ, а мы ТУТ.

Пятнадцать везунков во главе с энергичной Лындиной отправились праздновать победу в ближайшее кафе. Артамонова пошла вместе со всеми, сдала свои пять рублей, но душой не присоединилась. Она чувствовала свою вину перед Киреевым, как будто заняла его место. Там же, в кафе, решила позвонить Кирееву, но всезнающая Лындина сказала, что у него нет телефона. Киреев жил на территории монастыря в бывшей трапезной. Это двухэтажное строение считалось среднеисторической постройкой, находилось под охраной государства, поддерживалось в первозданном виде. Телефона в нем не полагалось, поскольку среднеисторические монахи не перезванивались с внешним миром, на то они и монахи.

Просто взять и поехать в трапезную без предупреждения Артамонова не решилась, хоть и была слегка пьяна и благородные чувства стояли у горла.

Осенью группа собралась для начала занятий. Киреев оказался в группе. Было очевидно: сунули по блату. Кто-то расстарался, спустили еще одно место — специально для Киреева.

Артамонова обрадовалась, а группа ханжески нахохлилась. Музыка — БОГ. Училище — ХРАМ. И вдруг — блат. Какие контрасты. Кирееву в глаза ничего не говорили, но как-то брезгливо сторонились, будто он негр, вошедший в вагон для белых. Киреев делал вид, что не замечает. Но Артамонова видела: замечает. И страдает. И почему эта курица Лындина — крючкотворка и интеллектуалка, как все бездари, — учится по праву, а Киреев — не по праву? Или, скажем, Усманову прислала республика, она прошла вне конкурса. Республике нужен национальный кадр. А если Киреев не кадр — он что, хуже? Почему по блату республики можно, а по индивидуальному блату — нельзя?

Артамонова принципиально села рядом с Киреевым в аудитории. Занимала ему очередь в буфете. Брала сосиски и коржики. А когда начались зачеты — предоставила Кирееву свои конспекты. Киреев сказал, что не понимает ее почерка. Артамонова согласилась читать ему вслух.

Сидели у Артамоновой на кухне, грызли черные соленые сухарики. Мама Артамоновой пережила ребенком блокаду и никогда не выбрасывала хлеб. Резала его соломкой и сушила в духовке. Эти сухарики были неотвязными, как семечки.

В середине дня жарили картошку. Киреев сам вызвался чистить и делал это так, будто всю жизнь только этим и занимался. Ровный, равномерный серпантин кожуры не прерывался. Картошка из-под его рук выходила гладкой, как яйцо. Артамонова заподозрила: когда человек одарен, он одарен во всем. Картошку жарили с луком, болгарским зеленым перцем и колбасой. Сверху заливали яйцом. Киреев называл это «крестьянский завтрак». Такое сочетание продуктов и слов казалось Артамоновой талантливым, почти гениальным.

На кухонной полке стоял керамический козел: туловище из глиняных бежевых витков, как бы шерсть, а рога — темно-коричневые, блестящие, будто облитые лаком.

Киреев ел крестьянский завтрак, глядя перед собой отсутствующим взором. Свет окна падал на его лицо. Артамонова вдруг с удивлением заметила, что его темно-коричневые глаза не вбирают в себя свет, а отсвечивают, как керамика.

— Ой! — сказала Артамонова. — У тебя глаза — как у козла рога.

Киреев ничего не ответил. А что тут скажешь... Он даже не понял: хорошо это или плохо, когда как у козла рога. Потом Киреев курил и слушал конспекты по научному коммунизму и не понимал, чем конкуренция отличается от соцсоревнования и почему конкуренция плохо, а соцсоревнование хорошо. Похоже, этого не понимал и автор научного коммунизма.

Однообразный голос Артамоновой убаюкивал, и, чтобы стряхнуть с себя сонную одурь, Киреев садился играть. Его любимые композиторы были: Шостакович, Прокофьев; Чайковский для Киреева был слишком наивен. Артамонова признавала именно Чайковского, а звучание Прокофьева для нее — как железом по стеклу. Но она стеснялась возражать, самоотверженно слушала.

У Киреева были сильные пальцы. Артамонова сидела как под обстрелом. Под такую музыку хорошо сходить с ума. Но постепенно эта несообразность во что-то выстраивалась. Вырастала. Во что? Наверное, в двадцатый век.

От хорошей музыки в человеке поднимается человеческое. Жизнь задавливает человеческое, а музыка достает.

Артамонова могла так сидеть и слушать. И покрываться пылью времени. Но приходила из больницы мама. Она работала медсестрой в реанимации, каждый день вытаскивала кого-нибудь с того света. И очень уставала, потому что тот свет засасывает, как вакуум. И надо очень напрягаться, чтобы не пустить туда.

Киреев собирался домой. Артамонова его провожала. Он застегивал пуговицы, но мысленно был уже где-то в другом месте. Он умел вот так, уходить — не уходя.

После его ухода Артамонова ставила пластинку под иглу, бросалась на кровать и смотрела в потолок. Наивная музыка ее обнимала, кружила, обещала. Она плыла, плыла... Улыбалась, не улыбалась, — летела куда-то лицом, худеньким телом, жидкими волосиками, собранными в пучок, как у балерины, большими глазами под большими очками.

Как хорош был Чайковский. Как хороши стены родного дома. Как хороша жизнь!

Артамонова влюбилась.

Сейчас уже трудно было определить точность момента, когда это произошло: когда Киреев не поступил и стоял в стороне, отбракованный... или осенью, когда впервые появился в группе... лицо на кухне, когда увидела его мрачные глаза... А в общем, какое это имеет значение. Важно то, что пришла любовь.

Сначала шел инкубационный период, она не знала, что влюбилась, просто появилась потребность о нем думать и вслух проговаривать свои думы.

При этом Артамонова знала и все знали, что Киреев женат на какой-то Руфине. Он женился, когда ему было двадцать, а Руфине тридцать. Она была немыслимой красоты. Киреев сошел с ума и отбил ее у большого человека — генерала или министра. И Руфина ушла из пятикомнатной квартиры в трапезную. Ушла на чистую любовь. Первый год они не вылезали из постели и было все равно, где эта постель — в подвале или во дворце. Потом началась жизнь и Руфина увидела разницу: где стоит постель и обеденный стол и что на столе.

Киреев подрабатывал на танцплощадках и на свадьбах. Со свадеб приносил Руфине вкусненького, денежки в конверте и чувство вины, которое не проходило. Роли распределились четко: Руфина — недовольна, Киреев — виноват. Может быть, именно в свою вину проваливался Киреев, когда стоял с отсутствующим лицом, глядя в никуда.

Артамонова все знала, но это знание не меняло дела. Все равно: каждый вдох — Киреев, и каждый выдох — Киреев. И болит под ложечкой, потому что там, в этой точке, — душа.

Артамонова не могла ни думать, ни говорить ни о чем другом и в конце концов стала неинтересным собеседником. Невозможно общаться с человеком одной темы. Это общение похоже на заевшую на пластинке иглу.

Усманова, ставшая близкой подругой, угорала от Киреева, от того, как он молчит, как курит, как чистит картошку, какая у него неглаженая рубашка, из чего следует: какая Руфина шкура и какой Киреев несчастный.

Однажды подруги прошли пешком по бульварному кольцу до улицы Горького, остановились возле подземного перехода. Апрельское солнце пекло прямо в лицо. Но это не солнце — это Киреев.

Усманова добросовестно внимала подруге, потом заметила:

— Ты слишком много говоришь о себе. Чем меньше о тебе знают, тем лучше для тебя.

— Почему? — искренне удивилась Артамонова.

Есть понятие: поговорить по душам. Человек выворачивает душу, как карман, выкидывает что лишнее, наводит порядок. И можно жить дальше. У них в доме, в соседнем подъезде, проживал дипломат. Он всю жизнь был набит тайнами и секретами от макушки до белого воротничка. И под старость лет сошел с ума, заперся на даче, ни с кем не разговаривал. Боялся выболтать секрет.

Если не общаться — сойдешь с ума. Жизнь — это общение. А общение — это искренность.

Усманова, тайно верующая в Аллаха, считала иначе. Жизнь — это своего рода игра. Как в карты. Игрок держит свои карты у лица, чтобы не подглядывали. Иначе проиграешь. А Артамонова — весь свой расклад на стол.

— Видишь? — Усманова подняла со лба челку.

Артамонова ничего не увидела. Лоб Усмановой был девически чист, и вообще она походила на прехорошенькую японку с календарей.

— Ничего не вижу, — сказала Артамонова.

— Рога.

Артамонова пригляделась. Форма лба была выпуклой по бокам.

— Пока не скажу — не заметишь. А скажу — сразу видно.

Усманова сбросила челку на лоб. Артамонова внутренне согласилась. Усманова стояла прежней прехорошенькой японкой, трогательной, как сувенирная кукла. Но рога на лбу вошли в сознание. Кукла, но с рогами.

— Поняла? — уточнила Усманова.

— Про рога?

— Про Киреева. Если не можешь терпеть — скажи ему одному. И успокойся.

Сказать — не сказать... Артамонова размышляла весь апрель и май.

СКАЗАТЬ. А если ему это не понадобится? Он отшутится, типа: «Напрасны ваши совершенства: их вовсе недостоин я». И еще добавит: «Учитесь властвовать собою; не всякий вас, как я, поймет».

Артамонова боялась унижения. Когда-то в детстве у нее недолгое время был отчим. Он не бил ее, но замахивался. Она втягивала голову в плечи, мерцала ресницами, и вот этот ужас —

ожидания удара — остался на всю жизнь. Боязнь унижения переросла в комплекс гордости.

Любовь выше комплекса. А если все же сказать? Он ответит: «Я люблю другую женщину». После этого уже нельзя будет, как раньше, занимать очередь в буфете, вместе есть серые институтские сосиски и пить мутный бежевый кофе. Вместе идти до библиотеки Ленина и ехать на эскалаторе, глядя на него снизу вверх, вбирая его лицо все вместе и каждую черточку в отдельности, и все линии и структуры, строящие его лицо.

НЕ НАДО ГОВОРИТЬ. Не надо раскрывать карты. А может быть, все же СКАЗАТЬ... Он согласится частично. Она станет его любовницей, он будет поглядывать на часы. Мужчина, который спешит. Его чувство вины перед Руфиной станет еще глубже. Эта двойственность не прибавит ему счастья.

Все, в конце концов, в жизни Киреева происходило для Руфины. После училища он хотел поступить в Гнесинский институт, оттуда завоевать мир — непонятно как, но понятно, что для нее. И Артамонова с ее обожанием в конечном счете существовала для Руфины. Обожание было заметно, это возвышало Киреева в собственных глазах, давало ему веру в себя. А уверенный в себе человек может добиться несравненно большего.

Когда совершалась первая в мире социалистическая революция, никто не знал наверняка — как ее делать и что будет потом. Вождь пролетариата сказал: «Надо ввязаться, а там посмотрим».

Может быть, так и в любви. Не просчитывать заранее. Ввязаться, а там будет видно.

А что будет видно? Либо единомоментное мощное унижение. Либо краденое счастье, что тоже унижение, протянутое во времени, — постепенно, по кусочкам.

Лучше НЕ ГОВОРИТЬ. Все оставить как есть. Точка. Артамонова загнала любовь в сундук своей души, заперла на ключ. А ключ отдала подруге Усмановой. Усманова умела хранить чужие тайны. Так и стоял под ложечкой сундук, загромождая душу и тело, корябая тяжелыми углами. Больше ничего в Артамонову не вмещалось. Она ходила и качалась от тяжести.

— Ты чего смурная? — заметил Киреев.
— Ничего, — ответила Артамонова. — Коленки болят. Ревматизм.

Летом они с мамой уехали на дачу. Маму позвала к себе подруга, одинокая медсестра Люся. Люсиного сына забрали в армию. Люся тосковала, дача пустовала. Сдавать чужим людям она не хотела, сердце просило близких людей.

Дача оказалась деревянной развалюхой, но уютная внутри и соответствовала развaленному состоянию души. Артамонова чувствовала, что у стен дома и у стенок ее сердца — одно направление силовых линий, одинаковое биополе.

Рядом с развалюхой, через забор, стоял белокаменный дворец. Там жил генерал в отставке. Он разводил павлинов, зачем — непонятно. Павлины ведь не куры, варить их с лапшой вроде неудобно. Как-никак жар-птицы. Эти павлины жили в загончике и время от времени вскрикивали — с такой тоской, будто хотели донести до людей свою непереносимость. Крики взрезали воздух.

Артамонова страдала, и ей казалось: мир вокруг наполнен страданием. Простучит ли электричка — звук тревожен. Это дорога от счастья — в никуда. Засмеялась ли Люся... Это смех боли.

Однажды шла по лесу, ни о чем не думала. Просто дышала: вдох — Киреев, выдох — Киреев. Солнце пекло в голову, забыла панамку. И вдруг — что-то лопнуло в мозгу, излилась мелодия, похожая на крик павлинов, — одна музыкальная фраза в два такта.

Артамонова пошла домой. Но пока шла — забыла мелодию. Ночью она ей приснилась — четкая, законченная, как музыкальный вздох. Утром Артамонова записала ее в нотную тетрадь.

На даче была полка с книгами. Артамонова нашла сборник стихов, тоже развалюху — оторвана обложка, выпадали листы.

Артамоновой попались такие строчки: «Не добычею, не наградою, была находкой простою. Оттого никогда не радую, потому ничего не стою». Вот Руфина — была и добычею, и наградою.

Неподалеку от дачи размещался профсоюзный санаторий. Артамонова ходила в санаторий и играла в актовом зале, когда там никого не было. Пианино было новое, клавиши безупречно-пластмассовые, как искусственные зубы. Звучание плоское. Но — не расстроено, и то хорошо. Артамонова тыркала в клавиши, соединяла музыку со стихом. Позже, когда «Павлиний крик» приняли на радио, а потом запели по стране, Артамонова догадалась: если бы Киреев ее любил, если бы была счастлива — не услышала бы павлинов. Ну кричат и кричат. Может, от радости. И мозги не лопались бы в мелодию. От разделенной любви рождаются дети. От неразделенной — песни.

В актовый зал заглядывали отдыхающие. Садились, слушали. Артамонова играла Чайковского. Играла подолгу, и никто не уходил.

Артамонова знала: у Петра Ильича были какие-то сложности на ниве личной жизни. Только не знающий любви человек мог создавать такие великие мелодии. Мечта о любви выше самой любви. И страдания — более плодотворная нива. Ничего великого не создавалось сытым человеком.

Весь август шел дождь, сеяла мга как сквозь сито. А сентябрь установился солнечный, ласковый. В саду поспели яблоки.

Люся уговорила остаться еще на месяц. От крыльца развалюхи до крыльца училища — час пятнадцать. Ничего особенного. Даже хорошо. В электричке хорошо сочиняется. Жизнь стала наполненной звуками. Любовь к Кирееву озвучила ее жизнь, а он и не знал. Явился в училище — такой же, как был, только еще красивее и еще недоступнее. Принц Гамлет. Летом ездил в Сочи. Играл в ресторанах. Зарабатывал деньги. Ну что ж, красивая женщина дорого стоит.

Артамонова хотела похвастаться про песню, но не смогла найти удобного момента в разговоре. А просто так, без момента, ни с того ни с сего... С ним было не просто, не запросто. Почему не могла сказать про песню? А ему неинтересно. Все, что происходит с Артамоновой, — ему не надо. А раз не надо — зачем совать в лицо? Комплекс гордости сжимал ее душу в комок, пальцы — в кулак, до того, что болели косточки.

Однажды утром шла через переезд. Прогромыхала электричка. С рельсов поднялась собака и завыла как сирена. Вой всходил до неба. Артамонова остановилась. Что это? Если бы собака попала под поезд — погибла бы. Не выла. Значит, что? Поезд ее толкнул? Но поезд с его скоростью и массой и собака в двадцать килограмм... Сюда даже слово «толкнул» не подходит. Тогда что? Может быть, испугал? Контузил?

Артамонова приехала в училище и рассказала Кирееву про поезд и собаку. Киреев пристально посмотрел на Артамонову, подозревая ее в аллегориях: дескать, Артамонова — собака, а поезд — неразделенная любовь. Он насмешливо произнес: «О-о-о...» — и покрутил рукой, будто ввинчивал лампу.

Артамонову ошпарила догадка: знает. Издевается. Она сделала непроницаемое лицо и замолчала на весь день. Мысленно отобрала у Усмановой ключ от сундука любви и бросила его в мусорное ведро. Хотела пересесть от Киреева, но это было бы нарочито. Артамонова решила: внешне все останется по-старому, а внутренние перемещения, как учила Усманова, никого не касаются. Артамонова передвинула все козыри в одну сторону, бросовую карту — в другую. Бросовая карта — это Киреев. А козыри — музыка. Артамонова со злости написала песню. Песня получилась, как ни странно, жизнеутверждающая, типа: «Надоело говорить и спорить и любить усталые глаза...»

Наступила зима. Выпал снег. Стало теплее, не так ветрено. Снег как будто прижал ветер к земле.

Однажды вечером Артамонова сидела дома в одиночестве. Мама была на ночном дежурстве. Ее наняли за деньги к умирающей старушке. Артамонова листала сборник-развалюшку. Попались такие слова: «Не могу без тебя столько долгих дней...»

Стихи писала женщина. Талантливая. У нее были те же дела, что и у Артамоновой. Значит, живет на свете неразделенная любовь.

Артамонова вдруг пала духом: не могу без тебя столько долгих дней. Раздался звонок в дверь.

Артамонова открыла и увидела Киреева. Он стоял неестественно серьезный, даже торжественный. Молчал. Артамонова ждала.

— У тебя есть фолкники? — наконец спросил Киреев.

— Нет, — удивилась Артамонова. — Откуда они у меня...

Фолкники соединили рок с фольклором. Артамонова была равнодушна к этому направлению.

— А «Детский альбом» у тебя есть?

— Есть, наверное. А зачем тебе?

— Я хочу разломать ритм. Сделать другую аранжировку. Современную.

— Зачем ломать ритм у Чайковского? Ломай у Прокофьева, — посоветовала Артамонова.

Киреев молчал неестественно долго, потом глубоко вздохнул, как бык в стойле.

— Сейчас?

Он кивнул, глубоко нырнув головой.

— Ну проходи.

Киреев прошел, остановился посреди прихожей. Артамонова стала соображать, где может находиться «Детский альбом» Чайковского. Она играла его во втором классе музыкальной школы, стало быть, двенадцать лет назад. Выкинула? Не может быть. Ноты и книги не выкидывают. Значит, на антресолях.

Артамонова взяла табуретку и полезла на антресоли. Она барахтала поднятыми руками, пыталась выгрести нужное из бумажных волн. Ее тело вытянуто, напряжено. Колени находились на уровне глаз пьяного Киреева. Он вдруг молча обхватил колени, снял Артамонову со стула и понес в спальную комнату. Артамонова так растерялась, что у нее замкнуло речь. Не могла сказать ни слова. Он понес ее как ребенка. Артамонова плыла в его руках. В голове сшибалось противоречивое «да?» или «нет?».

ДА. Ведь она любит его. Безумно. И давно. И вот случай...

Но он молчал. И вообще, пьяный. Соображает ли, что делает? А она будет терять невинность — так неинтересно. НЕТ.

А с другой стороны, надо же когда-то расставаться с этой невинностью. Все подруги распрощались в школе. А она до сих пор... стыдно сказать... Но почему он молчит?..

Пока Артамонова металась мыслями, он положил ее на кровать, и дальше было то, что было. И совсем не так, как мечталось. Больше всего запомнилось два шуршащих звука от пластмассовой молнии на брюках: один раз сверху вниз, когда расстегивал. Другой раз — снизу вверх, когда застегивал. Разница между этими шорохами — минут десять, а может, пять. Киреев поднялся. Одернул куртку — он не снял ее у вешалки — и ушел с тем же молчаливым достоинством, что и появился. А она провожала его с тем же недоумением, что и встретила.

На другой день Артамонова взяла ему, как прежде, сосиску и кофе. Киреев ел, глядя в пространство. Проваливался в свое, отсутствовал по привычке.

«Не помнит, — поняла Артамонова. — Может, спросить? А как спросить?»

«Ты помнишь?» Он скажет: «Что?» И тогда — как ему объяснить, что было между ними? Какие для этого бывают слова? Может быть, так: «Ты помнишь, как ты меня любил?» Он скажет: «А я не любил».

Артамонова не стала ничего спрашивать.

Началась практика в музыкальной школе. Она вела музыкальную литературу. Играла детям «Детский альбом», благо ноты были найдены. Киреев их тогда забыл.

Иногда играла свои песни. Дети думали, что это тоже Чайковский.

Через две недели Артамонова заметила странное: не может чистить зубы. От зубной щетки начинает выворачивать и холодный обруч стягивает лоб.

Районный врач спросила, будет ли она рожать.

— Не знаю, — потерянно сказала Артамонова.

— Думайте, но не долго, — посоветовала врач. — Самое лучшее время для прерывания — восемь-девять недель.

У Артамоновой было две недели на раздумье.

СКАЗАТЬ — НЕ СКАЗАТЬ...

Киреев может не вспомнить, ведь он был пьяный. И тогда он решит, что она врет, шантажирует, или как там это называется...

Предположим, помнит. Поверит. Но что с того? Менять свою жизнь он не намерен, значит, ребенок ему не нужен. А она, если хочет, пусть родит себе сына, как Дева Мария от непорочного зачатия. В конце концов — это ее дело. Ее живот. Но как будет расти этот бедный мальчик, — Артамонова почему-то была уверена: мальчик. Маленький Киреев. У всех есть папы. А у него нет. Только мама и бабушка. Бедная сорокадвухлетняя бабушка с нежным именем Оля. Муж бросил Олю беременной, на пятом месяце. Не выдержал бытовых и материальных трудностей. Захотел удобств и красоты. Будущей дочке и жене он оставил только фамилию.

Артамонова родилась раньше времени, неполных семи месяцев. Еле выходили. Потом к ней стали липнуть все болезни. Еле отбили. Наконец выросла, поступила в училище, скоро начнет сама зарабатывать, помогать маме. Вот тут бы Оле расслабиться, отдохнуть от уколов и ночных дежурств, может, даже выйти замуж, пожить для себя. Так нет — опять все сначала. Маленький Киреев не получит даже фамилии. Он будет Артамонов. Оля не откажется от внучка, да еще безотцовщины. Будет любить еще острее, и страдать за дочь, и стесняться перед соседями. Сейчас, конечно, другое время. Никто заборы дегтем не мажет, но... Что за семейная традиция: маму бросили в законном браке, дочку бросили, не успев приобрести... Зачем Оле такие разъедающие страдания? Она вообще ничего не должна знать.

Усманова выслушала новость, и ее узкие глаза стали круглыми.

— Ты что, с ума сошла? — серьезно поинтересовалась она. — Своему ребенку — ноги отрывать?

— Он еще не ребенок. Он эмбрион.

— Ты что, в Бога не веришь?

— А что делать? — не понимала Артамонова.

— Поговори с ним. Ты же не за себя просишь. А хочешь, я поговорю?

— Ни в коем случае! Я сама...

Был день стипендии. Артамонова пришла в училище. Возле кассы она напоролась на Киреева. Именно напоролась, как ногой на гвоздь. Киреев стоял и считал деньги.

«Сейчас скажу... спрошу... скажу...» — решила Артамонова, и в ней даже хрустнуло что-то от решимости. Но Киреев раскладывал деньги по кучкам, и она промолчала. И опять что-то хрустнуло от сломанного желания.

Киреев окончил расфасовку своих денег. Часть положил в карман, другую часть в бумажник. Поднял голову. В лице Артамоновой его что-то поразило. Он спросил:

— Что?

— Ничего, — сказала она.

— Хочешь, в кафе сходим? Я угощаю.

При мысли о еде тут же подкатила к горлу тошнота.

— Не хочу, — сказала Артамонова. И добавила: — Спасибо...

***

Операционная располагалась в большом, или, как говорили раньше, в большой, зале. Там стояло два стола, работали два хирурга, мужчина и женщина.

Перед тем как войти, Артамонова обернулась на дверь, ведущую в отделение. Она ждала: вбежит Киреев в пальто и шапке, молча, без слов схватит ее за руку, скажет одно слово: «Успел». И выдернет ее отсюда, и она заскользит за ним в тапках по гладкому кафелю, как по катку.

Киреев не знал, что с ней и где она, и поэтому не мог здесь появиться. Но вдруг Усманова не послушалась и провела с ним беседу и назвала адрес больницы?..

Из зала вывезли каталку с бескровным телом, мотающейся головой. Следующая очередь была ее. Она в последний раз оглянулась на дверь. Сейчас вбежит: запыхавшийся, испуганный, встревоженный. Скажет: «Ну разве можно так обращаться со своей жизнью?»

Артамонова вошла в операционную.

Левый крайний стол был ее. Хирург стоял, закатав рукава. На нем был клеенчатый фартук, забрызганный кровью. На соседнем столе, как в гестапо, кричала женщина.

Артамонова подошла к хирургу. У него было доброе крестьянское лицо. Артамонова доверилась лицу и спросила:

— Может, не надо?

Он посмотрел на нее с удивлением и сказал:

— Но вы же сюда сами пришли. Вас же не привели.

«В самом деле, — подумала Артамонова. — Раз уж пришла».

Она взобралась на стол. Ей стали привязывать ноги. Тогда еще не было внутривенного наркоза, когда женщина отключается от действительности. Тогда все происходило при здравом уме и трезвой памяти.

Тонкая игла боли вошла в мозг. Потом стала нарастать, как шквал, по ногам потекла кровь, и послышались звуки, похожие на клацанье ножниц. Артамонова поняла: из нее безвозвратно выстригают маленького Киреева — беспомощного и бесправного. Клацали ножницы, летели руки, ноги, голова... Артамонова закричала так страшно, что этот крик, казалось, сметет и столы, и хирургов.

К вечеру за ней пришла Усманова. От мамы все держалось в тайне. Надо было вечером вернуться домой, как бы из консерватории. С концерта пианиста Малинина.

Они шли по вечерней улице. Был гололед. И казалось, что земной шар ненадежно прикреплен к земной оси.

Артамонова вошла в дом и сразу легла в кровать. Мама ни о чем не подозревала, готовила еду на завтрашний день. Мыла посуду и пела.

Артамонова лежала в постели, подложив под себя полотенце. Плакала. Из глаз текли слезы, а из тела кровь. Кровь и слезы были одной температуры: тридцать шесть и шесть. И ей казалось, что из глаз течет кровь, а оттуда слезы. И это в каком-то смысле была правда.

Две недели Артамонова не ходила в училище. Не хотела. И не отвечала на телефонные звонки. На душу спустилось то ли возмездие, то ли равнодушие. Казалось: объявят по радио атомную войну — Артамонова не встанет с места.

Целыми днями сидела за роялем, тыркала в клавиши. Получилась детская песенка, как ни странно — оптимистическая. Артамонова выживала, поэтому музыка была жизнеутверждающая. Грустное пишут относительно счастливые люди. У них есть силы на грусть.

Первого апреля у Артамоновой — день рождения. Двадцать лет. Круглая дата. Пришел курс. И Киреев пришел и подарил глиняную статуэтку верблюда. Сказал, что искал козла, но не нашел.

Артамонова удивилась: помнит. Ей казалось: всего, что связано с ней, не существует в его сознании.

Верблюд смешной, как будто сделанный ребенком. На его глиняном бежевом боку Киреев написал толстым фломастером: АРТАМОШКЕ. Надпись была сделана не сплошной линией, а точечной. Одна точка под другой. Артамонова поставила верблюда возле козла.

В тот день группа гуляла на всю катушку. Подвыпивший Гена Кокорев принялся ухаживать за мамой. Маме было смешно, но приятно: раз ухаживают дети, значит, есть перспектива на ровесников.

В тот день было много водки, много еды, много молодости и музыки. Киреев плясал вместе со всеми, топоча ногами. Артамоновой казалось: он что-то втаптывает в землю. Она смотрела на него пустым взором. После того как пропал ребенок — результат ее любви, — сама любовь как бы потеряла смысл.

Кончилось тем, что все пели на много голосов. Музыканты — люди меченые, не могут без музыки. Они — как земноводные: могут и на суше. Но в воде лучше.

Разошлись за полночь. Смех, музыка, ощущение беспричинного счастья — повисли на стенах. Этим можно было дышать.

И остался глиняный верблюд рядом с козлом. Козел большой. Верблюд маленький. Они стояли рядом десять лет. До следующей круглой даты.

Следующая круглая дата — тридцать. Главные, определяющие события в жизни происходят именно в этом промежутке: от двадцати до тридцати. Потом начинаются повторения.

Артамонова окончила музыкальное училище. Поступила в Институт имени Гнесиных на дирижерско-хоровое отделение. После института стала вести хор во Дворце пионеров. В трудовой книжке значилось: хормейстер. Красивое слово. Дословно: мастер хора.

Артамонова любила детей плюс музыку и сумму этих слагаемых — поющих детей. Бежала на работу как на праздник. И дети обожали эту свою послешкольную жизнь. В хоре не было текучки.

Репертуар — классический и современный. И несколько песен — авторские. Главное — чистое звучание. Тренировала вторые голоса так, что терции резали воздух. В результате труда и терпения хор вышел на первое место в городе. Его записали на радио. Радио слушают все. Песню услышали. Ее включил в репертуар популярный певец, выдержанный внешне и внутренне в духе соцреализма. Артамонова называла его «поющая табуретка». От «табуретки» песня перешла к молодой ломаной певице. Она так надрывалась: «...не добычею, не наградою...» — будто песня была лично про нее.

Артамонова первый раз услышала «Павлиний крик» на пляже в Прибалтике. Рядом с ней сидел Люсин сын, Сержик, который пришел к тому времени из армии. Сержик крутил транзисторный приемник, из него выплеснулся «Павлиний крик». Артамонова так поразилась и еще что-то так... что не выдержала, поднялась с песка и пошла по пляжу. Потом побежала. Если бы осталась сидеть возле Сержика — взорвалась бы до смерти от распирающего грудь счастья. Надо было растрясти это счастье, не оставлять в себе в таких жизненно опасных количествах. Артамонова бежала, могла обежать все море, вплоть до Швеции, но все иссякает, и заряд счастья в том числе. Вечером ее бил озноб. Оказывается, счастье тоже выматывает. В эту ночь, перед тем как заснуть, подумала: «Спасибо, Киреев».

Кстати, о Кирееве. Он ушел с третьего курса института и где-то затерялся на жизненных дорогах. Говорили, что играет в ВИА (вокально-инструментальном ансамбле). Но ансамбль зажимали. Тогда все зажимали. Руководящие товарищи воровали и зажимали, не допускали свободомыслия, чтобы удобнее было воровать. Хочешь свободы мысли — пожалуйста. Но это не оплачивается. Платили только за верную службу.

Артамонова не знала, но могла догадаться: Руфина тяготилась нищетой, а Киреев чувствовал себя виноватым.

В этот же период — с двадцати до тридцати, ближе к тридцати, — Артамонова вышла замуж за Сержика. Это случилось сразу после Прибалтики. Когда Сержик надел ей в загсе кольцо, Артамонова почему-то подумала: «Доигрался». Это относилось не к Сержику, а к Кирееву. И стало чего-то жаль.

Сержик был порядочный и нудный, как все порядочные люди. Зато можно было быть уверенной за свой завтрашний день.

Такой любви, как к Кирееву, не было, но она и не хотела ТАКОЙ. От ТАКОЙ — хорошо умирать, а жить надо в спокойных жизнеспособных температурах.

За прошедшие десять лет Сержик вернулся из армии, окончил Институт иностранных языков, стал синхронным переводчиком. Артамонова была его второй женой. До нее он успел жениться и развестись. Его предыдущая жена в отличие от Артамоновой была хорошенькая, похожая на всех артисток сразу. Но нервная. Когда ей что-то не нравилось в Сержике, она снимала с его лица очки и грохала о землю. Очки разбивались. Это было ужасно. Сержик тут же переставал хоть что-нибудь видеть. Но это не все. Главное то, что хорошие очки не достать, за границей они очень дороги, и Люся выворачивалась, как перчатка, чтобы ее мальчик носил фирменные очки. А она — оземь. Это уже хулиганство.

Сержик был милый, правда, много ел. У Артамоновой исчезла проблема: сказать — не сказать, спросить — не спросить... Она говорила и спрашивала, а чаще вообще не спрашивала, делала все по своему усмотрению. А Сержик только кивал и ел.

Артамонова догадалась. Любовь — власть. Всякая власть парализует. А отсутствие любви — свобода. Как хочешь, так и перемещаешься. Хорошо без любви.

Слуха у Сержика не было. Он синхронил на одной ноте, и это профессионально удобно, потому что переводчик — не артист. Он должен подкладывать текст, а не расцвечивать его интонациями.

Одно только мешало: Сержик в армии сломал передний зуб, а может, ему выбили — в армии и не такое бывает.

Зубы своего рода загородка, скрывающая от глаз то, что происходит на хоздворе. А здесь в загородке дырка и видна работа языка. Человек ест, разговаривает, язык переворачивает пищу, произносит буквы, он беспрестанно занят — мелькает туда-сюда.

Артамонова каждый день говорила Сержику: «Вставь зуб». Он каждый день отвечал: «Ладно».

Через триста шестьдесят дней, после трехсотшестидесятого «ладно», Артамонова сняла с его лица очки и грохнула их оземь. Сержик с ужасом понял, что все женщины одинаковы.

Они разошлись. Как там, в стихах: «Была без радости любовь, разлука будет без печали».

Мама с Люсей тоже поругались. Вот это обидно, по-настоящему. Треснула и распалась большая дружба. В мире стало немножко меньше тепла. Так что и от Сержика произошел ущерб.

Песен при Сержике не писала. И вообще как будто не жила. Когда пыталась вспомнить этот период — нечего было вспомнить.

В тот, киреевский, период — от восемнадцати до двадцати — разговаривала как помешанная. Плакала кровавыми слезами. Переживала сильные чувства. Тогда она жила. А потом была.

Артамонова подозревала, что ее проводка перегорела под высоким напряжением. Она выключена навсегда.

Много работала, уставала и счастья не хотела. Зачем хотеть то, чего нет. А есть покой и воля. Вот этого сколько угодно.

Сорок лет — бабий век.

Но Артамонова, как осеннее яблоко, — только поспела к сорока. В ту пору она оказалась красивее, чем в двадцать. Была — тощая, стала — тонкая. Была — закомплексованная, пугливая, как собачонка на чужом дворе. Стала — спокойная, уверенная в своем ДЕЛЕ, своей незаменимости. Появилось то, что называется «чувство собственного достоинства». Существенная деталь к внешнему облику. В чем-то глубинном она не переменилась, осталась прежней, молодой. Чего-то выжидала. Награды за одиночество. Может быть, она выжидала, что просверкнет Киреев. Но сама инициативы не проявляла. И когда встречала общих знакомых — не расспрашивала... Скажут — она услышит.

Ничего определенного, существенного не было известно. Для ВИА Киреев был уже старый, сорок три. Нелепо видеть седеющего дядьку, орущего под гитару. Время сменилось, и эстрадные певцы поменяли манеру. Раньше тряслись и блеяли, а теперь четко выкрикивают каждую букву, как глухонемые, научившиеся говорить. Крутят губами так, что, того и гляди, губы соскочат с лица.

Вчера блеяли, сегодня выговаривают, завтра еще что-нибудь придумают, в яростной попытке обратить на себя внимание, развернуть к себе людей. А «Аве Мария» была, есть и будет.

Но Киреев... Куда он понес свое бунтарство? Руфина двигалась к пенсионному возрасту. Не родила. Упустила время. Жили в той же двухэтажной среднеисторической постройке, которая охранялась государством, но не ремонтировалась. Второй этаж отдали в аренду кооператорам, надеялись, что предприимчивые парни отреставрируют дом и проведут телефон. Руфина надеялась на кооператоров. На Киреева она уже не надеялась. Такие вот дела.

Мама Оля ушла на пенсию. Всю жизнь неслась на предельной скорости — и вдруг по тормозам. Движение кончилось, и сразу набежали вопросы: КУДА? ЗАЧЕМ? А известно — куда. В старость. Зачем? А низачем. Жизнь пожевала-пожевала и выплюнула. Оля привыкла быть необходимой, в этом состояло ее тщеславие и самоутверждение медсестры и матери. Ей нужно было еще одно беззащитное существо.

Артамонова постоянно возвращалась мыслями в ту роковую минуту, когда стояла перед хирургом и спрашивала: «Может, не надо?» Он сказал бы: «Конечно, не надо. Идите домой». И она бы ушла. И сейчас ее сыну было бы восемнадцать лет. Он, возможно, служил бы в армии, а она поехала бы на присягу, заискивала перед гарнизонным начальником и приглашала его на свой концерт.

Нерожденный сын присутствовал в ее жизни, как музыка через стену. Приглушенно, но слышно. И чем дальше продвигалась во времени, тем сильнее скучала. Пусто жить для себя одной. Хочется переливать в кого-то свои силы.

Артамонова пошла на Птичий рынок и купила попугая. Назвала его Пеструшка. Попугай — не человек. Птица. Но все же это лучше, чем ничего. Вернее, никого.

Во Дворце пионеров подружилась с Вахтангом. Он вел драматический кружок два раза в неделю. Их дни совпадали.

Вахтанг — настоящий артист из настоящего театра, но ему не давали играть то, что он хотел. Например, Вершинина. Режиссер говорил: «Но ведь Вершинин не грузин и не красавец». Режиссер произносил это слово с ударением на «е». Как будто стыдно иметь красивую внешность. А Чехов, между прочим, утверждал: «В человеке все должно быть прекрасно: и лицо, и одежда, и душа, и мысли». А в современной драматургии так: если лицо и одежда в порядке — значит, сомнительный тип. Фарцовщик или сынок. Иначе откуда одежда у советского человека. А уж если душа и мысли на высоте — значит, полуголодный, обтрюханный неудачник. Странный человек, в нестираном свитере и в очочках.

Вахтанг своей невостребованностью мучился, не видел выхода. С любовью ему тоже не везло. Он был хоть и красавец, но без денег. Без жилья. Артамонова выслушивала жалобы о его невзгодах, подкармливала бутербродами и в результате полюбила за муки. А он ее — за сострадание к ним. Все как у Шекспира.

Они поженились.

Вахтанг перебрался в однокомнатную квартиру. Мама переместилась на кухню. Тесно, конечно. Но для того, чтобы сделать ребенка, много места не надо.

Ребенок тем не менее не получался. Артамонова пошла к врачу. Женщина-врач сказала: «Ребенка не будет, — и спросила: — А в первый раз был аборт?»

Артамонова ответила: «Один».

Врач сказала: «Иногда хватает и одного».

Вот чем кончился для нее визит Киреева. Что он тогда хотел? Кажется, «Детский альбом» Чайковского.

Верблюд стоял на прежнем месте и ухмылялся отвислыми глиняными губами.

Вахтанг раз в месяц звонил своей маме в Кутаиси и, прикрывая рукой трубку, говорил: «Не получилось». Мама была недовольна женитьбой сына. У Артамоновой, с маминой точки зрения, было слишком много НЕ. Не красива, не молода, не девушка. Дети не получаются. Какой в ней смысл вообще?

Все эти НЕ были справедливы. Но Артамонова привыкла к другому восприятию себя. Ей не нравилась интерпретация ее образа, созданная свекровью. Хотелось от свекрови освободиться. Выключить ее из круга общения. Но свекровь шла в комплекте с Вахтангом. Либо обоих принимать, либо обоих выключать. А так, чтобы мамашку задвинуть, как пыльный тапок, а Вахтанга оставить — было нереально.

Оставаться без Вахтанга не хотелось. Он был такой красивый, такой накачанный мышцами, как Медный всадник. Так хорошо было засыпать и просыпаться под его тяжелой, как плита, рукой.

Ночи были талантливы и разнообразны. А дни — одинаковы и неинтересны. В театр пришел новый режиссер, ставили Астафьева. Режиссер сказал Вахтангу: «Ну какой из тебя русский мужик?» Вахтанг стал подумывать: не переехать ли в Кутаиси, играть грузинскую классику. Но там бы ему непременно сказали: «Вахтанг, какой из тебя грузин? Отец русский, жена русская, учился в Москве». Артамонова понимала: дело не в национальном коде. Дело в том, что Вахтанг полуталантлив. Он небездарен. Все понимает, но не может мощно выразить. Как собака, которая понимает человеческую речь, но сама не разговаривает. Вахтанг не осознавал своей недоталантливости. Очень редкий характер может сказать себе жесткую, жестокую правду, типа: «Я бездарен». Или: «Я — трус». Человеку свойственно чувствовать себя правым. Ибо кто не прав, тот не живет. Вахтанг был набит комплексами, амбициями — всем тем, что заменяет человеку дело. И все свои неудачи перекладывал на людей, на обстоятельства, на всеобщую несправедливость. Артамонова понимала: ему надо менять профессию. Например, на Западе он мог бы быть платным любовником при дорогих отелях. Но разве такое скажешь мужчине?

Детей не получилось, но Вахтанг вполне заменял сына. Ему надо было варить, стирать, утешать, давать карманные деньги. Но все же он не был сыном. И ночь не заменяла день. День главнее.

У Артамоновой в грудной клетке зрел, взрастал знак вопроса, большое такое недоумение: ЗАЧЕМ?

Кончилось все в один прекрасный день и, как казалось Вахтангу, на пустом месте. Он в очередной раз закрыл рукой трубку и сказал: «Не получилось».

Артамонова забрала у него трубку и что-то такое в нее сказала. Кажется, она сообщила какой-то адрес или направление. Куда-то мама должна была пойти. Мама ничего не поняла, а Вахтанг понял. И поскольку они существовали в комплекте, то Вахтанг вынужден был отправиться вместе с мамой.

Личная жизнь не сложилась. Но зато хор процветал, набирал силы. Съездили в Болгарию, в Китай и в США.

В Софии стены домов были обклеены поминальными листками. На одном из них Артамонова прочитала: «Страшната тишина».

В Китае обилие велосипедов. А в Америке — вообще все другое, поскольку оборотная сторона планеты. И воздух не тот, и хор иначе резонирует. Артамонова почти физически ощущала эту «иначесть».

Работали много, иногда по два концерта в день. В свободное время бродила по магазинам. Для нее Америка — одна большая комиссионка. Не больше. И не меньше.

Вечером вытягивала из хора все, что могла. Ее руки — как дистанционное управление — могли послать любой заряд и вытянуть из хора всю душу, все дыхание. Аплодировали стоя.

Пятьдесят лет — первый юбилей.

Страна дала орден за вклад в культуру и звание «Заслуженный работник». Орден вручали в Кремле.

Перед Артамоновой шел получать награду коротенький старик. Его награждали за вклад в профсоюзное движение и в связи с каким-то «-летием». Скорее всего это был четвертый юбилей. Старик нажал громкую педаль и закричал, забился, как в падучей, благодаря за самый счастливый миг в его жизни, обещал, что он и дальше... все оставшиеся силы... Лысина старика стала розовая, Артамонова заволновалась: профсоюзного деятеля может хватить удар.

Высокий чин, вручающий ордена, вежливо пережидал. Он, видимо, привык к таким припадкам. Его глаза были затянуты пленкой, как у спящей птицы. Этой пленкой высокий чин отгораживался от действительности. Невозможно же каждый раз сопереживать чужой радости. Никакого здоровья не хватит!

Старик откричал и без сил вернулся на место. Забросил в рот таблетку валидола.

Следующей была Артамонова.

Вручая орден в красной коробочке, высокий чин посоветовал продолжать в том же духе. И в этом году, как в прошлом. Может быть, он решил, что, получив орден, Артамонова потеряет интерес к делу. Орден — цель. А если цель достигнута — зачем уродоваться дальше.

Артамонова удивилась и переспросила: «Что?»

Высокий чин не понял, к чему относится «что», и они какое-то время смотрели друг на друга с нормальным человеческим выражением. Без пленки. Артамонова увидела, что он простой мужик с хохляцкой хитроватккой в глубине глаз, с розовым лицом хорошо питающегося человека. А он тоже что-то такое увидел и, когда сели фотографироваться, сказал: «Нравишься ты мне», — и положил руку на ее колено.

Фотограф приготовился. Артамонова сняла руку, шепнула: «Компрометирующий документ». Он шепнул в ответ: «Сейчас перестройка. Все можно».

У нее мелькнула идея попросить жилье. Попросить — не попросить... Не решилась. Так и осталась в однокомнатной квартире.

Песни Артамоновой пели в ресторанах и с эстрады. Сберегательная книжка стала походить на колодец в болотистой местности. Только вычерпаешь — опять подтекает. Хорошо. Деньги — это свобода. Свобода от нашей пищевой и легкой промышленности. Можно питаться с базара. Одеваться за границами. Передвигаться на машине. В один прекрасный день пришла к выводу: она находится в браке со своим ДЕЛОМ. И лучшего мужа ей не надо. Дело ее кормит, одевает, развлекает, возит в путешествия, дает друзей, положение в обществе. Какой современный мужчина способен дать столько?

Артамонова ездила по проезжей части, а по тротуарам колоннами и косяками шли двухсотрублевые мужчины, у которых сто рублей уходит на водку. Шли вялые, бесслухие Сержики, невостребованные Вахтанги, у которых и лицо, и одежда, и мысли — а никому не надо. А она — мимо. Мимо и НАД. Хорошо.

Приезжала Усманова. У нее болен сын, нужна была лучшая клиника. Правильнее сказать — не болел, а родился с дефектом: незаращение жаберных щелей. Мальчик был умный, нормальный, но немножко земноводный. За ушами — свищи. Надо было зашивать. Эти жабры застили Усмановой небо, и землю, и весь белый свет. У нее был затравленный маниакальный взгляд сумасшедшего человека.

В такие минуты Артамонова была рада, что у нее не ребенок, а птица.

Пеструшка рос веселым и смышленым. Он обожал Артамонову, и когда она приходила с работы домой, то пикировал на нее сверху, как камикадзе — японский летчик-смертник. Шел на таран и приземлялся в волосы или на плечо. Он умел говорить несколько бытовых фраз, типа: «Пеструшка хочет пить». Разговаривал утробным роботным голосом, как чревовещатель. Однажды Артамонова решила усложнить задачу: «Мой друг, отчизне посвятим души прекрасные порывы». Фраза была длинной и сложной для птичьего ума. Пеструшка нервничал, злился и, сидя у Артамоновой на плече, рвал ей волосы. Мама возмущалась и кричала, что Пеструшка сломается, как ЭВМ при перегрузке, что Артамонова сорвет у него психику. Артамонова отступилась. Перестала настаивать на Пушкине. Но однажды вечером Пеструшка явственно произнес: «Мой друг, отчизне посвятим души прекрасные порывы».

Всего можно добиться, если захотеть. Артамонова постоянно чего-то добивалась, но не для себя. Для других. Она не умела сказать «нет» и постоянно была обвешана чужими поручениями. Считалось, что статус «заслуженного работника» дает ей дополнительные преимущества. Артамонова пробивала: то телефон, то кладбище, то песню на радио.

Добрые дела имеют особенность: можно десять раз сделать для человека. Один раз не сделаешь — и ты враг. Но у Артамоновой врагов не было. Ее любили. Было за что пожалеть (одинока). Было чем восхититься (добра, талантлива). Сострадание гасило зависть, и Артамонова получала от людей чистое, очищенное чувство, как водка после тройной перегонки. Множественная доброжелательность заменяла ей одну большую любовь. Этим дышала. Артамонова плохо чувствовала себя за границами, потому что в воздухе не было электричества ее друзей. А здесь, в однокомнатной квартире, было все: покой и воля, дела и деньги, друзья и мама. И Пеструшка, в конце концов.

Но однажды случилось несчастье. Во вторник. Она помнит, именно во вторник, вечером. Артамонова вышла из комнаты в кухню. Пеструшка, как камикадзе, устремился следом. Артамонова не видела и, выходя, закрыла за собой дверь. Пеструшка на полной скорости врезался в дверь маленькой головой.

Его хоронили во дворе поздно вечером, когда никто не мог их увидеть. Положили в коробку из-под туфель и закопали.

Вернулись домой. В квартире стояла «страшната тишина». Артамонова заплакала по Пеструшке, которого убила. По сыну Киреева, по всей своей незадавшейся жизни. И ей казалось, что из глаз шла кровь.

А мама ходила рядом и говорила:

— Наверное, если бы я умерла, ты бы не так плакала.

Если верить теории относительности, то во второй половине жизни, так же как и во второй половине отпуска, дни проходят скорее.

Раз в неделю Артамонова производила в доме влажную уборку. Каждая пылинка — это секунда, выраженная в материи. Частичка праха. И когда стирала пыль, ей казалось — она стирает собственное время.

Говорят, что песок — развеянный камень. Каждая песчинка — время. Значит, пустыня — это тысячелетия. Чего только не придет в голову, когда голова свободна от нот.

В Москве гастролировал знаменитый органист. Артамоновой досталось место за колонной. Ничего не видно, только слышно.

Она закрыла глаза. Слушала. Музыка гудела в ней, вытесняя земное. По сути, хор — тот же орган, только из живых голосов. Звуки восходят к куполу и выше, к Богу. Еще немножко, и будет понятно: зачем плачем, стенаем, рождаем полурыб, убиваем детей и птиц. Зачем надеемся так жадно?

Артамонова возвращалась на метро. Шла по эскалатору вниз, задумавшись, и почти не удивилась, когда увидела перед собой Киреева. Лестница несла их вниз до тех пор, пока не выбросила на ровную твердь. Надо было о чем-то говорить.

— Ну-ка покажись! — бодрым голосом проговорила Артамонова.

Киреев испуганно поджал располневший живот. Хотел казаться более бравым.

Он был похож на себя прежнего, но другой. Как старший брат, приехавший из провинции. Родовые черты сохранились, но все же это другой человек, с иным образом жизни.

Артамонова знала: последний год Киреев играл в ресторане и, поговаривали, — ходил по столикам. Вот куда он положил свое бунтарство. На дно рюмки.

Они стояли и смотрели друг на друга.

— Как живешь? — спросила Артамонова.

— Нормально.

Кепка сидела на нем низко, не тормозилась волосами. Жалкая улыбка раздвинула губы, была видна бледная, бескровная линия нижней десны.

«Господи, — ужаснулась Артамонова. — Неужели из-за этого огрызка испорчена жизнь?»

— Тебе куда? — спросил он.

— Направо, — сказала Артамонова.

— А мне налево.

Ну это как обычно. Им всегда было не по дороге.

Артамоновой вдруг захотелось сказать: «А знаешь, у нас мог быть ребенок». Но промолчала. Какой смысл говорить о том, чего нельзя поправить.

Они постояли минутку. На их головы опустилось шестьдесят пылинок.

— Ну пока, — попрощалась Артамонова. Чего стоять, пылиться.

— Пока, — согласился Киреев.

Подошел поезд. Артамонова заторопилась, как будто это был последний поезд в ее жизни.

Киреев остался на платформе. Его толкали, он не замечал. Стоял, провалившись в себя.

Артамонова видела его какое-то время, потом поезд вошел в тоннель. Вагон слегка качало, и в ней качалась пустота.

И вдруг, как озноб, продрала догадка: своими «сказать — не сказать», «спросить — не спросить» она испортила ему жизнь. Родила бы, не советуясь, сыну было бы под тридцать. Они вместе возвращались бы с концерта. Она сказала бы Кирееву: «Познакомься, это твой сын». И Киреев увидел бы себя, молодого и нахального, с прямой спиной, с крепким рукопожатием. Как в зеркало, заглянул бы в керамические глаза, и его жизнь обрела бы смысл и надежду. А так что? Стоит на платформе, как отбракованный помидор. Как тридцать лет назад, когда его не приняли в музыкальное училище. Артамоновой стало горько за его пропавший талант. И так же, как тогда, захотелось поехать в трапезную, вызвать его и сказать: «Ты самый талантливый изо всех нас. И еще не все потеряно». Киреев стоял перед глазами в низкой кепочке. Жизнь повозила его, но это он. Те же глаза, как у козла рога, та же манера проваливаться, не пускать в себя. Люди стареют, но не меняются. И она — та же. И так же воет собака на рельсах. Между ними гора пыли и песка, а ничего не изменилось.

— Следующая станция «Белорусская», — объявил хорошо поставленный женский голос.

Артамонова подняла голову, подумала: «Странно, я ведь села на «Белорусской». Значит, поезд сделал полный круг. Пришел в ту же точку».

Она двигалась по кольцу.

Киреев стоял на прежнем месте. Артамонова увидела его, когда дверцы вагона уже ехали навстречу друг другу. Артамонова не дала дверям себя защемить, выскочила в последнюю секунду. Спросила, подходя:

— Ты что здесь делаешь?

— Тебя жду, — просто сказал Киреев.

— Зачем?

— А я тебя всю жизнь жду.

Артамонова молчала.

— Ты похудела, — заметил он.

— А ты растолстел. Так что общий вес остался тот же самый.

Киреев улыбнулся, показав бледную десну.

ЛОШАДИ С КРЫЛЬЯМИ

Рассказ

— Ничего не получится, — сказала Наташа. — Никуда они не поедут.

— Это почему? — спросил Володя, сворачивая машину вправо и еще раз вправо.

— А потому. С ними связываться все равно что с фальшивой монетой.

Володя остановил машину возле второго подъезда. Договорились, что Гусевы будут стоять внизу, но внизу никого не было.

Наташа вылезла из машины и отправилась на третий этаж. Дверь у Гусевых никогда не запиралась — не потому, что они доверяли людям, а потому, что теряли ключи.

Наташа вошла в дом, огляделась по сторонам и поняла, что следовало захватить с собой палку и лопату — разгребать дорогу. Прежде чем ступить шаг, надо было искать место — куда поставить ногу. В прихожей валялась вся имеющаяся в доме обувь, от джинсовых босоножек до валенок и резиновых сапог. И все в четырех экземплярах. На кедах засохла еще осенняя грязь. Дверь в комнату была растворена, просматривалась аналогичная обстановка: на полу и на стульях было раскидано все, что должно лежать на постели и висеть в шкафу.

Алка была тотальная, вдохновенная неряха. И как жил с ней Гусев, нормальный высокооплачиваемый Гусев, было совершенно непонятно.

Алка вышла в прихожую в рейтузах с оттопыренной задницей и тут же вытаращила глаза с выражением активной ненависти и потрясла двумя кулаками, подтверждая эту же самую активную ненависть.

Возник понурый Гусев — небритый, драный, с лицом каторжника.

— Здорово, — тускло сказал Гусев так, будто они ни о чем не договаривались и не было совместных планов поехать на воскресную прогулку.

Наташа открыла рот, чтобы задать вопрос, но Алка ухватила ее за руку и увлекла в кухню. На кухне в мойку была свалена вся посуда, имеющаяся в доме. Стены шелушились, потолок потек, и Наташа невольно ждала, что ей на голову откуда-нибудь свалится ящерица. В этой обстановке вполне могла завестись ящерица или крокодил. Завестись и жить. И его бы не заметили.

— Ну и бардак у тебя, — подивилась Наташа.

— Ты знаешь... — Алка проникновенно посмотрела на подругу аквамариновыми глазами. Ее глаза имели способность менять цвет от настроения и от освещения. И надо сказать, что когда Алка выходила из своей берлоги на свет, то у всех было полное впечатление, что она вышла из голливудского особняка с четырнадцатью лакеями и тремя горничными. Алка умела быть лощеной, элегантной, с надменным аристократическим лицом, летучей улыбкой. Софи Лорен в лучшие времена. Сейчас она стояла унылая, носатая, как ворона. Баба Яга в молодости. — Ты знаешь, вот дали бы ложку яду... клянусь, сглотнула бы и не пожалела, ни на секунду не пожалела об этой жизни...

Наташа поняла: в доме только что состоялся скандал, и причина Алкиной депрессии — в скандале. Поэтому Гусев ходил отчужденный и мальчики не вылезали из своей комнаты, сидели как глухонемые.

Скандал, как выяснилось, произошел оттого, что Гусев отказался ехать на прогулку. А отказался он из-за троюродной бабки, которая померла три дня назад. Алка считала, она так и сказала Наташе, что бабке давно пора было помереть: она родилась еще при Александре Втором, после этого успел умереть еще один царь, сменился строй, было несколько войн — Первая мировая, Гражданская и Вторая мировая. А бабка все жила и жила и умерла только три дня назад. А Гусев, видишь ли, расстроился, потому что бабка любила его маленького и во время последней войны прислала ему в эвакуацию ватник и беретку. Сыновья — паразиты, ругаются и дерутся беспрестанно. В доме ад. Посуда не мыта неделю. Все ждут, пока Алка помоет. Все на ней: и за мамонтом, и у очага. А даже такая радость, как воскресная прогулка с друзьями, ей, Алке, недоступна. Алкины глаза наполнились трагизмом и стали дымчато-серые, как дождевая туча.

Володя загудел под окном.

— Какой омерзительный гудок, — отвлеклась Алка от своих несчастий. — Как малая секунда — до и до-диез.

— Как зеленое с розовым, — сказала Наташа.

Алка была хореограф в музыкальном училище, а Наташа — преподаватель рисования в школе для одаренных детей. Одна воспринимала мир в цвете, а другая в звуке. Но сочетались они замечательно, как цветомузыка.

— Ну, я пойду, — сказала Наташа. — Очень жаль...

Ей действительно было очень жаль, что Алка не едет, потому что главное — это Алка. Володя — просто колеса. Гусев — компания для Володи, чтобы не болтался под ногами. Мужчин можно было бы оставить вдвоем, и они разговаривали бы про Картера.

Мужчины такие же сплетники, как женщины, но женщины перемывают кости своим подругам, а мужчины — правительствам, но в том и другом случае — это способ самоутверждения. Картер сделал что-то не так, и Гусев это видит. И Володя Вишняков видит. Значит, Гусев и Вишняков — умнее Картера. Картер в сравнении с ними — недалекий человек, хоть и сидит сейчас в парламенте, а они идут по зимнему лесу за своими женами-учительницами.

А Наташа рассказывала бы Алке про выставку детского рисунка и про Мансурова. Она говорила бы про Мансурова час, два, три, а Алка бы слушала, и ее глаза становились то темно-зеленые — как малахиты, то светло-зеленые — как изумруд. И, глядя в эти глаза, можно было бы зарыдать от такой цветомузыки, такой гармонии и взаимопроникновения.

На кухню вышел Гусев, поискал в горе посуды кружку. Вытащил с грохотом.

— Может, съездим? — поклянчила Алка.

Гусев стал молча пить воду из грязной кружки. Он чувствовал себя виноватым за свое человеческое поведение. Алке кажется нормальным, когда умирает очень старый человек. А ему кажется ненормальным, когда умирает его родственница. Ему ее жаль, сколько бы ей ни было лет. Хоть триста. Старые родственники — это прослойка между ним и смертью. И чем больше смертей — тем реже прослойка. А если умирают родители — то ты просто выходишь со смертью один на один. Следующий — ты.

— Ладно, — сказала Наташа. — Я пойду.

— Не обижаешься? — спросила Алка.

— Я знала, — сказала Наташа.

— Откуда?

— Ясновидящая. Со мной вообще что-то происходит. Я все предчувствую.

— Нервы, — определила Алка. — Потому что живем, как лошади с крыльями.

«Лошади с крыльями» — так они звали комаров, которые летали у них на даче в Ильинском. Они летали, тяжелые от человеческой крови, и кусались — может, не как лошади, но и не как комары. И действительно, было что-то сходное в позе между пасущимся конем и пасущимся на руке комаром.

— А что это за лошадь с крыльями? — спросил Гусев. — Пегас?

— Сам ты Пегас, — сказала Алка.

— Пошла ты на фиг, — ответил Гусев, бросил кружку в общую кучу и пошел из кухни.

Наташа перехватила Гусева, обняла его, прощаясь.

— Не ругайтесь, — попросила она.

— Если мы сейчас от этого уйдем, — Гусев ткнул пальцем на мойку, — мы к этому и вернемся. И это будет еще на неделю. Это же не дом! Тут же можно без вести пропасть! Скажи хоть ты ей!

— Скажу, скажу, — пообещала Наташа, поцеловала Гусева, услышала щекой его щетину и запах табака и еще какой-то запах запустелости, как в заброшенных квартирах. Запах мужчины, которого не любят.

Лес был белый, голубой, розовый, сиреневый. Перламутровый.

Наташа мысленно взяла кисти, краски, холст и стала писать. Она продела бы сквозь ветки солнечные лучи, дала бы несколько снежинок, сверкнувших, как камни. А сбоку, совсем сбоку, в углу — маленькую черную скамейку, свободную от снега. Все в красоте и сверкании, только сбоку чье-то одиночество. Потому что зима — это старость. Наташа поставила на лесную тропинку своих самых одаренных учеников: Воронько и Сазонову. Воронько сделал бы холод. Он написал бы воздух стеклянным. А Сазонова выбрала бы изо всего окружающего еловую ветку. Одну только еловую ветку под снегом. Написала бы каждую иголочку. Она работает через деталь. Через подробности. Девочки мыслят иначе, чем мальчики. Они более внимательны и мелочны.

— Ты ходила в психдиспансер? — спросил Володя.

— Отстань, — попросила Наташа.

Они собрались по приглашению поехать в Венгрию, надо было оформить документы и среди прочих — справку из психдиспансера, удостоверяющую, что она, Наташа, на учете не состоит. И за границей не может быть никаких сюрпризов. Все ее реакции адекватны окружающей среде. Наташа ходила в диспансер три раза, и всякий раз неудачно: то рано, то поздно, то обеденный перерыв.

Володино напоминание вырвало Наташу из леса и перенесло в психдиспансер Гагаринского района с унылыми стенами и очередями из осознавших алкоголиков.

— Отстань ты со своим диспансером, — предложила Наташа.

— Ну, с тобой свяжись, — обозлился Володя и как бы в знак протеста обогнал Наташу. Он не любил зависеть от кого-либо, и от жены в том числе.

Наташа посмотрела в его спину. Подумала: «Фактурный мужик». У него был красивый рост, красивая голова, чуть мелкая и сухая — как у белогвардейца, красивые руки, совершенная форма ногтей. Но не было у Наташи таких сил, которые могли бы заставить ее снова полюбить эти руки вместе с формой ногтей.

Когда-то, первые пять лет, до рождения Маргошки, они были влюблены друг в друга так, что не расставались ни на секунду ни днем, ни ночью. Ходили, взявшись за руки, и спали, взявшись за руки, как будто боялись, что их растащат. А сейчас они спят в разных комнатах и между ними стена — в прямом и переносном смысле. Наташа пожалела, что поехала в лес. Дома можно спрятаться: ему — за газеты, ей — за кастрюли.

А здесь не спрячешься. Надо как-то общаться. Были бы сейчас Гусевы — все упростилось бы. Распределились бы по интересам: Гусев с Володей, Алка с Наташей.

Сначала перемыли бы кости Марьянке. Марьянка вышла замуж за иностранца, шмоток — задавись, и ничего не может продать. Не говоря уже — подарить, хотя могла бы и подарить. Что ей стоит. Но известно: на Западе все считают деньги. И наши, попадая на Запад, очень быстро осваивают капиталистическое сознание, и начинают считать деньги, и даже родным подругам ничего не могут подкинуть, даже за деньги. А как хочется кожаное пальто цвета некрашеного дерева, как хочется быть красивой. Сколько им еще осталось быть красивыми? Пять лет, ну шесть... Хотя десять лет назад они считали так же: тогда они тоже считали, что им осталось пять лет, от силы шесть... Говорят, чем дольше живешь, тем выше поднимается барьер молодости.

Поговорили бы о Елене, которая, по слухам, была у филиппинских целителей и они ее вылечили окончательно и бесповоротно, в то время как все остальные врачи, включая светил, опустили руки. И когда думаешь, что есть филиппинские целители — жить не так страшно. Пусть они на Филиппинах и до этих Филиппин — непонятно как добраться, но все же они есть, эти острова, и целители на них.

Марьяна и Елена — это подруги. Точнее, бывшие подруги. Это дружба. Бывшая дружба. А есть любовь. Алка и Наташа считали одинаково: нет ничего важнее любви. И смысл жизни — в любви. Поэтому всю жизнь человек ищет любовь. Ищет и находит. Или не находит. Или находит и теряет, и, если разобраться, вся музыка, литература и живопись — об этом.

И даже детские рисунки — об этом. Воронько все время рисует деревянные избы со светящимися окнами. Изба в поле. Изба в саду. Зимой. Осенью. И каждый раз кажется, что за этим светящимся окошком живут существа, которые любят друг друга, — мужчина и женщина. Бабушка и внучка. Девочка и кошка. У Воронько лампа тепло светится. И даже если смотреть картину в темноте — лампа светится. На выставке он получил первую премию. Но это уже о другом. Это тоже интересно — выставка. Но главное — Мансуров.

Алка бы спросила:

— А как вы познакомились?

— Руководительница выставки подошла и сказала: «Больше никому не говори, местное руководство приглашает на банкет». Почему «не говори» — непонятно. Ну ладно. Стол накрыли за городом, на берегу какого-то водоема. Лягушки не квакают — орут, как коты. В Туркмении вода — редкость.

Там пески, пустыни, верблюды. В провинции девушки волосы кефиром мажут. Но это уже о другом. Это тоже безумно интересно — Туркмения. Но главное — Мансуров. Ты знаешь, Алка, я не люблю красивых. Мне кажется, красивые — это не для меня. Слишком опасно. Мне подавай внутреннее содержание. Но сейчас я понимаю, что красота — это какая-то особая субстанция. Торжество природы. Знаешь, когда глаз отдыхает. Даже не отдыхает — поражается. Смотришь и думаешь: не может быть! Так не бывает!

Я подхожу к столу. Он увидел. Встал и пошел навстречу: плечи расправлены, торс играет, как у молодого зверя. А зубы... А выражение... Глаза широко поставлены, как у ахалтекинского коня. Кстати, говорят, что ахалтекинцев не отправляют на бойню. Они умирают своей смертью, и их хоронят, как людей. В землю.

Нас водили на конный завод. Каждый конь стоит на аукционе дороже, чем машина «вольво». Еще бы... «Вольво» можно собрать на конвейере, а ахалтекинца собирает природа. Когда я вошла на территорию завода, маленький табун, маленький островок ахалтекинцев, повернул ко мне головы, одни только головы на высокой шее. Огромные глаза по бокам головы. И смотрят. И такое выражение, как будто спрашивают: «А ты кто?» Или: «Тебе чего?» Или: «Ты, случайно, не лошадь?» Да, так вот, Мансуров встал и пошел навстречу — обросший, пластичный, дикий, ступает, как Маугли — получеловек-полуволк.

Алка бы спросила:

— Так конь или волк? Это разные звери. Что общего у лошади с собакой?

— Он разный. Не перебивай.

— Ну хорошо. А дальше?

— Дальше он сказал одно только слово: «Лик...»

— Это туркменское слово?

— По-туркменски он не понимает. У него мать русская, а отца нет. Отец, кстати, тоже был наполовину русский.

— А что такое лик?

— Лик — это лицо. Икона.

— Ты? Икона? — удивилась бы Алка и посмотрела на Наташу новыми, мансуровскими глазами, ища в ней приметы святости. — А во что ты была одета?

— В белое платье.

— Которое шведское? — уточнила бы Алка. — Из небеленого полотна?

— Он сказал, что в такие одежды в начале века одевались самые бедные крестьяне. Я шла босиком и в самых бедных одеждах. А на шее серебряные колокольчики. На толкучке купила. Между прочим, ашхабадская толкучка... Нет, не между прочим. Это главное. По цвету — поразительно. Женская одежда пятнадцатого века носится до сих пор как повседневная. Одежда пятнадцатого века — не на маскарад, не в этнографический музей, — а утром встает человек. Надел и пошел. Очень удобно. Сочетание цветов выверено веками. Попадаешь на толкучку и как будто проваливаешься в глубь веков — и ничего нет: ни сосуществования двух систем, ни космических полетов. Ничего! Открываются деревянные ворота, и на толкучку выезжает деревянная арба, запряженная ослом. А в ней — старые туркмен и туркменка, лет по пятьсот, в национальных одеждах. Она — с трубкой. И вот так было всегда. Есть. И будет.

— Он сказал: «Лик...» А потом чего? — перебила бы Алка.

— Ничего. Остановился: на, гляди! Белозубый, молодой. Над головой небо. За спиной цветущий куст тамариска. Или саксаула. Мы все время путали: саксаул или аксакал. Хотя саксаул — это дерево, а аксакал — старый человек. Кстати, саксаул тонет в воде.

— Так же как и аксакал, — вставила бы Алка.

— Я не поверила. Бросила тоненькую веточку, и она тут же пошла ко дну.

— Не отвлекайся, — попросила бы Алка. — Ты все время отвлекаешься.

— А на чем я остановилась?

— Белозубый. Молодой.

Потом-то увидела, что не такой уж молодой. Под сорок. Или над сорок. Усталость уже скопилась в нем, но качественного скачка еще не произошло. Он еще двигался и смеялся, как тридцатилетний. Возраст не читался совершенно. Но это другими не читался. Наташа увидела все. Увидела, что бедный — почти нищий. Нервный — почти сумасшедший. Одинок. И ждет любви. Ее ждет. Наташу. Почти все люди на всей земле ждут любви. И в Швеции, откуда Володя привез платье. И в Туркмении, где выставка детского рисунка. И в Италии, где хорошие режиссеры ставят хорошее кино. И даже в Китае — и там ждут любви. Но, как правило, ждут в обществе своих жен, детей, любовниц. А Мансуров ждет один. И уже с ума сошел, так устал ждать.

— А как ты это увидела?

— Ясновидящая. Как летучая мышь.

— Летучая мышь слепая, а дальше что было?

— Больше я его в этот вечер не помню. Меня посадили с начальством.

— А Мансуров кто?

— Художник. Он был в составе жюри.

— Но жюри — это тоже начальство.

— Художник и начальник — это разные субстанции.

— А почему ты сама с ним не села?

— Я ничего не решала.

— А дальше?

— Плохо помню. Было много выпито, и съедено, и сказано. И все это с восточным размахом, широтой и показухой. Потом какие-то машины, куда-то ехали, и опять все сначала — в закрытом помещении, с музыкой, танцами, круговертью талантов, полуталантов, спекулянтов, жаждавших духовности, красивых женщин, никому не пригодившихся по-настоящему.

— А главное?

— Главное — это мой успех. Ты же знаешь, Алка, я никогда не хвастаюсь. Я, наоборот, всегда себя вышучиваю.

— Это так, — кивнула бы Алка.

— Но в этот вечер я была как пробка от шампанского, которую держат возле бутылки стальные канатики. Иначе бы я с треском взлетела в потолок. От меня исходило какое-то счастливое безумие, и у всех, кто на меня смотрел, были сумасшедшие глаза.

— Предчувствие счастья, — сказала бы Алка. — Мансуров.

— Не сам Мансуров, не конкретный Мансуров, а все прекрасное, что есть в жизни: молодость, мечта, подвиг перемен, творческий полет, маленький ребенок — все это называлось Мансуров. Понимаешь?

— Еще бы...

— Подошел ко мне Егор Игнатьев из МОСХа, лысый, благородный, говорит: «Наташа, ну что в вас особенного? Ровным счетом ничего! А я ловлю себя на том, что смотрю на вас и хочу смотреть еще и просто глаз не могу отвести». И вдруг — Мансуров. Как с потолка. Где он все время был? Откуда взялся? Идет прямо ко мне. Я поднялась ему навстречу. Мы обнялись и тихо закачались в танце. Медленно. Почти стоим. Все вокруг бесятся. С ума сходят. А мы просто обнялись и замкнули весь мир. И держим. Лицо в лицо. Я моргаю и слышу, как мои ресницы скребут его щеку. Не целуемся. Нет. Встретились.

— Счастливая... — вздохнула бы Алка.

— То есть... Если бы сказали: заплатишь во сто крат. Любую цену. Хоть жизнь. Не разомкнула бы рук. Пусть что будет, то и будет... Руководительница выставки смотрит на меня с большим недоумением, дескать: поберегла бы репутацию, старая дура... А мне плевать на репутацию.

— Плевать? — переспросила бы Алка.

— Тогда — да.

— Да? — поразилась бы Алка и даже остановилась на морозной тропе. Стояла бы и смотрела на Наташу с таким видом, будто ей показали приземлившуюся летающую тарелку.

Наташа вспомнила, как Мансуров проводил ее до номера. Они вместе вошли в комнату и сели, не зажигая света. Он — в кресло. Она — на пол. У его ног. Так ей хотелось — быть у его ног. Поиграть в восточную покорность. Надоела европейская самостоятельность. Посидели молча. Потом она сказала:

— Иди. А то ты меня компрометируешь.

Он послушно встал, подошел к двери, открыл ее — блеснула полоска света из коридора и исчезла. И снова стало темно. Но он закрыл дверь перед собой. А сам остался.

Наташа подумала, что он ушел, и острое сиротство вошло в душу. Она поднялась с пола и легла на кровать — в платье и в туфлях. А он подошел и лег рядом. Так они лежали — оба одетые и молча, не касаясь друг друга, как старшие школьники после дня рождения, пока родители не вернулись. И только токи, идущие от их тел, наполняли комнату напряжением, почти смертельным. Нечем было дышать.

— И чего? — спросила бы Алка.

— Ничего, — ответила бы Наташа. — Того, о чем ты думаешь, не было.

— Почему?

Алка искренне не понимала — где проходит грань дозволенного, если уж дозволено. У Наташи на этот счет была своя точка зрения — природа замыслила таким образом: двое людей обнимают друг друга и сливаются в одно духом и плотью, и от этого происходит другая жизнь. Или не происходит. Но все равно — в одно. И после этого уже невозможно встать на пол босыми ногами и разойтись — каждый по своим жизням. После этого люди не должны больше расставаться ни на секунду, потому что они — одно. Вместе есть, думать, предугадывать. А если и врозь, то все равно — вместе. А здесь был другой город, номер в гостинице, где жил кто-то до тебя, теперь — ты, потом — кто-то следующий. А через несколько дней утром надо будет собирать чемодан и лететь самолетом в свой дом на Фрунзенской набережной. И как знать — чем это покажется на расстоянии, может быть, чем-то из области пункта проката: взял на время, вернул вовремя. А если вернул не вовремя — плати. Доплачивай.

— Чепуха какая-то... — сказала бы Алка. — Разве можно все рассчитывать?

— Это не расчет.

— А что?

— Боязнь греха. Как у наших бабушек. Или просто порядочность, как у наших матерей.

— А наши дети когда-нибудь нас засмеют.

— Значит, мы — другое поколение. В этом дело. Нравственность другого поколения...

— Нет нравственности целого поколения. Есть отдельная нравственность отдельных людей.

— Есть, — сказала бы Наташа. — Есть нравственность целого поколения, и она влияет на отдельную нравственность отдельных людей. А иногда наоборот: сильные личности формируют нравственность целого поколения.

— Ну хорошо, — согласилась бы Алка. — Предположим, ты — нравственная идиотка. А Мансуров?

— Он сказал, чтобы я родила ему дочь.

— Ничего не понимаю. Откуда дочь, если ничего не было!

— Потом. Когда все будет по-другому. У нас будет дочь, и ее так же будут звать, как меня.

— А он?

— А он — с нами.

— С кем «с вами»? С тобой и с Володей?

— Нет. Со мной, Маргошкой и Наташей.

— А Наташа кто?

— Наша новая дочь.

С ветки упал снег и рассыпался по подмерзшему насту.

...Счастье и горе одинаково потрясают человека, только в одном случае — со знаком плюс, а в другом — со знаком минус. Мансуров лежал потрясенный счастьем, и его лицо было почти драматическим. Он был прекрасен и с каждой секундой становился прекраснее, и вот уже не лицо, а действительно Лик. Вечность. Тайна. Слезы стали у горла. Видимо, организм слезами отвечал на потрясение. Она положила голову на его плечо и стала тихо плакать. А он гладил ее по затылку и боялся двинуться, чтобы не оскорбить ее целомудрие, — как будто бы не сорокалетний красавец, прошедший огонь, воду и медные трубы... Кстати, через медные трубы, то есть через славу, он тоже прошел. Не бог весть какая слава, но в своих кругах — серьезный успех и хорошее имя, в своих кругах. А для кого, в общем, работаешь? Чтобы быть понятым среди своих. Единомышленников. А что касается широкой славы, что касается бессмертия — того знать не дано. Не дано знать — как перетасует время сегодняшние таланты, кого оставит, кого откинет, как в пасьянсе. Не об этом должен думать художник, когда достанет свои кисти. Он должен просто знать, что за него его работу не сделает никто. А значит, он должен делать свое дело с полной мерой искренности и таланта.

Он спросил:

— Можно, я закурю? — Он боялся, что испугает ее, если начнет двигаться, искать сигареты, зажигалку.

— Ну конечно, — сказала она.

Он закурил. Поднес сигарету к губам Наташи. Она затянулась. Они лежали и курили одну сигарету. И было как в бомбоубежище, когда наверху рвутся снаряды и все гибнет, а ты защищен — и стенами, и землей.

Он спросил:

— Ты хороший художник?

Она сказала:

— Хороший. А ты?

— И я хороший.

Снова покурили. И он вдруг проговорил, непонятно кому и чему:

— Да...

И ей захотелось сказать — непонятно кому и чему:
— Да...

Дело не в том, пробилась она или нет. Внешне — нет. Она учительница, учит одаренных детей осмыслить свою одаренность. Но непробившийся художник — тоже художник, и единственное, на что не имеет права, — думать о себе, что он плохой художник. Потому что если думать о себе, что ты неталантлив, и все же садиться за работу — это из области мошенничества. Только мошенник может заведомо изготовлять плохую продукцию.

От Мансурова по всей длине его длинного тела наплывали волны, не напряженные и пугающие, как раньше, а другие — теплые, нежные и добрые. Наташа лежала как бы погруженная в его нежность и понимала: когда этого нет — нет ничего. Душа без любви — как дом без огня. Кажется, это строчка из какой-то песни. И тем не менее — это правда. Душа без любви — как дом без огня, когда вдруг где-то перегорают пробки и вырубается свет. И тыркаешься и не знаешь, что делать. Ни почитать, ни телевизор поглядеть. Несчастье, да и только. Единственное утешение, что и у других так же. Во всем доме нет света.

Жить без любви — несчастье. Иногда забываешь об этом. Живешь себе по инерции, даже приспосабливаешься. Вроде так и надо. И только когда вот так вытянешься во всю длину человека, подключенного к станции «Любовь», когда увидишь, как он курит, услышишь, как он дышит, увидишь его лицо, потрясенное счастьем...

Наташа вспомнила: был момент, когда показалось — не справится, сейчас растворится и умрет в нем так, что не соберет снова. Собрала, конечно. Но кусок души все же забыла. Оставила в нем. Интересно, куда он его дел, этот кусочек ее души?

Потом он потушил сигарету и заснул. Она долго лежала рядом и думала, что если каждую ночь засыпать вместе с любимым человеком — сколько дел можно переделать, встав поутру. И каких дел. И как переделать.

Террор любовью

Человек во сне заряжается счастьем и, проснувшись, может прорубить Вселенную, как ракета...

— Ты пойдешь в психдиспансер?

Наташа вздрогнула. Володя подошел незаметно. Стоял и смотрел на нее с враждебностью — так, что, если она скажет: «Не пойду», он столкнет ее в снег. Захотелось сказать: «Не пойду».

— Вернемся домой, — потребовала она. — Я замерзла.

— А когда пойдешь? — не отставал Володя.

— Ну пойду, пойду. Господи...

Она обошла его и быстро зашагала в сторону дороги.

— Ну почему ты такая? — с отчаянием спросил Володя, идя следом.

— Какая «такая»?

— Ты делаешь только то, что тебе интересно. А если тебе неинтересно... Так же нельзя. Ты же не одна живешь...

«Одна», — подумала Наташа, но промолчала. Она давно жила одна. Когда это началось? С каких пор? Видимо, тогда... Володя клялся, что это чепуха, но сознался, что было. Вот этого делать не следовало. Она с легкостью поверила бы его вранью, но он вылез со своей честностью и раскаянием, и она еще должна была его за это оценить.

Если бы сейчас разобраться поздним числом — действительно ерунда. Но тогда... Тогда была самая настоящая драма — долгая и мучительная, как паралич. И тогда случилась трещина. Чувство не выдержало сильных контрастных температур и треснуло. Они оказались на разных обломках трещины, а потом океан (их жизни) потащил эти разные обломки в разные стороны. И уже сейчас не перескочишь. Не поплыть вместе. Дай Бог увидеть глазом. А в общем — какая разница? Кто виноват? Она или он? Важно то, что сейчас. Сегодня. А сегодня — они банкроты. Их брак — это прогоревшее мероприятие. А прогоревшее мероприятие надо закрывать, и как можно раньше.

А что, если в самом деле — взять и выйти замуж за Мансурова? И родить ему дочку? Тридцать шесть лет — не самое лучшее время для начала жизни. Это не двадцать. И даже не тридцать. Но ведь дальше будет сорок. Потом пятьдесят. Шестьдесят. И этот кусок жизни тоже надо жить. И быть счастливой. Если можно быть счастливой хотя бы неделю — надо брать и эту неделю. А тем более года.

Почему люди так опутаны условностями? Неудобно... Нехорошо... А вот так, с выключенной душой, — удобно? Хорошо? Или ей за это орден дадут? Или вторую жизнь подарят? Что? Почему? Почему нельзя развестись с обеспеченным Володей и выйти замуж за нищего Мансурова? Да и что значит обеспеченность? Сейчас все живут примерно одинаково. Разница — квартира из одной комнаты или квартира из пяти комнат? Но это же не двухэтажный особняк. Не дворец. И едят примерно одно. Какая разница — икра или селедка? Кстати, то и другое вредно. Задерживает соли. Галина из отдела заказов, выдавая продукты, говорит так: «Жрать — дело свинячее». И это правда. Человек вообще преувеличивает значение еды и вещей. Разве не важнее ощущение физической легкости и душевного равновесия? А где его обрести? Только возле человека — любимого и любящего. Лежать с ним рядом, курить одну сигарету. И молчать. Или встать на лыжи и рвануть по шелковой лыжне, проветривать кровь кислородом. Или просто — сидеть в одной комнате, смотреть телевизор. Он — в кресле. Она — у его ног. Алка, Алка... Боже мой, что делать? Как трудно жить...

— Ждать? — переспросила бы Алка.
— Жить и ждать. Жить, ожидая...
— А он женат? — поинтересовалась бы Алка.
— Разведен.
— Почему?
— Не говорит. Но, как я догадалась, имело место предательство. Причем не женское. Человеческое.
— Жизнь груба, — сказала бы Алка.

— Груба, — подтвердила бы Наташа. — Поэтому и нужны в ней близкие люди, которые тебя понимают и поддерживают.

— А дети есть?

— Есть. Мальчик.

— Может, помирятся? Все-таки ребенок...

— Я ему так же сказала. Этими же словами. Он ответил: «Она меня предала. Я ее расстрелял и закопал. Что же, я теперь буду разрывать могилу?»

— А простить нельзя?

— Смотря по каким законам судить. Если по законам военного времени, то, наверное, нельзя. (Во всяком случае, до конца — нельзя. А если не до конца — это компромисс. А компромиссы развращают душу.)

— Человек легко прощает свое предательство, но не прощает чужого по отношению к себе.

— Ты что, на стороне жены? — спросила бы Наташа.

— Я всегда на стороне жен.

Какая жена? О чем речь? Вспомнила, как они утром пошли на угол есть шашлык. Красивый мальчик-туркмен сооружал шашлыки прямо на улице, насаживая на шампуры лук и куски мяса, стараясь при этом, чтобы на шампур вперемежку с жилистыми кусками попадались и хорошие, мягкие. Чтобы все было справедливо, а не так: одному все, а другому ничего.

Они с Мансуровым хватали зубами горячие куски мяса, пахнущие углем саксаулового дерева, и смотрели друг на друга, видя и не видя. То есть она уже не видела, как он выглядит объективно, на посторонний глаз. Она видела его сквозь свое знание и тайну.

На нем была панама, какую носят в колониальных войсках. Он надел ее плотно, чуть набок. Он говорил: «Я понимаю, почему у ковбоев все должно быть чуть тесновато. Если надеть широкие штаны и шляпу, которая лезет на уши, — не вскочишь ни на какого мустанга и не поскачешь ни в какие прерии. А пойдешь домой и ляжешь спать».

Он стоял перед ней в тесноватых джинсах, тесноватой шляпе. Маугли-ковбой. Как он видел ее, вернее, какой он ее видел — она не знала. Но ей было очень удобно под его взглядом. Тепло, как дочке. Престижно, как жене короля. И комфортно, как красавице.

Мальчик-туркмен шинковал лук, рассекая его вдоль луковицы. Наташа обычно резала лук поперек. Она спросила:

— А разве так надо резать?

Мансуров вручил ей свой шашлык, взял у мальчика нож, луковицу. Нож удобно застучал о стол, и через несколько секунд взросла горка идеальных, почти прозрачных колечек, сечением в миллиметр.

— Ты умеешь готовить? — удивилась Наташа.

— Я тебе к плите не дам подойти, — ответил Мансуров.

К гостинице должны были подать экскурсионный автобус, но автобуса не было. Стали бродить вокруг гостиницы.

— Расскажи что-нибудь о себе, — попросил Мансуров.

Наташа вдруг сообразила, что они почти не знакомы и ничего друг о друге не знают, кроме того внутреннего знания, которое людей объединяет, или разъединяет, или оставляет равнодушными.

— Что рассказать? — спросила она.

— Что хочешь.

Наташа подумала и выбрала из своей жизни самый грустный кусочек. Хотела пожаловаться. Хотелось, чтобы он понял ее и пожалел.

Она принялась рассказывать о том долгом параличе. Мансуров остановился. Лицо его напряглось и стало неподвижным, будто он сдерживал боль. Вдруг приказал:

— Замолчи! Зачем ты это делаешь?

— Что? — не поняла Наташа.

— Зачем ты туда возвращаешься?

— Куда?

— В мученье. Ведь ты уже это прожила. Пережила. А сейчас ты опять себя туда погружаешь. Опять мучаешься. Не смей!

— Но...

— Всё! Я не отпускаю тебя. Стой здесь. В этом августе. Возле меня.

Люди шли мимо и оборачивались, хотя Наташа и Мансуров ничего себе не позволяли. Просто стояли и разговаривали. Но чем-то задерживали человеческое внимание. Чем? Тайной прошедшей ночи. Эта тайна останавливала людей, как автомобильная катастрофа. Как пожар. Как венчание при церковном хоре.

Вот так... обвенчаться с фатой и белым венком на волосах, с опущенными глазами. И жить с человеком, который к плите не даст подойти, который не пустит ни в одно тяжкое воспоминание. Жить вместе и служить друг другу чисто и высоко. И ни одного предательства. Ни в чем. Даже в самой мелкой мелочи, в самом пустячном пустяке.

Он, видимо, думал об этом же, потому что сказал:

— Я буду жить только тобой, а ты — мной.

Наташа задумалась.

А потом они потерялись. Пришел автобус. Мансуров куда-то исчез, как умел исчезать и появляться только он один. Стоял — и нет. Как сквозь землю провалился. И уже непонятно: был ли он когда-нибудь вообще и будет ли снова?

Наташа вошла в автобус вместе со всеми и все время нервничала, не понимала — как ей поступить: выйти и ждать Мансурова или ехать со всеми? Обидеться на него или проявить солидарность? Но как можно проявить солидарность с исчезнувшим человеком? Тоже исчезнуть.

Автобус между тем тронулся, и все отправились смотреть восьмое чудо света. Или седьмое. Это не имело значения — какое чудо по счету. Алка... Если бы ты знала... Уму непостижимо. Чьему-то уму, конечно, постижимо. Ученые, наверное, все понимают — как и отчего... Глубоко в земле, вернее, в скале, — подземное озеро. Спускаешься вниз, как в шахту, и вдруг — среди корней скал опаловое озеро. Вода почти горячая, тридцать семь градусов. И серой пахнет. Как в аду.

Когда входишь в море, даже самое теплое, — все-таки температура воды как минимум на десять градусов ниже температуры тела, и человек сжимается, как бы сопротивляется, и надо какое-то время, чтобы привыкнуть. А тут входишь, как в теплую ванну. Как в блаженство.

Ей захотелось тогда остаться одной. Она поплыла, поплыла куда-то по каменным лабиринтам и вдруг выплыла в другое, огромное круглое озеро. Тихо. Какая-то особая, неземная тишина. Тишина-вакуум. На отвесных скалах — летучие мыши, слепые и мрачные, как посланцы потустороннего мира. И сама — под землей, в восьмом чуде света. Под ногами — километры глубины. Так и сгинешь здесь, захлебнешься горячей серной водой, и только летучие мыши сделают почетный вираж над водой... Мансуров! Где ты? Появись! Возникни! Подставь плечо!

— Появился? — спросила бы Алка. — Возник?

— Он же не Воланд.

— Странно. Должен был появиться.

— Должен был. Но не появился.

— А потом?

...Потом все вылезли из озера. Поднялись наверх. На землю.

Солнце заходило. Небо было розовое. Горы. И острое реально, почти физическое ощущение момента — того самого момента, которому можно сказать: остановись!

Наташа, как правило, ностальгически тосковала о прошлом, прощая ему многое. Надеялась на будущее, ощущая в себе надежду, как пульс: девяносто ударов в минуту стучит надежда и поддерживает в ней жизнь. И только к настоящему относилась невнимательно. Настоящее — как путь в булочную за хлебом: дойти, купить хлеб и вернуться. А сама дорога — ни при чем. Встреченная собака на дороге, или облака над головой, или дерево, забывшее о тепле, — все это мимо, мимо! Главное — цель! А тогда, в тот момент, может, это было влияние серной воды, а может, это и было тем самым восьмым чудом света — не само озеро, а остановившееся мгновение, которое действительно прекрасно. И такая пронзила тоска от красоты. Красота тоже рождает сожаление.

— Сожаление от чего? — спросила бы Алка.

— От того, наверное, что время тащит тебя через коридор, как грубая нянька за ухо. А может быть, все настоящее потрясает по-настоящему.

— Надо еще это настоящее увидеть и по-настоящему потрястись. Способность принять и почувствовать — это молодость.

— Молодость беспечна. В молодости кажется, что всего навалом. Будут еще тысяча чудес света и миллион мгновений. Зачем их останавливать.

— А может, это просто Мансуров? — предположила бы Алка.

— Нет. Тогда все что-то почувствовали. Миколас из Литвы стоял со своими висячими усами, как будто его заговорили. А потом сказал одно слово: бон. По-французски это значит: хорошо.

— А почему он сказал по-французски, а не по-литовски?

— Он недавно из Парижа приехал. А Егор Игнатьевич вдруг ни с того ни с сего взбежал на гору, нарвал каких-то мелких цветов и стал заставлять всех нюхать. И меня заставил. И почему-то казалось, что он за собой туда взбежал, на эту гору. И букетик — это его существо, вернее — неосуществленное. Его неопознанная душа, нераскрывшийся талант, вернее — не туда раскрывшийся. И он навязывает все это — и душу, и талант, сует к самому лицу. Мне почему-то его стало жаль, захотелось успокоить, сказать: «Да ладно, Егор... все хорошо. Все у тебя нормально».

— Ну а Мансуров? — напомнила бы Алка.

— В гостиницу вернулись к вечеру.

Когда вошла в номер, телефон звонил. Казалось, он звонил беспрерывно, будто испортился контакт.

Она сняла трубку. Там помолчали. Потом голос Мансурова сказал очень спокойно:

— Пропади ты пропадом со своей красотой. Пропади ты пропадом со своими премиями.

Наташа вздрогнула:

— Какими премиями?

— Твои ученики получили две первые премии.

— Кто?

— Сазонова и Воронько.

Значит, домик с теплым окном получил первую премию. Значит, правильно она думает и заставляет правильно думать своих учеников. Воронько — за домик. А Сазонова — за крыло бабочки. Она взяла крыло бабочки и так его разглядела, что все только ахнули. Потому что никогда раньше не видели. Считали, наверное, что это мелочь. А Сазонова объявила: не мелочь. И вообще — нет мелочей. Главное, в конце концов, тоже состоит из мелочей.

Через десять минут Мансуров стоял перед ней, охваченный настоящим отчаянием, и она с каким-то почти этнографическим интересом смотрела, как проявляется в нем это сильное разрушительное чувство.

— Только ничего не объясняй! — запрещал он и тряс перед собой пальцами, собранными в щепотку. — Только ничего не говори!

— Но...

— Молчи! Слушай! И дочка наша такая же будет! Предательница и эгоистка. Ты передашь ей это со своими генами, и она так же будет меня бросать.

— Так же будет исчезать, — скороговоркой вставила Наташа.

— Больше ты меня не увидишь. Я думал, ты — одно. А ты — совершенно другое. Не мое дело тебя судить. Живите как хотите. Но я в это не играю. Я ухожу.

— Да иди, — сказала Наташа, обидевшись на множественное число. «Живите как хотите»... Значит, она — часть какого-то ненавистного ему клана, где много таких, как она. — Иди, кто тебя держит...

— Да, я уйду. Я, конечно, уйду. Я все понял.
— Что ты понял?
— Я понял, что это нужно только мне, а тебе это не надо.
— Что «это»?

Наташа понимала, что «это». Но она хотела, чтобы он оформил словами.

Он молчал какое-то время — видимо, искал слова. Потом сказал:

— Железная дверь в стене. В каморке у папы Карло. А ключик у нас. У тебя и у меня. Один. Но у тебя другая дверь, и мой ключ не подходит. Я устал. Господи...

Он опустился в кресло и свесил голову. Потом поставил локти на свои острые колени и опустил лицо в ладони.

— Господи... — повторил он. — Неужели нельзя по-другому? Неужели можно только так?

Он устал от чужих дверей. От предательств. Господи, неужели нельзя по-другому?

Наташе стало жаль его, но и нравилось, что она внушила ему такие серьезные душевные перепады.

— Успокойся, — строго сказала Наташа. — Ничего не случилось. Это недоразумение, не более того.

Он поднял голову.

— Просто ты исчез. Я тебя потеряла. Куда ты подевался?
— Это я подевался? Я?

Они долго, целую минуту или даже две бессмысленно смотрели друг на друга, и Наташа поняла: он искренне уверен в том, что она сбежала. Что ей было удобно его отсутствие.

— Ты не прав, — сказала она. — Поверь мне.
— Как поверить?

Его душа, утомившаяся от предательств, ждала и верила только в одно. В следующее предательство.

— Как поверить? — растерянно переспросил он.
— Просто поверь. Не рассуждая. Скажи себе: «Я верю». И поверь.

Она подошла к нему. Он поднялся. Провел двумя пальцами по ее щеке медленным движением. Он как бы возвращался к ней, касался неуверенно, робко, будто боялся обжечься.

— Руководительница выставки оглядела автобус и сказала: «Все в сборе. Поехали», — дополнительно объяснила Наташа. — И поехали.

— Она нарочно так сказала. Она меня ненавидит. Меня здесь все ненавидят. Я не останусь. Я уеду с тобой.

— Куда?

— Все равно. Где ты, там и я. Я не могу без тебя. Я это понял сегодня. Не могу. Меня как будто ударили громадным кулаком. Вот сюда, — он положил руку под ребра на солнечное сплетение, — и выбили весь воздух. И я задохнулся. Зашелся. А потом сквозь стон и боль вдохнул вполглотка. И еще раз вдохнул. И этот воздух — ты. Я тебя вдохнул. Я умру без тебя.

Наташа промолчала.

— Ты мне не веришь?

— Верю. Но я замужем, в общем... — Главной была не первая часть фразы, а последнее слово: «в общем»...

— Ну и что!

— Где ты будешь жить? Что ты будешь делать?

— Я буду жить где угодно и работать где угодно. Только возле тебя. Все будет так, как ты захочешь: скажешь: женись — женюсь. Скажешь: умри — умру.

— Не надо умирать. Живи.

— Господи... — вздохнула бы Алка. — Никому не нужна. Ни на секунду.

— Ты и так в себе уверена, — сказала бы Наташа. — Ты сама себе нужна.

— Я? — Алка бы подумала. — Я, конечно, в себе уверена. Мне не надо, чтобы мне каждую секунду говорили, что я лучше всех. Но я хочу собой делиться. Отдавать себя. Видеть мир в четыре глаза.

— Отдавай себя Гусеву.

— А я ему не нужна. То есть нужна, конечно, но иначе. Мой реальный труд. Руки, горб, лошадиные силы. Но не глаза.

— Тогда какой выход? Уносить из дома глаза — грех. А жить вслепую — еще больший грех.

— А как жить? В чем истина?

— Если человек болен, то для него истина в здоровье. Если он в пустыне и хочет пить, то для него истина — вода. А если есть здоровье и вода, а нет любви, то для него истина — в любви. Чего нет, в том и истина.

— Истина — в незнании истины, — сказала бы Алка. — Так же как не кончаются числа. Никогда нельзя найти последнего числа. И нельзя найти окончательной истины. И это правильно. Если человечество познает истину — человечество остановится. Оно дойдет до истины — и все. И уже дальше ничего не интересно.

— Наверное, нет общей истины. У каждого — своя. Главное — ее выделить и не затерять. Как драгоценный камешек в коробке среди пуговиц и бус.

— А как разобраться, что камешек, а что буса?

— Дело и дети — это камешки.

— А любовь?

— Это смотря что она после себя оставляет...

На закрытии выставки к Наташе подошел Игнатьев и сказал:

— Поздравляю. Успех — это самый реальный наркотик.

Наташа летуче улыбнулась ему, держа в руке бокал. На ней было платье на бретельках. Открытые плечи и спина. Можно в жару в лодке плавать. Васильки собирать. И на закрытие выставки прийти.

Мансурова не было. Когда Наташа вошла в зал, она сразу почувствовала, а потом уж и увидела, что его нет.

Подходили художники, педагоги, начальство. Поздравляли. Наташа благодарила, веря в искреннюю доброжелательность, но все время ждала. Что бы она ни делала, она ждала Мансурова, и каждая клеточка в ее теле была напряжена ожиданием.

Подошла руководительница выставки и спросила:

— Почему Мансуров два дня не отходит от Вишняковой?

Она назвала Наташу по фамилии — так, будто речь шла не о ней, а о третьем человеке и этого третьего человека она не одобряла.

— Два дня — это много? — беспечно спросила Наташа, выгораживая третьего человека.

— Это очень много, — с убеждением сказала руководительница выставки.

И это действительно очень много. Два дня — сорок восемь часов, 2880 минут. И каждая минута — вечность. Две тысячи восемьсот восемьдесят вечностей.

Наташе захотелось спросить: «А какое твое собачье дело?» Но видимо, это было именно ее дело, и именно собачье, по части вынюхивания. И она не стала бы задавать пустых и праздных вопросов. Наташа Вишнякова — не Анна Каренина, Мансуров — не Вронский. Володя Вишняков — не Каренин, хотя и состоит на государственной службе. И общество — не высший свет. Но... Наташа стояла возле руководительницы и понимала, что нужно объясниться. Объяснить себя.

— У Мансурова сейчас трудное время, — неопределенно сказала она.

Это значило: люди должны поддерживать друг друга в трудную минуту. По тезису: «Если бы парни всей земли...»

— Вы очень доверчивы, — сказала руководительница выставки. В ее тоне слышалось снисходительное сочувствие.

— Не понимаю. — Наташа как бы отодвинула это снисходительное сочувствие.

— Вас очень легко обвести вокруг пальца, — объяснила руководительница.

Наташа не знала — как лучше: продолжать разговор или не продолжать. Но в этот момент все в ней вздрогнуло и осветилось, будто сразу и резко зажгли в ней свет. Это вошел Мансуров. Она еще не видела его, но поняла, что он возник. Не вошел, а именно возник. Как на ладошке. И весь сразу. Он подошел к Наташе и выдернул ее в танец. Не пригласил. Не увел. Выдернул. Только что она стояла и беседовала, чуть приподняв лицо. А сейчас уже пребывает в танце. Без перехода. Как в детстве или в безумии.

Мансуров качался перед ней, как водоросль в воде — замедленно и пластично. Талантливо дурачился. Маугли в волчьем хороводе. Такой же, как вся стая, и другой. А она, Наташа, почему-то хохочет. Хохочет, и все. Ничего смешного нет вокруг. Просто организм реагирует смехом на счастье. Нормальная адекватная реакция. И нечего ходить в районный психдиспансер. Печаль — плачет. Счастье — ликует. Счастье — вот оно. Ликуют глаза, руки, ноги, сердце. Быстрее и свободнее бежит счастливая кровь. Звонче стучит счастливое новое сердце. Счастливая музыка. Все вокруг счастливы. Много счастливых людей, одновременно. И даже палочка счастлива в руках барабанщика. Счастье подпирает к горлу. Давит на черепную коробку. На глазное дно. Сейчас она взорвется от счастья. А Мансуров все танцует. А музыка все играет. Наташе кажется, сейчас не выдержит. Всему есть предел. И счастью.

Музыканты опустили инструменты. Все стали растекаться к своим местам возле столов. Наташа выдохнула, будто опала. Она устала от счастья, как от физической перегрузки. Хотелось пить.

Она вернулась к столу, стала пить вино, как воду, утоляя жажду.

Подошла руководительница выставки и сказала:

— Это неправда.

— Что неправда? — не поняла Наташа.

— То, что вы мне сказали. Я все видела.

Она видела счастье между двумя людьми, и это не имело никакого отношения к взаимовыручке, хотя, если разобраться, счастье — это самая большая взаимовыручка.

— А ей-то что? — спросила бы Алка. — Ее какое дело? Он что, нравился ей?

— Он ей не нравился. В этом дело, — ответила бы Наташа. — И она не хотела, чтобы он нравился мне.

— Поздно, — сказала бы Алка.

Поздно. Поезд любви тронулся. А руководительница выставки встала между рельсами и уперлась протянутыми руками в паровоз. Но поезд тронулся, и остановить его можно было только крушением.

После закрытия выставки пошли в гостиницу. Наташа уже не могла ступать на высоких каблуках. Она сняла туфли и пошла босиком по теплому асфальту. А Мансуров нес туфли в опущенной руке. Он положил свободную руку на ее плечи, а она — поперек его спины. Они шли молча, обнявшись, как десятиклассники после выпускного бала. И казалось, что знали они друг друга всю жизнь. Десять лет просидели на одной парте. И вся жизнь — впереди.

— О чем ты думаешь? — спросила Наташа.

— У нас в кино не умеют расстреливать, — сказал Мансуров. Он думал несинхронно. — Убивать и умирать. Люди совсем не так умирают, как в кино.

— А как?

— Вот выстрели в меня. — Он протянул ей туфлю.

Наташа взяла свою туфлю фирмы «Габор», направила каблуком в Мансурова и сказала:

— Пах.

— Не так.

Он забрал у нее туфлю. Отошел на несколько метров. Стал медленно поднимать, целя в Наташу. И она вдруг неприятно поверила, что в руке у него не туфля, а пистолет. На нее наведено черное отверстие дула, ведущее в вечность, как зрачок. И она вся зависит от этого черного отверстия.

— Я боюсь, — сказала Наташа.

— Ага, — удовлетворенно сказал он. — Поняла?

— Поняла.

— Давай.

Наташа взяла туфлю, отошла на несколько метров. Вытянула руку. Прицелилась, провела глазами одну линию между носком туфли и грудью Мансурова. Сосредоточилась. Ощутила жуть и сладость преступления. Ступила за предел.

— Пах!

Мансуров вздрогнул. Стал медленно оседать.

По другой стороне улицы шла патлатая компания. Они остановились и стали смотреть.

Мансуров осел на колени. Согнулся. Положил лицо в ладони. Он плакал, провожая жизнь.

Она стояла в смятении. В голове пронеслось: Господи, какое счастье, что это ночь. Тепло. Что он дурачится. Мальчишка... А ведь могло так и быть. С кем-то когда-то именно так и было: лицо в ладонях, пуля в груди, и больше никогда... никогда...

— Не надо, — тихо попросила Наташа.

Он встал, подошел к ней. Они обнялись — так, будто миновали вечную разлуку.

— Ты меня любишь? — серьезно спросил он.

«Очень», — ответила она про себя.

— И я очень, — сказал он вслух. И они пошли обнявшись. Еще ближе, чем прежде. А патлатая компания забренчала и завопила в ночи, и не особенно бездарно. Даже ничего.

Мансуров спросил о чем-то. Она не ответила. Почувствовала, что не в состоянии ни слушать, ни говорить. Устала. Устала от счастья, и от сострадания, и от того, что перемешала на банкете несколько сортов вин. Одно наложилось на другое: сухое на крепленое, счастье на сострадание.

— Ты почему не отвечаешь?

— Я устала.

Он остановился. Как будто видел перед собой опасность.

— Ты что? — Наташа тоже остановилась.

Он молчал.

— Ну что?

— Будь прокляты эти выставки и премии, если ты от них так устаешь.

Володя сказал бы: «Ничего, отдохнешь... Главное — ты победила».

Маргошка сказала бы: «Нечего было хохотать и напиваться».

— ...Ты понимаешь, Алка, меня уже лет, наверное, десять никто не спрашивает: «Как ты себя чувствуешь? Что у тебя на душе?» Меня спрашивают: «Как ваши успехи? Как ваша дочь?» Да. Мои успехи. Моя дочь. Но у меня есть руки. Ноги. Морщины, в конце концов.

— Но мы же действительно не можем без своих успехов и без своих детей.

— Я сама разберусь: без чего я могу, а без чего не могу. Но мне надо, чтобы кто-то по-настоящему огорчился от того, что я устала. Не искал причины: почему я устала и кто в этом виноват. А сам устал вместе со мной. Понимаешь?

— Еще как понимаю. Взрослые люди — тоже дети. Уставшие дети. Им еще нужнее родители.

— Господи, как нужны умные, понимающие родители.

— Просто родители. Любые. Молодец Гусев, что не поехал.

— Гусев молодец, — подтвердила бы Наташа. — Он понимает что-то большее. Одинокая замшелая бесполезная бабка, но в ней было больше смысла, чем в сорока выставках... Мы забываем за суетой о главном. О своих корнях. А потом мучаемся, мечемся и не понимаем: почему? А вот поэтому...

Наташа остановилась. Перед ней стояло дерево красной калины с замерзшими красными стеклянными ягодами. Поверх каждой грозди — маленькая белая шапочка снега. Вокруг стояли березы, и снег лежал на них так, будто талантливый декоратор готовил этот кусок леса для спектакля. Детской сказки.

Подошел Володя и спросил:

— А где мы оставили машину?

— Ты же ставил, — ответила Наташа и прошла мимо калины. Прошла сквозь декорацию для детской сказки. Впереди просвечивало шоссе.

— Ну, я ставил, — согласился Володя. — А где я ее поставил?

— Я не помню.

— Как это не помнишь?

— Ты же знаешь: у меня топографический идиотизм.

Они вышли на шоссе. Машины действительно нигде не было видно. Может быть, они вышли другой дорогой.

— А где машина? — спросил Володя, растерянно и назойливо в одно и то же время.

— Я сейчас остановлю первый попавшийся грузовик и уеду домой, — твердо пообещала Наташа.

— Ты можешь. От тебя это можно ждать.

— Зачем ты поехал в лес? — спросила Наташа. — Ругаться?

— А с тобой иначе нельзя.

— Со мной можно иначе.

...Самолет улетал в шесть утра. В пять надо было быть в аэропорту.

Мансуров собирал ее чемодан. Он сказал: «Сиди. Ты устала». И сам собирал ее чемодан. Каждое платье перед тем, как уложить, застегивал на все пуговички так бережно, будто оно тоже устало. Его нежность распространялась на все ее вещи. Его руки замедленно пластично плавали в воздухе. И когда он передвигался, перемещался с места на место, приходило в голову, что человек — это красивый зверь. Наташа сидела в кресле, смотрела, как он собирает ее в дальнюю дорогу, благословляя каждую ее вещичку. Спросила:

— Как ты будешь без меня?

Он ответил:

— А я не буду без тебя. Я прилечу на другой день. Этим же рейсом. Я бы полетел сейчас. С тобой. Но тебе это не надо.

Он берег ее репутацию. И платье, и репутацию — на все пуговички.

— Я прилечу завтра утром. И утром тебе позвоню.
— В девять утра, — подсказала Наташа.
— В девять утра, — повторил он. — В девять утра...

...Наташа шла по шоссе. Мимо неслись машины, и бензин оставлял после себя запах города.

— А потом? — спросила бы Алка.
— Потом было завтра девять утра. И послезавтра девять утра. И девять вечера. И целая неделя. И месяц. Он не позвонил.

— Как? — Алка остановилась бы на обочине шоссе, и глаза ее стали темные, почти черные, как шоссе.

— Не знаю, — сказала бы Наташа. — Не поняла.
— Он не приехал?
— Не знаю. Я же сказала: я ничего не знаю.
— Может быть, он покончил с собой? Может быть, его убила руководительница выставки?
— Может быть, я уже думала — несчастный случай. А мне не сообщили. Откуда они знали, что мне надо об этом сообщать?
— А может, у него нет ни копейки денег. А без денег он не хочет ехать. Из гордости.
— Может быть. А может, у него уже другая и они договариваются о новой дочери.
— Нет, этого не может быть.
— Не может быть.
— А ты сама не звонила?
— У меня нет никаких его координат. Ничего. Он исчез так, как умел исчезать только он один.

Она его нарисует. Маугли в ковбойской панаме на ладони фокусника. Был и нет.

Что это? Что это? Что???

Не девочка. И не дурочка. Но вот не понимает. Не понимает и не поймет никогда.

Сказочный лес, убранный талантливым декоратором, остался по бокам от шоссе. Белесое небо было будничным. В нем трудился самолет, оставляя после себя след, чтобы с земли была видна его траектория.

Мансуров, где ты? Легкие, прозрачные колечки лука, праздник повседневности... Взгляд вполоборота, потрясение на грани катастрофы... Новая дочка с личиком, омытым его выражением. Где это все? Где все это? Где?

— Вот машина! — обрадованно вскрикнул Володя. — Поехали!

— Поехали, — отозвалась Наташа.

«Здравствуй, моя жизнь. Магазин с продавцом, который щиплет брови. Здравствуй, мое родное одиночество и душа, бесприютная, как детдомовское дитя. Да здравствует честный союз с одиночеством. Вот это не подведет».

Природа не оставляет раны раскрытыми. Она кладет на них рубцы. А рубцы — еще жестче и надежнее, чем прежняя ровная кожа. И все же рубец — это уродство. Изуродованная рубцами душа.

Мансуров глянул на нее вполоборота, те самые вполоборота, от которых сердце останавливалось... Если бы он вышел сейчас из леса на шоссе или выскочил из проходящего грузовика... Взял за руку, сказал: «Пошли!» Пошла бы и не спросила: «Куда?» Мансуров! Где ты? Ведь ты же был зачем-то? Тогда зачем?

Ехали молча. Это было молчание двух банкротов, только что отошедших от лопнувшего банка.

— Надо бы приемник купить в машину, — сказал Володя.

— Просто необходимо, — отозвалась Наташа. — Твоих барышень развлекать. Чтоб вам весело было.

— Опять, — вздохнул Володя.

— А что, нет? Не так?

Чего она ждала? Чтобы он сказал: так? Она не ревновала Володю. Это была игра в заинтересованность. Но он был не ее, значит, чей-то. Не мог же он быть ничьим. И было противно думать о возможности его двойной жизни. Для себя она допускала двойную жизнь, а для него — нет. Ей можно, а ему нельзя.

На обочине стоял старик в ватнике, черных валенках и ватной ушанке, какую носят солдаты. На ушанке виднелся след от звезды. Наташа почему-то вспомнила, что ватники вошли сейчас в моду за границей, и это резонно: они удобны, сделаны из х/б. Но если мода укрепится, туда добавят синтетику. И будут ватники из синтетики.

Старик не голосовал. Просто стоял. Но Володя почему-то прижал машину к обочине, остановил возле старика и даже открыл дверцу. Наверное, ему тоже хотелось разрядить духоту молчания третьим человеком. Старик сел на заднее сиденье — так, будто он ждал именно эту машину и ему ее подали.

Он сел, негромко сказал:

— Спасибо. — И тут же погрузился в свои мысли.

Наташа была рада, что в машине появился третий человек, пусть даже этот замызганный старик, отдаленно похожий на японца. Молчание как бы разрядилось. Оно стало нормальным, естественным молчанием, потому что неудобно говорить о своих делах при третьем человеке.

— Вы куда едете? — спросила Наташа.

Ей было совершенно неинтересно — куда и зачем он едет, но правила гостеприимства диктовали это маленькое и поверхностное участие.

Старик посмотрел на нее, как бы раздумывая — отвечать или не поддаваться поверхностному участию. Потом сказал:

— На консультацию.

— Дать? Или взять? — спросила Наташа, удивляясь, что он знает слово «консультация», так легко его выговаривает и правильно произносит.

— Дать, — сказал старик.

Наташа внимательно посмотрела на старика, на его сухие чуть желтоватые скулы. Он был худой, маленький, аккуратный — какой-то весь сувенирный.

— Ясновидящий, — ответил старик.

— А это как? — оторопела Наташа.

— Слово говорит само за себя, — ответил старик.

— Отстань от человека, — попросил Володя.

— Ясно — это ясно. А видящий — это видящий, — объяснил старик. — Я вижу, что будет с человеком в будущем.

— А как вы это видите? Прямо видите? — Наташа развернулась всем корпусом и открыто, почти по-детски смотрела на старика.

— Это особое состояние. Я не могу его объяснить. Но задатки к ясновидению есть во многих людях. Это можно развить.

— У меня есть задатки. Я замечаю: вот подумаю о человеке, а он звонит.

— Правильно, — согласился старик. — В быту это называется предчувствие, телепатия.

— А чем вы это объясняете?

— Я думаю, что у человека не семь чувств, а восемь. Просто восьмое чувство еще не изучено, а потому не развито.

— А когда у вас это началось?

— Во время войны.

— Расскажите.

— Не могу. Мне надо выходить.

На дороге стоял указатель в виде стрелы с надписью «Аэропорт» и возле стрелы на постаменте маленький бетонный самолет.

Володя остановил машину возле бетонного самолета.

— Спасибо, — поблагодарил старик и стал открывать дверцу.

— А что будет с нами? — торопливо спросила Наташа.

Старик вышел, задержал дверцу в руках, как бы раздумывая: отвечать или нет. Потом сказал:

— Через сорок минут в вашей машине будет тело. — Он легко бросил дверцу и пошел.

— Какое тело? — не поняла Наташа. — Чье?

— Твое или мое, — объяснил Володя.

— Это как? А сейчас мы где?

— Ты — это одно. А твое тело — это уже не ты. Душа — там. — Володя поднял палец кверху. — А твое тело тут.

— Почему мое?

— Ну, мое. Он же не сказал чье. Ну ладно. Глупости. Володя повернул ключ, включил зажигание.

— Нет! — вскричала Наташа и сжала его руку. — Не поедем! Я тебя умоляю!

— А что мы будем делать?

— Постоим здесь сорок минут. А потом поедем.

Володя посмотрел в ее глаза, в которых не было ничего, кроме мольбы и ужаса. Один только ужас и мольба.

— Ну ладно, — согласился Володя. — Давай посидим.

Они стали смотреть перед собой, но это оказалось невыносимо — просто сидеть и смотреть и ждать нечто, что превратит тебя из тебя в тело.

— Давай выйдем! — потребовала Наташа.

— Зачем?

— Самосвал сзади поддаст...

Она вышла из машины и пошла к лесу прямо по сугробам, по пояс проваливаясь в снег. Добралась до поваленной сосны и уселась на нее, согнув колесом спину.

Володя пошел следом и тоже уселся на сосну. Стал наблюдать, как Наташа сломала веточку и начертила на снегу домик с окошком и трубой. Из трубы — спиралькой дым. В стиле детского рисунка.

— Машкин звонил, — сказала Наташа. — В гости просился.

Володя вспомнил Машкина, всегда в черном свитере, чтобы не стирать, с длинными волосами, чтобы не стричь, и с рваным носом. На втором курсе, в студенчестве, подрался в электричке, и хулиганы порвали ему ноздрю. С тех пор он производил впечатление не серьезного художника, коим являлся, а драного кота. И эта драность в сочетании с широкой известностью создавали ему шарм. Одно как бы скрашивало другое. Духовность сочеталась с приблатненностью.

Что касается известности, то она возникла и в большей степени существовала за счет того, что Машкина зажимали. Так теперь говорят. Факт зажима создавал дополнительный интерес, и когда его выставка в конце концов открывалась — а открывалась она обязательно, — на нее бежали даже те, кто ничего не понимает в живописи, и видели то, до чего не додумывался сам Машкин.

Некоторая скандальность — необходимый фактор успеха. Машкин этого недопонимал, поскольку был неврастеником от природы. Постоянно истово грыз ногти, и Володя опасался, что обгрызет себе пальцы и ему нечем будет держать кисти.

Вся кривая его творчества была неровной. Но сейчас главное не как и что. А КТО. Главное — личность художника. И неудачные работы Машкина были все же неудачами гения. А удачи Левки Журавцова были все же удачами середняка. Из Левки получился большой плохой художник.

Двадцать лет назад они все вместе учились в Суриковском институте и все трое были влюблены в Наташу. Она только тогда поступила. Первым в нее влюбился Машкин и открыл ее остальным. И когда он ее открыл, действительно оказалось, что все остальные женщины мира — грубые поделки рядом с Наташей.

После института все двинулись в разные стороны: Машкин — в славу, Журавцов — в ремесло, Наташа — в преподавание, а он, Вишняков, — в руководство. Ему предложили. Он согласился. У него всегда, еще со школы, просматривался общественный темперамент, и процесс руководства щекотал тщеславие не менее, чем творческий процесс. С творческим процессом, кстати, тоже все обстояло благополучно. Вишняков считался талантливым художником и талантливым человеком, что не одно и то же. Он талантливо делал все, к чему прикасался.

Наташа досталась ему, а не Машкину, и не Журавцову, и никому другому, потому что в Вишнякове уже тогда цвел лидер. Он мог повести за собой и Наташу, и комсомольские массы. И ему нравилось, когда за ним идут. У него даже лицо менялось. Он ощущал твердость духа, эта твердость ложилась на лицо. Тяжелели веки. Нравилось вершить судьбы, и делать добро, и встречать благодарный взгляд. Это тоже тщеславие: состояться в человеческой судьбе.

На собраниях и сборищах Вишняков говорил мало, больше слушал. Но стрелки компаса, все до единой, были повернуты в его сторону.

После института все разобрали себе судьбы. Машкин — творчество и бедность, и возможность спать сколько угодно и когда угодно просыпаться, и не видеть того, кого не хочется видеть.

Вишняков — определенность и постоянный оклад и белые крахмальные рубашки. У него было их двадцать штук.

Журавцов поволок свою маленькую соломинку в великий муравейник. Притом поволок проторенным путем.

Наташа — отправилась сеять разумное, доброе, вечное.

Надо было выбрать между чем-то и чем-то. Каждый выбрал свое. Вишняков не знал — свое это или не свое, но тогда родилась дочь, цвела любовь и фактор процветания зависел от него.

Вспомнил, как в первый раз увидел себя в киножурнале «Новости дня». Их делегация сходила с самолета. Нефедов шел первым и помахивал рукой. А он, Вишняков, маячил в хвосте, в белой крахмальной рубашке и с нефедовским баулом. Нефедов не просил его нести. Он только сказал: «Там у меня сумка». Вишняков взял ее и понес. И в самом деле, не мог же руководитель делегации спускаться под кинокамеры крупным планом — с баулом, как дачник, сходящий с электрички.

— Соберемся? — спросила Наташа.

— Если буду жив. А если что — завещаю свои рубашки Машкину. Пообещай, что отдашь.

— Дурак, — сказала Наташа.

— А от меня, кроме рубашек, ничего не останется.

— А тот же Машкин? Не было бы тебя, не было бы Машкина.

— Ну, Машкин был бы и без меня.

— Неизвестно...

Володя вспомнил, как помогал Машкину — не по старой дружбе, хотя и по ней, а потому что считал это своим вкладом в творчество. Вклад через Машкина.

Когда Машкина зажимали, он мигал ему одним глазом, дескать: я с тобой. А другим глазом мигал своему начальнику Нефедову, дескать: я все понимаю, я с вами. И у него тогда просто глаза разъехались в разные стороны от этих миганий. И рот тоже перекосился, потому что надо было улыбаться туда и сюда. Твердый оклад оказался тяжелым хлебом. Хотелось перестать мигать и улыбаться, а просто насупиться. Не участвовать в известном конфликте «художник и власть», где одно противостоит другому, исходя из двух законов диалектики: «отрицание отрицания» и «единство и борьба противоположностей». Случались в истории и согласия, и они тоже были плодотворны, но это уже другой разговор. А в данной истории — Машкин зависел от Вишнякова, Вишняков — от Нефедова, Нефедов — от своего начальника, а тот — от своего. И так далее, как в одном организме, где все взаимосвязано и нельзя исключить ни одного колечка в цепи.

Художник может и не зависеть, а рисовать себе одному и сохранить самоуважение. Но самоуважения недостаточно. Необходимо уважение толпы. Копить и творить — это полсчастья. А вторая половина счастья — делиться собой с другими. Отдавать свои глаза, чувства. Как в любви. Поэтому Машкину была нужна выставка, и Машкин тоже был завязан в цепочку.

Вишняков подумал, а что будет, если через сорок минут он выпадет из этой цепочки. Что изменится? На его место поставят Гладышева. Гладышев будет этому рад, поскольку надо было бы ждать, пока Вишнякова повысят или он уйдет на пенсию. А так экономия жизни. Гладышев будет доволен. Нефедову все равно. Почти все равно. А больше ничего не изменится. Место Машкина занять нельзя. А место Вишнякова можно. И какой смысл сидеть и спасаться? Что за драгоценность его жизнь?

— Пойдем! — сказал он жене.

— А сколько прошло? — спросила Наташа.

— Сорок минут.

— Ты что? — Наташа забыла на нем свои недоуменные глаза. — Никуда я не пойду. И ты не пойдешь.

Володя поднялся с дерева, потянулся всем телом, чтобы одолжить жизненной праны у чистого воздуха, чистого неба. Снег сверкал. От дерева в глубь леса уходили мелкие следы. Кто это был? Заяц? Лиса?

Если бы можно было вернуться в двадцать лет назад и начать все сначала. Но зачем возвращаться в двадцать лет назад? Можно в любом возрасте начать все сначала, как в песне: «Не все пропало, поверь в себя. Начни сначала. Начни с нуля». Он мог бы с завтрашнего дня отказаться от своей должности, отрастить волосы, надеть черный свитер и размочить свои старые кисти. Можно даже пойти в бедность и неопределенность — жена согласится. Он в нее верил. Но что дальше? Свитер, волосы и даже бедность — это декорация. Внешний фактор. Главное — что внутри человека. А внутри он, Володя Вишняков, стал другим. Он отличался от прежнего так же, как рабочая лошадь отличается от мустанга. Или собака от волка. То и не то. Двадцать лет сделали свое дело. Уйдя с работы, он все равно останется промежуточным звеном в цепи, только с длинными волосами и без привилегий. Какой смысл? Если бы можно было, как Иван-дурак, нырнуть в три котла и выйти оттуда Иваном-царевичем. Но это под силу Коньку-Горбунку, а не этому сумасшедшему, должно быть, старику.

Значит, все будет как будет. И если этот ясновидящий действительно ясно видит и через сорок минут кому-то придется перемениться, а кому-то остаться, то пусть лучше останется жена. Она нужнее. Дочери нужнее. Ученикам, которые верят ей и поклоняются. Потом, когда они вырастут и встанут на ноги — отринут всех кумиров. Это потом уже «не сотвори себе кумира, ни подобия его». А сейчас, пока учатся, ищут себя — без кумира не обойтись. Постареет — будет внуков нянчить. Опять большая польза.

Вишняков снова сел на дерево, поглядел на жену. Она задумалась и походила на обезьяну без кармана, ту, которая в детстве потеряла кошелек. Вишняков давно не видел своей жены. Он как-то не смотрел на нее, не обращал внимания, как не обращают внимания на свою руку или ногу. Она задумалась, выражение задумчивости старило ее. Вообще она мало изменилась за двадцать лет. Вернее, в чем-то изменилась, а в чем-то осталась прежней, особенно когда смеялась или плакала. Позже всего стареет голос. Поскольку голос — это инструмент души. Талантливые люди вообще мало меняются. Они как-то меньше зависят от декораций.

— Что? — Наташа заметила его взгляд.

— Если бы я не пошел служить, кем бы я стал? Журавцовым?

— Вишняковым, — ответила Наташа.

— Ты бы хотела этого?

— Для меня это не важно.

— А что для тебя важно?

Наташа задумалась.

Нарисовала возле домика забор. Теперь в домик не войдет никто посторонний. Внутри тепло. Горит печка. Варится еда. Возле печки хозяйка. В люльке младенчик. Нехитрая еда. Нехитрые радости.

Наташа вспомнила, как Володя заставил ее родить дочь. Еле уговорил. На колени вставал. Ей тогда было некогда, обуревали какие-то важные замыслы, помыслы, промыслы, конкурсы, выставки, молодые дарования. А теперь — что у нее есть, кроме дочери? Ученики? Но они станут или не станут художниками не по ее милости, а по Божьей. И ее задача — не мешать им стать теми, кто они есть.

Когда дочка родилась, Наташа два дня рыдала от одной только мысли, что ее могло не быть.

Володя встречал ее из роддома. Нянечка протянула ему сверток, Володя отогнул треугольник одеяла, который прикрывал лицо, и встретился с синими растаращенными дочкиными глазами. Он очень удивился и никак не мог сообразить: куда же она глядела, когда одеяло закрывало ее лицо? Просто лежала в черноте? Может быть, она думала, что еще не родилась? А может быть, такие мелкие дети ничего не думают? У них еще мозги не включены?

Это было в январе. Летом они переехали на дачу. Дочке было полгода. Наташа отправилась однажды в город, мерить какие-то заграничные тряпки. Это было возвращение к прежней, добеременной жизни, и эта жизнь так поманила, что Наташа опоздала на дачу. Пропустила одно кормление. Пришлось накормить ребенка жидкой манной кашей. Володя встретил ее на платформе и официально сказал: «Ты ответишь мне за каждую ее слезу».

Каждая дочкина слеза была свята. И каждый зуб. И каждое новое слово. И сейчас нет ничего, что несущественно: контурные карты, сборник этюдов Гедике, длина джинсов, ограничения в еде. То, от чего Наташа отмахивалась, для Володи имело жизненно важное значение: не может девочка быть толстой и ходить в коротковатых джинсах. Неправильная внешность — это бескультурье. И нет ничего, что между прочим. Во всем должен быть порядок. В доме должен быть порядок — и она убирает, пылесосит, проветривает. В доме должен быть обед. И она, как на вахту, каждое утро выходит к плите. Еда должна быть грамотной и разнообразной — и она сочиняет соусы, заглядывает в поваренную книгу, и это действие из унылой обязанности превращается почти в творчество.

Семья собирается за обедом, перетирает зубами витамины, белки и углеводы. А она сидит и смотрит и испытывает почти счастье. Жизненный процесс обеспечен, и не только обеспечен, а выдержан эстетически. Грамотная еда, на красивых тарелках, на чистой скатерти. Его высочество Порядок. Порядку служат. Ему поклоняются. Порядок — это твердый остров в болоте Беспорядка. Есть куда ногу поставить. А сойдешь — и жижи полный рот. А потом засосет до макушки и чавкнет над головой. И все дела.

Что было бы с ней, если бы не было Володи? Зачем обед? Можно и так перекусить. Зачем торопиться домой? Можно ночевать где угодно, где ночь застанет. Носить с собой, как Галька Никитина, зубную щетку в сумке. А сейчас она из любых гостей, из любой точки земного шара возвращается вечером домой. И садится с семьей у телевизора. Володя — в кресло. Она с дочкой — на диване, плечо к плечу. Климат в доме — как в сосновом бору. А посади вместо Володи Мансурова — и климат переменится. То ли замерзнет дочь от одиночества. То ли Наташа задохнется от засухи. То ли вообще нечем дышать, как на Луне.

Иногда Володя приходит злой и ступает по дому, как бизон по прериям. Или наступает целый период занудства, когда он недоволен жизнью, у него такое лицо, будто ему под нос подвесили кусочек дерьма. И надо терпеть. Но терпеть это можно только от Володи. А не от Мансурова. Мансуров может вызвать аллергию, как, например, собачья шерсть. И начнешь чесаться. Почешешься, почешешься, да и выскочишь в окно вниз головой.

Да и где этот Мансуров? Ку-ку... Где он режет воздух своей иноходью ахалтекинца? В каких краях белеет его парус одинокий в тумане моря голубом? Наверное, понял, что Наташа — жертва Порядочности, и решил не тратить душевных ресурсов. Прогоревшее мероприятие надо закрывать, и как можно скорее.

Мансуров — это бунт против Порядка и внутри Порядка. Шторм, когда морю надоедают свои берега и оно бесится и выходит из берегов, чтобы потом опять туда вернуться и мерно дышать, как укрощенный зверюга.

Она вдруг подумала, что если бы сейчас здесь появился Мансуров, подошел, проваливаясь в снег, — сделала бы вид, что не узнала. Что было, то было и так и осталось в том времени. А в этом времени есть Володя, она и их домик за забором. Если бы Мансуров, например, затеял с Володей драку, она приняла бы сторону мужа и вместе с ним отлупила бы Мансурова. Хоть это и негуманно.

Конечно, хорошо вытянуться во всю длину человека, подключенного к станции «Любовь». Но это только часть счастья, как, например, часть круглого пирога, именуемого «жизнь». В сорок лет понимаешь, что станция «Любовь» — понятие неоднозначное. Не только — мужчина и женщина, но и бабушка и внучка. Девочка и кошка. Любовь к своему делу, если дело достойно. Любовь к жизни как таковой.

Любовь к мужчине, бывает, застит весь свет, как если взять кусок пирога и поднести его к самым глазам. Глаза съедутся к носу, все сойдется в одной точке — и уже ничего, кроме куска пирога, не увидишь. А отведешь его от глаз, положишь на стол, посмотришь сверху, и видно — вот кусок пирога. Лежит он на столе. Стол возле окна. А за окном — весь мир. И выйдя в этот мир, не перестаешь удивляться краскам неба, форме дерева — всем замыслам главного художника — Природы. И это не исчезает, как Мансуров. Это твое: твоя дорога в школу, твои дети, твое дело. Твоя жизнь. Ты в этом уверен до тех пор, пока ты человек, а не тело. А уверенность — те же самые сухие острова, пусть не в болоте — в море страстей. Нельзя же все время плыть. Надо и отдыхать. Его величество Покой — тоже часть Порядка. Или Порядок часть Покоя. Не успокоения, а именно Покоя, в котором можно сосредоточиться и набраться сил и мыслей для своего Дела.

Что касается вечного успокоения — если смерти надо выбрать из двоих, — пусть это будет она. А Володя останется и научит дочь таланту терпения. Поможет обрести ей дом.

Дом — это как вера. К одним он приходит смолоду и сразу. А другие обретают дом мучительно, через сомнения, страдания и потери, уходят из него, как блудные дети, чтобы вернуться обратно. Обрести и оценить.

Наташа представила себе дочь, и слезы ожгли глаза. Стало жаль ее, и Володю, и себя — меньше, чем их, но тоже очень жаль за то, что ушла молодость. Вернее, она никуда не делась, но жить осталось мало. Пусть даже — не сорок минут. Сорок лет. Но сорок лет тоже очень мало, и в каком-то смысле — это сорок минут. Во вторую половину жизни время идет скорее. Как путь под уклон.

Володя закурил. Наташа поглядела сбоку, как он курит, — на руки с почти совершенной формой ногтей. Манеру затягиваться, щурясь от дыма. Позвала:

— Володя...

Он обернулся с выражением глубокого внимания, и это выражение очень ему шло.

Наташа хотела сказать: «Я люблю тебя», — но постеснялась и сказала:

— Я завтра пойду в психдиспансер. Обязательно.

— Тогда поедем!

Володя протянул ей руку, и они зашагали по сугробам, погружая ноги в прежние следы.

Сели в машину — за пять минут до предсказания. Они просидели на дереве тридцать пять минут. А казалось — полдня прошло.

— Пристегнись! — велел Володя.

Ехали молча. Миновали старую полуразрушенную церквушку. На крыше стояла береза, пушистая от мороза, и сочетание первичной природы со стариной выглядело значительно и щемяще.

Проехали мостик над речкой.

— Хорошо здесь летом, — предположила Наташа.

Съехав с мостика, увидели бабу в трех платках и с огромным мешком. Она стояла посреди дороги и, приметив машину, не сдвинулась с места, а, казалось, подставила подол, чтобы поймать в него машину.

Объехать ее было невозможно. Она бы не позволила.

— Осторожно! — испугалась Наташа.

Володя остановился перед бабой.

— До Ясенева довезешь? — спросила баба.

Володя открыл дверь. Баба тут же влезла в машину и втащила свой мешок.

— У меня золовка в Ясеневе живет, — объяснила баба. — Я у ней переночую, а завтра с утречка на базар. Там у меня мясник знакомый. Он мне кабанчика разрубит. А вам все равно в ту сторону.

Все было справедливо. Володя проверил — опущена ли кнопка. Поехали дальше.

Наташа подозрительно покосилась на мешок. Спросила:

— А что у вас в мешке?

— Так кабанчик, — удивилась баба.

— Дикий?

— Почему дикий? Из хлева.

— Живой?

— Почему живой? — опять удивилась баба. — Заколотый.

— Тело? — догадалась Наташа.

— Но почему же тело? Туша.

Баба и Наташа внимательно поглядели друг на друга. Наташа — обернувшись. Сверяла предсказания с реальностью. Баба — прямо. Видимо, Наташа ей не показалась. Почему надо везти на базар живого дикого кабана? Или почему надо покойника везти в мешке к золовке?

Наташа отстегнула ремень. Вздохнула всей грудью.

— Не будем звать гостей, — сказала она. — Ну их...

— Ясновидящий... — передразнил Володя. — Свинью с человеком перепутал.

— Так он же старый, — заступилась Наташа. — Что-то видит, а что-то нет. Как в картах. Там же тоже фамилии не называют.

Дорога лежала ровная, просторная, не требовала к себе внимания.

— А почем вы продаете? — Наташа обернулась к бабе.
— Шесть рублей килограмм. А телятину — семь.
Наташа качнула головой.
— Дорого...
— А ты сама вырасти и выкорми, — предложила баба.
— Где? На балконе? В ванной?
— В ванне... — передразнила баба. — То-то и оно... А это я вам вашу лень продаю. По шесть рублей за килограмм. Лень дорого стоит.

Подъехали к Ясеневу.

Баба сошла и, уходя, бросила Наташе в колени мятый рубль.

— Не надо, — смутилась Наташа. — Что вы делаете?
— Бери, бери, — разрешила баба. — Щас меньше рубля ничего не стоит.

Баба ушла.

— Лошадь бескрылая, — определила Наташа и переложила рубль с колен в Володин карман. Этот рубль ей не нравился.

«Не возьму больше сумку», — решил про себя Володя и представил себе, как они сойдут с самолета, сядут в машины и поедут в гостиницу. Нефедов вдруг спохватится и спросит: «А где моя сумка?» А он ему ответит: «А где вы ее оставили?»

Въехали в город.

Предсказание осталось позади, как полуразрушенная церквушка. Может быть, старик и ясновидящий, но колдовской заряд тоже поддается времени и иссякает вместе с жизнью. На смену старым колдунам приходят новые, молодые колдуны, которые называются сейчас модным словом «экстрасенсы». Однако сорок минут кончились и можно было жить дальше — сосредоточиваясь и не сосредоточиваясь. Как получится. Его величество Порядок удобно расселся на своем удобном троне.

Мимо проехала черная «Волга». За рулем сидел Мансуров. Наташа успела заметить его профиль и взгляд, как будто он не смотрел перед собой, а прожигал глазами дорогу, вспарывал асфальт.

Она вздрогнула и задохнулась, будто ее без предупреждения ожгли бичом.

— Обгони! — приказала она, схватив Володю за локоть. — Вон ту черную «Волгу».

— Зачем? — не понял Володя, однако вывел свою машину в другой, свободный, ряд, прибавил скорость.

Машины поравнялись, и некоторое время черная «Волга» шла вровень с синим «Москвичом».

Наташа перегнулась, вглядываясь.

— Ну что? — спросил Володя.

— Обозналась, — поняла Наташа и села прямо. Закрыла глаза, до того вдруг устала.

Володя успокоил машину, вернул ее в положенный ряд, в положенную скорость.

Это был не Мансуров. Просто похожий человек.

Но как зашло сердце.

ПЕРВАЯ ПОПЫТКА
Повесть

Моя записная книжка перенаселена, как послевоенная коммуналка. Некоторые страницы вылетели. На букву «К» попала вода, размыла все буквы и цифры. Книжку пора переписать, а заодно провести ревизию прошлого: кого-то взять в дальнейшую жизнь, а кого-то захоронить в глубинах памяти и потом когда-нибудь найти в раскопках.

Я купила новую записную книжку и в один прекрасный день села переписывать. Записная книжка — это шифр жизни, закодированный в именах и телефонах. В буквах и цифрах. Расставаться со старой книжкой жаль. Но надо. Потому что на этом настаивает ВРЕМЯ, которое вяжет свой сюжет.

Я открываю первую страницу. «А». Александрова Мара...

Полное ее имя было Марла. Люди за свои имена не отвечают. Они их получают. Ее беременная мамаша гуляла по зоопарку и вычитала «Марла» на клетке с тигрицей. Тигрица была молодая, гибкая, еще не замученная неволей. Ей шла странная непостижимая кличка Марла. Романтичная мамаша решила назвать так будущего ребенка. Если родится мальчик, назовется Марлен. Но родилась девочка. Неудобное и неорганичное для русского слуха «Л» вылетело из имени в первые дни, и начиная с яслей она уже была Марой. Марлой Петровной осталась только в паспорте.

Папашу Петра убили на третьем году войны. Она с матерью жила тогда в эвакуации, в сибирской деревне. Из всей эвакуации запомнился большой бежевый зад лошади за окном. Это к матери на лошади приезжал милиционер, а она ему вышивала рубашку. Еще помнила рыжего врача, мать и ему тоже вышивала рубашку. Мара все время болела, не одним, так другим. Врач приходил и лечил. Мать склонялась над Марой и просила:

— Развяжи мне руки.

Мара не понимала, чего она хочет. Руки и так были развязаны и плавали по воздуху во все стороны.

Потом война кончилась. Мара и мама вернулись в Ленинград. Из того времени запомнились пленные немцы, они строили баню. Дети подходили к ним, молча смотрели. У немцев были человеческие лица. Люди как люди. Один, круглолицый в круглых очках, все время плакал. Мара принесла ему хлеба и банку крабов. Тогда, после войны, эти банки высились на прилавке, как пирамиды. Сейчас все исчезло. Куда? Может быть, крабы уползли к другим берегам? Но речь не про сейчас, а про тогда. Тогда Мара ходила в школу, пела в школьном хоре:

> Сталин — наша слава боевая,
> Сталин — нашей юности полет,
> С песнями, борясь и побеждая,
> Наш народ за Сталиным идет.

Мать была занята своей жизнью. Ей исполнилось тридцать лет. В этом возрасте женщине нужен муж, и не какой-нибудь, а любимый. Его нужно найти, а поиск — дело серьезное, забирающее человека целиком.

Мара была предоставлена сама себе. Однажды стояла в очереди за билетами в кино. Не хватило пяти копеек. Билет не дали. А кино уже начиналось. Мара бежала по улицам к дому и громко рыдала. Прохожие останавливались, потрясенные ее отчаянием.

Случались и радости. Так, однажды в пионерском лагере ее выбрали членом совета дружины. Она носила на рукаве нашивку: две полоски, а сверху звездочка. Большое начальство.

У нее даже завелись свои подхалимы. Она впервые познала вкус власти. Слаще этого нет ничего.

Дома не переводились крысы. Мать отлавливала их в крысоловку, а потом топила в ведре с водой. Мара запомнила крысиные лапки с пятью промытыми розовыми пальчиками, на которых крыса карабкалась по клетке вверх, спасаясь от неумолимо подступавшей воды. У матери не хватало ума освобождать дочь от этого зрелища.

Училась Мара на крепкое «три», но дружила исключительно с отличниками. Приближение к избранным кидало отсвет избранности и на нее. Так удовлетворялся ее комплекс власти. Но надо сказать, что и отличницы охотно дружили с Марой и даже устраивали друг другу сцены ревности за право владеть ее душой.

Весной пятьдесят третьего года Сталин умер. По радио с утра до вечера играли замечательную траурную музыку. Время было хорошее, потому что в школе почти не учились. Приходили и валяли дурака. Учителя плакали по-настоящему. Мара собралась в едином порыве с Риткой Носиковой поехать в Москву на похороны вождя, но мать не дала денег. И вообще не пустила. Мара помнит, как в день похорон они с Риткой Носиковой вбежали в трамвай. Люди в вагоне сидели подавленные, самоуглубленные, как будто собрались вокруг невидимого гроба. А Ритка и Мара ели соленый помидор и прыскали в кулак. Когда нельзя смеяться, всегда бывает особенно смешно.

Люди смотрели с мрачным недоумением и не понимали, как можно в такой день есть и смеяться. А девочки, в свою очередь, не понимали, как можно в столь сверкающий манящий весенний день быть такими усерьезненными.

Время в этом возрасте тянется долго-долго, а проходит быстро. Мара росла, росла и выросла. И на вечере в Доме офицеров познакомилась с журналистом Женькой Смолиным. Он пригласил ее на вальс. Кружились по залу. Платье развевалось. Центробежная сила оттягивала их друг от друга, но они крепко держались молодыми руками и смотрели глаза в глаза, не отрываясь. С ума можно было сойти.

В восемнадцать лет она вышла за него замуж.

Это был стремительный брак, брак-экспресс. Они расписались в загсе и тут же разругались, а потом продолжали ругаться утром, днем, вечером и ночью... Ругались постоянно, а потом с той же страстью мирились. Их жизнь состояла из ссор и объятий. Шла непрерывная борьба за власть. Мара оказалась беременной, непонятно от чего: от ссор или объятий. К пяти месяцам живот вырос, а потом вдруг стал как будто уменьшаться. Оказывается, существует такое патологическое течение беременности, когда плод, дожив до определенного срока, получает обратное развитие, уменьшается и погибает. Охраняя мать от заражения, природа известкует плод. Он рождается через девять месяцев от начала беременности, как бы в срок, но крошечный и мертвый и в собственном саркофаге. Чего только не бывает на свете. И надо же было, чтобы это случилось с Марой. Врачи стали искать причину, но Мара знала: это их любовь приняла обратное развитие и, не дозрев до конца, стала деградировать, пока не умерла.

После больницы Мара поехала на юг, чтобы войти в соленое упругое море, вымыть из себя прошлую жизнь, а потом лечь на берегу и закрыть глаза. И чтобы не трогали. И не надо ничего.

В этом состоянии к ней подошел и стал безмолвно служить тихий, бессловесный Дима Палатников, она называла его Димычкой. Димычка хронически молчал, но все понимал, как собака. И, как от собаки, от него веяло преданностью и теплом. Молчать можно по двум причинам: от большого ума и от беспросветной глупости. Мара пыталась разобраться в Димычкином случае. Иногда он что-то произносил: готовую мысль или наблюдение. Это вовсе не было глупостью, хотя можно было бы обойтись. Когда Димычке что-то не нравилось, он закрывал глаза: не вижу, не слышу. Видимо, это осталось у него с детства. Потом он их открывал, но от этого в лице ничего не менялось. Что с глазами, что без глаз. Они были невыразительные, никак не отражали работу ума. Такой вот — безглазый и бессловесный, он единственный изо всех совпадал с ее издерганными нервами, поруганным телом, которое, как выяснилось, весь последний месяц служило могилой для ее собственного ребенка.

Мара и Димычка вместе вернулись в Ленинград. Димычка — человек традиционный. Раз погулял — надо жениться. Они поженились, вступили в кооператив и купили машину.

Димычка был врач: ухо, горло, нос, — что с него возьмешь. Основной материально несущей балкой явилась Мара. В ней открылся талант: она шила и брала за шитье большие деньги. Цена явно не соответствовала выпускаемой продукции и превосходила здравый смысл. Однако все строилось на добровольных началах: не хочешь, не плати. А если платишь — значит, дурак. Мара брала деньги за глупость.

Дураков во все времена хватает, деньги текли рекой, однако непрестижно. Скажи кому-нибудь «портниха» — засмеют, да и донесут. Мара просила своих заказчиц не называть ее квартиры лифтерше, сидящей внизу, сверлящей всех входящих урочливым глазом. Заказчицы называли соседнюю, пятидесятую квартиру. А Мара сидела в сорок девятой, как подпольщица, строчила и вздрагивала от каждого звонка в дверь. В шестидесятые годы были модны космонавты. Их было мало, все на слуху, как кинозвезды. А портниха — что-то архаичное, несовременное, вроде чеховской белошвейки.

Сегодня, в конце восьмидесятых годов, многое изменилось. Космонавтов развелось — всех не упомнишь. А талантливый модельер гремит, как кинозвезда. На глазах меняется понятие престижа. Но это теперь, а тогда...

Устав вздрагивать и унижаться, а заодно скопив движимое и недвижимое, Мара забросила шитье и пошла работать на телевидение. Вот уж где человек обезличивается, как в метро. Однако на вопрос: «Чем вы занимаетесь?» — можно ответить: «Ассистент режиссера».

Это тебе не портниха. Одно слово «ассистент» чего стоит. Хотя ассистент на телевидении что-то вроде официанта: подай, принеси, поди вон.

В этот период жизни я познакомилась с Марой, именно тогда в моей записной книжке было воздвигнуто ее имя.

Познакомились мы под Ленинградом, в Комарово. Я и муж поехали отдыхать в Дом творчества по путевке ВТО. Был не сезон, что называется, — неактивный период. В доме пустовали места, и ВТО продавало их нетворческим профессиям, в том числе и нам.

Мы с мужем побрели гулять. На расстоянии полукилометра от корпуса ко мне подошла молодая женщина в дорогой шубе до пят, выяснила, отдыхаем ли мы здесь и если да, то нельзя ли посмотреть номер, как он выглядит и стоит ли сюда заезжать. Мне не хотелось возвращаться, но сказать «нет» было невозможно, потому что на ней была дорогая шуба, а на мне синтетическое барахло и еще потому, что она давила. Как-то само собой разумелось, что я должна подчиниться. Я покорно сказала «пожалуйста» и повела незнакомку в свой триста пятнадцатый номер. Там она все оглядела, включая шкафы, открывая их бесцеремонно. Одновременно с этим представилась: ее зовут Мара, а мужа Димычка.

Димычка безмолвно пережидал с никаким выражением, время от времени подавал голос:

— Мара, пошли...

Мы отправились гулять. Димычка ходил рядом, как бы ни при чем, но от него веяло покоем и порядком. Они гармонично смотрелись в паре, как в клоунском альянсе: комик и резонер. Димычка молчал, а Мара постоянно работала: парила, хохотала, блестя нарядными белыми зубами, золотисто-рыжими волосами, самоутверждалась, утверждала себя, свою шубу, свою суть, просто вырабатывала в космос бесполезную энергию. Я догадывалась: она пристала к нам на тропе из-за скуки. Ей было скучно с одним только Димычкой, был нужен зритель. Этим зрителем в данный момент оказалась я — жалкая геологиня, живущая на зарплату, обычная, серийная, тринадцать на дюжину.

Вечером, после ужина, они уехали. Мара обещала мне сшить юбку, а взамен потребовала дружбу. Я согласилась. Была в ней какая-то магнетическая власть: не хочешь, не делай. Как семечки: противно, а оторваться не можешь.

Когда они уехали, я сказала:

— В гости звали.

— Это без меня, — коротко отрезал муж.

Мужа она отталкивала, а меня притягивала. В ней была та мера «пре» — превосходства, преступления каких-то норм, в плену которых я существовала, опутанная «неудобно» и «нельзя». Я была элементарна и пресна, как еврейская маца, которую хорошо есть с чем-то острым. Этим острым была для меня Мара.

Влекомая юбкой, обещанной дружбой и потребностью «пре», я созвонилась с Марой и поехала к ней в Ленинград.

Она открыла мне дверь. Я вздрогнула, как будто в меня плеснули холодной водой. Мара была совершенно голая. Ее груди глядели безбожно, как купола без крестов. Я ждала, что она смутится, замечется в поисках халата, но Мара стояла спокойно и даже надменно, как в вечернем платье.

— Ты что это голая? — растерялась я.

— Ну и что, — удивилась Мара. — Тело. У тебя другое, что ли?

Я подумала, что в общих чертах то же самое. Смирилась. Шагнула в дом.

Мара пошла в глубь квартиры, унося в перспективу свой голый зад.

— Ты моешься? — догадалась я.

— Я принимаю воздушные ванны. Кожа должна дышать.

Мара принимала воздушные ванны, и то обстоятельство, что пришел посторонний человек, ничего не меняло.

Мара села за машинку и стала строчить мне юбку. Подбородок она подвязала жесткой тряпкой. Так подвязывают челюсть у покойников.

— А это зачем? — спросила я.

— Чтобы второй подбородок не набегал. Голова же вниз.

Мара за сорок минут справилась с работой, кинула мне юбку, назвала цену. Цена оказалась на десять рублей выше условленной. Так не делают. Мне стало стыдно за нее, я смутилась и мелко закивала головой — дескать, все в порядке. Расплатившись, я поняла, что на обратную дорогу хватит, а на белье в вагоне нет. Проводник, наверное, удивится.

— Молнию сама вошьешь, — сказала Мара. — У меня сейчас нет черной.

Значит, она взяла с меня лишнюю десятку за то, что не вшила молнию.

Сеанс воздушных ванн окончился. Мара сняла с лица тряпку, надела японский халат с драконами. Халат был из тончайшего шелка, серебристо-серый, перламутровый.

— Ты сама себе сшила? — поразилась я.

— Да ты что, это настоящее кимоно, — оскорбилась Мара. — Фирма.

Я поняла: шьет она другим, а на эти деньги покупает себе «фирму».

Освободив челюсть, Мара получила возможность есть и разговаривать. Она сварила кофе и стала рассказывать о своих соседях из пятидесятой квартиры — Саше и Соше. Саша — это Александр, а Соша — Софья. Соша — маленькая, бледненькая, обесцвеченная, как будто ее вытащили из перекиси водорода. Но что-то есть. Хочется задержаться глазами, всмотреться. А если начать всматриваться, то открываешь и открываешь... В неярких северных женщинах, как в северных цветах, гораздо больше прелести, чем в откровенно роскошных южных розах. Так ударит по глазам — стой и качайся. Долго не простоишь. Надоест. А в незабудку всматриваешься, втягиваешься... Однако дело не в северных цветах и не в Соше. Дело в том, что Мара влюбилась в Сашу и ей требовалось кому-то рассказать, иначе душа перегружена, нечем дышать.

Этим «кем-то» Мара назначила меня. Я человек не опасный, из другого города, случайна, как шофер такси. Можно исповедоваться, потом выйти и забыть.

Вместо того чтобы вовремя попрощаться и уйти, я, как бобик, просидела до двух часов ночи. А родной муж в это время стоял на станции Комарово во мраке и холоде, встречал поезда и не знал, что думать.

Ночь мы положили на выяснение отношений. День — на досыпание. Из отдыха вылетели сутки. И все из-за чего? Из-за Саши и Соши. А точнее, из-за Мары. Позднее я установила закономерность: где Мара — там для меня яма. Если она звонит, то в тот момент, когда я мою голову. Я бегу к телефону, объясняю, что не могу говорить, но почему-то разговариваю, шампунь течет в глаза, вода по спине, кончается тем, что я простужаюсь и заболеваю. А если звонок раздается в нормальных условиях и я, завершив разговор с Марой, благополучно кладу трубку, то, отходя от аппарата, почему-то спотыкаюсь о телефонный шнур, падаю, разбиваю колено, а заодно и аппарат. Оказываюсь охромевшей и отрезанной от всего мира. Как будто Господь трясет пальцем перед моим носом и говорит: не связывайся.

Период в Комарово закончился тем, что мы с мужем вернулись в Москву на пыльных матрасах без простыней, зато с юбкой без молнии, с осадком ссоры и испорченного отдыха.

Мара осталась в Ленинграде. Работала на телевидении, подрабатывала дома на машинке. Вернее, наоборот. На швейной машинке она работала, а на телевидении подрабатывала. Но и дома, и на работе, днем и ночью, она бессменно думала о Саше. Димычка не старше Саши, но все равно старый. Он и в три года был пожилым человеком. В альбоме есть его фотокарточка: трехлетний, со свисающими щеками, важным выражением лица — как у зубного врача с солидной практикой. А Саша и в сорок лет — трехлетний, беспомощный, как гений, все в нем кричит: люби меня... Какая счастливая Соша...

Димычка ни с того ни с сего ударился в знахарство, отстаивал мочу в банках: новый метод лечения — помещать в организм его собственные отходы. Мару тошнило от аммиачных паров. А рядом за стенкой — такой чистый после бассейна, такой духовный после симфонии Калинникова, такой чужой, как инопланетянин... Все лучшее в жизни проходило мимо Мары. Ей оставались телевизионная мельтешня, капризные заказчицы и моча в трехлитровых банках.

Однажды Мара возвращалась домой. Ее подманила лифтерша, та самая, с урочливым глазом, и по большому секрету сообщила, что из пятидесятой квартиры жена ушла к другому. Этот другой приезжал днем на машине «Жигули» желтого цвета, и они вынесли белье и одежду в тюках, а из мебели — кресло-качалку. Новый мужчина, в смысле хахаль, из себя симпатичный, черненький и с усами. Очень модный. На летних ботинках написаны буквы, такие же буквы на куртке.

— Может быть, он сам их пишет, — предположила Мара, чтобы отвлечь лифтершу от своего изменившегося лица.

Вечером после концерта в черном костюме с бабочкой пришел Саша и спросил: когда надо мыть картошку — до того, как почистить, или после. Мара сказала, что можно два раза — и до и после. Саша стоял и не уходил. Мара пригласила его пройти. Она сама поджарила ему картошку, а Саша в это время сидел возле Димычки, и они оба молчали. Димычка вообще был неразговорчивым человеком, а Саше не хотелось ни с кем разговаривать и страшно было оставаться одному. Ему именно так и хотелось: с кем-то помолчать, и не с кем попало, а с живым, наполненным смыслом человеком.

Мара поджарила картошку в кипящем масле, как в ресторане. Мяса не было, она поджарила сыр сулугуни, обмакнув его предварительно в яйцо и муку. Накормила мужчин. Саша впервые в жизни ел горячий сыр. Он ел и плакал, но слезы не вытекали из глаз, а копились в сердце. Мара любила Сашу, поэтому ее сердце становилось тяжелым от Сашиных слез. Она молчала.

Это было в одиннадцать вечера. А в четыре утра Мара выскользнула из широкой супружеской постели от спящего и сопящего Димычки, сунула ноги в тапки, надела халат с драконами, вышла на лестничную площадку и позвонила Саше.

Тотчас раздались шаги — Саша не спал. Тотчас растворилась дверь — Саша не запирался. Он ждал Сошу. Он был уверен: она передумает и вернется. Ей нужна была встряска, чтобы все встало на свои места. И теперь все на местах. Соша вернулась и звонит в дверь. Он ее простил. Он не скажет ни одного слова упрека, а просто встанет на колени. Черт с ним, с двадцатым веком. Черт с ним, с мужским самолюбием. Самолюбие — это любить себя. А он любит ее. Сошу.

Саша открыл дверь. На пороге стояла Мара. Соседка. Чужая женщина, при этом глубоко ему несимпатичная. Саша не переносил ее лица, как будто сделанного из мужского, ее категоричности. Не женщина, а фельдфебель. И ее смеха тоже не переносил. Она кудахтала, как курица, которая снесла яйцо и оповещала об этом всю окрестность.

Мара увидела, как по Сашиному лицу прошла стрелка всех его чувств: от бешеного счастья в сто градусов до недоумения, дальше вниз — до нуля и ниже нуля — до минуса. Маре стало все ясно.

— Ты извини, — виновато попросила она. — Но я испугалась. Мне показалось, что ты хочешь выкинуться из окна, чушь какая-то. Ты извини, конечно...

Человек думает о человеке. Не спит. Прибегает. Тревожится. Значит, не так уж он, Саша, одинок на этом свете. Пусть один человек. Пусть даже ни за чем не нужный. И то спасибо.

— Проходи, — пригласил Саша.

— Поздно уже, — слабо возразила Мара.

— Скорее рано, — уточнил Саша и пошел варить кофе.

Что еще делать с гостьей, явившейся в четыре утра.

Мара села за стол. Смотрела в Сашину спину и чувствовала себя виноватой. В чем? В том, что она его любит, а он ее нет. Она только что прочитала это на Сашином лице. Чем она хуже Соши, этой бесцветной моли, предательницы? Вот этим и хуже. Мужчин надо мучить, а не дребезжать перед ними хвостом. Мара прислушивалась к себе и не узнавала. В принципе она была замыслена и выполнена природой как потребительница. Она готова была потребить все, что движется и не движется, затолкать в себя через все щели: глаза, уши, рот и так далее. А здесь, с этим человеком — наоборот, хотелось всем делиться: оторвать от себя последний кусок, снять последнюю рубашку. Так просто, задаром подарить душу и тело, только бы взял. Только бы пригодилось. Оказывается, в ней, в Маре, скопилось так много неизрасходованных слов, чувств, нежности, ума, энергии — намело целый плодородный слой. Упадет зерно в благодатную почву — и сразу, как в мультфильме, взрастет волшебный куст любви.

Первый муж Женька Смолин — тоже потребитель. Его главный вопрос был: «А почему я должен?» Он считал, что никому ничего не должен, все должны ему. А Мара считала, что все должны ей. Пошел эгоизм на эгоизм. Они ругались до крови, и в результате два гроба: души и плоти. На Димычке она отдыхала от прежней опустошительной войны. Но это была не любовь, а выживание. Самосохранение. А любовь — вот она. И вот она — вспаханная душа. Но сеятель Саша берег свои зерна для другого поля.

Маре стало зябко. Захотелось пожаловаться. Но кому? Жаловаться надо заинтересованному в тебе человеку. Например, матери. Но мать забыла, как страдала сама. Теперь у нее на все случаи жизни — насмешка. Димычка? Но что она ему скажет? Что любит соседа Сашу, а с ним живет из страха одиночества?

Мара поникла и перестала быть похожей на фельдфебеля. Саша разлил кофе по чашкам. Сел рядом. Положил ей голову на плечо и сказал:

— Мара, у тебя есть хороший врач? Покажи меня врачу.
— А что с тобой?

— Я... ну, в общем, я... не мужчина.
— В каком смысле? — не поняла Мара.
— В прямом. От меня из-за этого Сонька ушла.
— А может быть, дело не в тебе, а в Соньке.

Мара кожей чувствовала людей. Она была убеждена, что сексуальная энергия, как и всякая другая, имеет свою плотность и свой радиус. От некоторых вообще ничего не исходит. От других хоть скафандр надевай, не то облучишься. Сашу она чувствовала даже сквозь бетонные стены в своей квартире.

— При чем тут Сонька? — Саша поднял голову с ее плеча. — Ты, наверное, не понимаешь, о чем речь.
— Прекрасно понимаю. Идем. — Мара поднялась из-за стола.
— Куда? — не понял Саша.
— Я тебе докажу.

Саша подчинился. Пошел вслед за Марой. Они легли на широкую арабскую постель. Мара спорила с Сошей. Доказывала. И доказала. Она доказала Саше не только его мужскую состоятельность, но более того — гениальность. Принадлежность к касте избранных. Только биологические феномены могут так тонко и так мощно слышать жизнь, ее спрессованную суть. Таких, как Саша, больше нет. Ну, может быть, есть еще один, где-нибудь в Индии или в Китае. А в Советском Союзе точно нет. Во всяком случае, она, Мара, не слышала.

Саша улыбался блаженно, наполненный легкостью. Мара смотрела на него, приподнявшись на локте. Он был таким ЕЕ, будто вызрел в ней, она его родила, у них до сих пор общее кровообращение.

— Хочешь, я тебе расскажу, как я тебя люблю? — спросила Мара.

Он едва заметно кивнул. Для глубокого кивка не было сил. Мара долго подыскивала слова, но слова пришли самые простые, даже бедноватые.

— Ты хороший, — сказала она. — Ты лучше всех. Ты единственный.

Он нашел ее руку и поцеловал. Это была благодарность. Саша хотел спать, но было жалко тратить время на сон.

Они проговорили до шести утра.

Мара, как заправский психоаналитик, заставила Сашу вернуться в точку аварии, вспомнить, как все началось.

И Саша вспомнил. Два года назад они отдыхали с Сошей на море. Он пошел купаться в шторм и не мог выйти на берег. В какую-то минуту понял, что сейчас утонет возле берега.

Когда вернулся в номер, его качало. Он лег, закрыл глаза и видел перед собой мутно-зеленые пласты воды. У Соши было совсем другое состояние души и тела. Она тянулась к мужу, но казалась ему волной. Хотелось из нее вынырнуть и выплюнуть. Соша обиделась и сказала неожиданно грубо:

— Импотент.

Саша попытался опровергнуть обвинение, но ничего не вышло. Вечером он вспомнил, что ничего не вышло, испугался, и уже страх, а не усталость, помешал ему. Далее страх закрепился, как закрепляется страх у водителей, попавших в аварию. В мозгу что-то заклинило. Мозг посылал неверные сигналы, и случайно брошенное слово превратилось в диагноз.

Соша перестала верить в него. И он перестал верить в себя. Потом ему стало казаться, что это заметно. Все видят и хихикают в кулак.

Саша стал плохо играть свои партии в оркестре. Дирижер потерял к нему интерес. Надвигался конкурс. Саша понимал, что его переиграют. Соня ушла. Из оркестра — уйдут. Он — пустая, бессмысленная, бесполая оболочка. Весь свет хохочет ему в спину. Казалось, еще немного, и он, как чеховский сумасшедший из палаты номер шесть, кинется бежать по городу или выбросится в окно. Этой ночью он вышел на балкон, смотрел вниз и уже видел себя летящим враскорячку, с отдуваемыми руками и ногами. А потом лежащим внизу нелепым плевком на асфальте. Саша испытывал к себе не жалость, а брезгливость. Он не любил себя ни живого, ни мертвого. А уж если сам себя не любишь, что требовать от других. И в этот момент раздался звонок в дверь, вошла женщина, чужая жена, и сказала:

— Ты лучше всех. Ты единственный.

Он поцеловал ей руку. Как еще благодарить, когда тебе возвращают тебя. Иди живи. Ты лучше всех. Ты единственный.

Мара вернула Сашу в точку аварии. Устранила поломку в мозгу. И жизнь встала на все четыре колеса.

Утром Мара вернулась к спящему, ни о чем не подозревающему Димычке. А Саша спать не мог. Он начинал новую жизнь.

Вечером был концерт. Дирижер сказал, что Сашин си-бемоль сделал всю симфонию. Коллеги-оркестранты заметили, что из Сашиных глаз летят звезды, как во время первомайского салюта. Он помолодел, похорошел и попрекраснел. А Саша, в свою очередь, увидел, какие замечательные таланты вокруг него, одушевляющие железки и деревяшки. Ведь что такое тромбон и скрипка? Это железка и деревяшка. А когда человек вдыхает в них свою душу, они живые. И наоборот. Если в человеке погасить душу, он становится деревяшкой или железкой. Вот ведь как бывает.

Саша после концерта не шел, не брел, как прежде, а прорезал пространство. Он устремлялся домой. Дома его ждала Мара. Она открыла Сашу, как материк, и собиралась учредить на этом материке свое государство.

А Саша не смотрел далеко вперед. Он просто ликовал, утверждал себя. Утверждал и подтверждал.

Так продолжалось месяц.

Соша этот месяц вила новое гнездо с новым мужем Ираклием. Одно дело встречаться, другое — жить одним домом. Ираклий набивал дом гостями, это входило в национальные традиции, а Соша должна была безмолвно подавать на стол и убирать со стола. Это тоже входило в традиции: женщина должна знать свое место.

Ираклий работал в строительной науке, писал диссертацию на тему: «Ликвидация последствий атомного взрыва». Соше казалось, что после атомного взрыва уже НЕКОМУ будет ликвидировать последствия. Она ничего в этом не понимала, да и не хотела понимать. Кому охота в расцвете сил и красоты думать об атомном взрыве, и так по телевизору с утра и до вечера талдычат, жить страшно. А вот в Сашиной симфонической музыке Соша понимала все. За семь лет совместной жизни она научилась читать дирижерскую сетку, отличала главную партию от побочной, знала всех оркестрантов, слышала, как они вплетают свои голоса. Могла узнать с закрытыми глазами: это Фима... это Додик... это Андрей... А теперь все вместе, Фима, Додик и Андрей.

Хорошее было время.

Соша ностальгировала о прежней жизни, хотя была вполне счастлива с Ираклием. Она готовила ему хинкали вместо пельменей и в этот момент думала о том, что Саша — голодный и заброшенный, тогда как Ираклий окружен гостями, хинкалями и Сошей. Она вздыхала и набирала Сашин номер. А когда слышала его голос, опускала трубку. Что она ему скажет?

Саша понимал происхождение звонков, и, когда Мара тянула руку, он падал на телефон, как коршун с неба. Скрывал Мару. А однажды сказал озабоченно:

— Слушай, собери свои шпильки, брошки: сегодня Сонька придет.

— Зачем? — неприятно удивилась Мара.

— Хочет мне обед сготовить. Думает, что я голодный.

Мара собрала шпильки, брошки, отнесла их к Димычке. Она жила на два дома, благо до второго дома было, как до смерти, — четыре шага.

Димычка ни о чем не подозревал. Он был занят. К нему валил народ, поскольку в знахарей во все времена верили больше, чем во врачей. Ему было даже удобнее, когда Мара у соседей.

Сашу тоже устраивала такая жизнь: работа — как праздник, Мара — как праздник. Но самые большие праздники — Сошины появления. Она приходила в середине дня с виноватым лицом, тихо двигалась, перебирала ручками, варила, пылесосила. Хороший человек — Соша. Мара — сама страсть. Он ее желал. А любил Сошу. Оказывается, это не одно и то же. Кто-то умный сказал, что плоть — это конь. А дух — это всадник. И если слушать коня, он завезет в хлев. Слушать надо всадника.

Мара один раз унесла свои шпильки, другой. А в третий раз — оставила на самом видном месте. Соша не заметила. Тогда Мара прямо позвонила к ней на работу в НИИ и назначила свидание в Таврическом саду. Соша удивилась, но пришла. Она заранее догадывалась о теме предстоящего разговора. Мара прилетит ангелом-хранителем семейного очага. Будет уговаривать вернуться к Саше. Она ведь не знает причины. А со стороны все выглядит так славно, почти идеально, как всегда бывает со стороны. Мара опаздывала. Соша тоскливо смотрела на дворец, который Потемкин построил, чтобы принять в нем Екатерину Вторую. А у Екатерины уже был другой. Потемкина она уже исчерпала. Почему Екатерине было можно? А ей, Соше, нельзя?

Она, конечно, не царица, но ведь ей дворцов не надо. Однокомнатная квартира в новостройке.

Появилась Мара и сказала с ходу:

— Больше к Саше не ходи. Ушла — и с концами.

— А твое какое дело? — удивилась Соша.

— Самое прямое. Он — мой.

Соша подвытаращила глаза.

— Да, мой, — подтвердила Мара. — И душой, и телом. И нечего тебе у него делать. Обойдемся без твоих жлобских супчиков.

Димычка вычитал, что когда коров забивают, они испытывают смертный ужас, этот ужас передается в кровь, через кровь — в мышцы. И человечество поголовно отравляется чужим ужасом... Отсюда агрессия, преступность, болезни, раннее старение. Есть надо дары моря и лесов, а питаться разумными существами — все равно что поедать себе подобных.

Сошу поразили не жлобские супчики, а Сашино двурушничество. Двуликий Янус. Ну что ж. Зато теперь все ясно. Можно не угрызаться и не разрываться. Можно спокойно развестись и нормально расписаться. А Сашу отдать Маре.

— Вот тебе! — Соша протянула Маре изысканную фигу, сложенную из бледных породистых пальцев.

— Он мой! — повторила Мара, игнорируя фигу.

— Посмотрим...

В тот же вечер Соша вернулась к Саше, и лифтерша видела, как в грузовой лифт втаскивали кресло-качалку. Кресло кочевало вместе с Сошей.

И в тот же вечер Мара позвонила к ним в квартиру. Открыла Соша. Она была в переднике. Видимо, восточный человек приучил к круглосуточному трудолюбию.

— Я забыла у Саши малахитовое кольцо, — сказала Мара.

— Где? — спросила Соша.

— В кухне. А может, в спальне. — Мара пометила места своего обитания.

Соша не пригласила войти. Отошла. Потом вернулась.

— Кольца нет, — сказала она. — Ты у кого-то другого забыла.

Она закрыла дверь.

Кольцо действительно было дома, лежало в шкатулке, и Мара это знала. Просто она хотела бросить какой-нибудь камень в их семейную гладь. Но большого камня у нее не было — так, маленький малахитик овальной формы. Саша виноватым себя не считал. Он ее не звал. Она сама пришла в ночи. Он ее не соблазнял. Она сама уложила его рядом с собой. Он ничего не обещал. Она сама надеялась. Правда, она его любила. Так ведь она, а не он.

И все же, и все же...

Через неделю Саша вошел в раскрытый лифт. Там стояла Мара. Если бы знал, что она внутри, пошел бы пешком на шестнадцатый этаж. Поднимались вместе и молча. Саша старался смотреть мимо, а Мара смотрела в упор. Искала его глазами. Потом спросила, тоже в упор:

— Так бывает?

— Значит, бывает, — ответил Саша.

Вот и все.

Через полгода Соша вернулась к Ираклию. Мара не стала доискиваться причин. Она к Саше не вернулась. Да он и не звал. Он надеялся встретить женщину, которая соединит воедино плоть и дух, когда конь и всадник будут думать одинаково и двигаться в одном направлении.

Для Мары прекратился челночный образ жизни. Она осела, притихла возле Димычки, говорила всем, что ей очень хорошо. Что семья — это лаборатория на прочность, а ее дом — ее крепость. Лабораторию придумала сама, а крепость — англичане. Но иногда на ровном месте с Марой в ее крепости случались истерики, она кидала посуду в окно, и Димычка был в ужасе, поскольку чашки и тарелки могли упасть на чью-то голову. Он бежал к телефону и вызывал милицию. Мара панически боялась представителей власти и тут же приводила себя в порядок. Когда приходил милиционер, ему давали двадцать пять рублей, и они расставались ко взаимному удовольствию.

На фоне личных событий граждан протекала общественная жизнь страны.

К власти пришел Никита Сергеевич Хрущев и первым делом отменил Сталина. «Сталин — наша слава боевая, Сталин — нашей юности полет» оказался тираном и убийцей. Каково это было осознавать...

Мару, равно как и Ритку Носикову, это не касалось. Они были маленькие. Зато оттепель коснулась всем своим весенним дыханием. Напечатали «Один день Ивана Денисовича». Все прочитали и поняли: настали другие времена. Появился новый термин «диссидент» и производные от него: задиссидил, диссида махровая и т. д.

Никита Сергеевич был живой в отличие от прежнего каменного идола. Его можно было не бояться и даже дразнить «кукурузником». Кончилось все тем, что его сняли с работы. Это был первый и пока единственный глава государства, которого убрали при жизни, и он умер своей смертью. Скульптор Эрнст Неизвестный, которого он разругал принародно, сочинил ему памятник, составленный из черного и белого. Света и тени. Трагедии и фарса.

После Хрущева началось время, которое сегодня историки определяют как «полоса застоя». Застой, возможно, наблюдался в политике и в экономике, но в Мариной жизни семидесятые годы — это активный период бури и натиска.

Мара встретила Мырзика. У него были имя, фамилия и занятие — ассистент оператора. Но она называла его Мырзик. Так и осталось.

Мырзик на десять лет моложе Мары. Познакомились на телевидении. Вместе вышли однажды с работы. Мара пожаловалась, что телевидение сжирает все время, не остается на личную жизнь.

— А сколько вам лет? — удивился Мырзик.

— Тридцать семь, — ответила Мара.

— Ну так какая личная жизнь в тридцать семь лет? — искренне удивился Мырзик. — Все. Поезд ушел, и рельсы разобрали.

Мара с удивлением посмотрела на этого командированного идиота, приехавшего из Москвы. А он, в свою очередь, рассматривал Мару своими детдомовскими глазами.

Впоследствии они оба отметили, что этот взгляд решил все.

Была ли это любовь с первого, вернее, со второго взгляда? Все сложнее и проще.

Кончилась ее жизнь на этаже, где Саша, где Димычка. Там она умерла. Оттуда надо было уходить. Куда угодно. Мара даже подумывала: найти стоящего еврея и уехать с ним за синие моря, подальше от дома, от города. Но стоящего не подвернулось. Подвернулся Мырзик. Мара видела, что он молод для нее, жидковат, вообще — Мырзик. Но надо было кончать со старой жизнью.

Когда Мара объявила Димычке о своей любви, Димычка не понял, что она от него хочет.

— Я люблю, — растолковала Мара.

— Ну так и люби. Кто тебе запрещает?

— Я хочу уйти от тебя.

— А зачем?

— Чтобы любить.

— А я что, мешаю?

Мара опустила голову. Ей показалось в эту минуту, что Димычка больше Мырзика. Мырзик хочет ее всю для себя, чтобы больше никому. А Димычка, если он не смог стать для нее всем, согласен был отойти в сторону, оберегать издали. А она, Мара, сталкивала его со своей орбиты. И он боялся не за себя. За нее.

Мара заплакала.

Разговор происходил в кафе. Мырзик находился в этом же кафе, за крайним столиком, как посторонний посетитель. Он следил со своей позиции, чтобы Димычка не увел Мару, чтобы не было никаких накладок. Все окончилось его, Мырзиковой, победой.

Потом он сказал Маре:

— У тебя голова болталась, как у раненой птицы. Мне было тебя очень жалко.

Мара тогда подумала: где это он видел раненую птицу? Небось сам и подбил. Детдомовец.

Мара и Мырзик переехали в Москву. Перебравшись в столицу, Мара вспомнила обо мне, появилась в нашем доме и привела Мырзика. Она повсюду водила его за собой, как подтверждение своей женской власти. Ее награда. Живой знак почета. Мырзик обожал, обожествлял Мару. Все, что она говорила и делала, казалось ему гениальным, единственно возможным. Он как будто забыл на ней свои глаза, смотрел не отрываясь. В свете его любви Мара казалась красивее, ярче, значительнее, чем была на самом деле. Мырзик поставил ее на пьедестал. Она возвысилась надо всеми. Я смотрела на нее снизу вверх и тоже хотела на пьедестал.

У нас с мужем только что родилась дочь, и нам казалось, что за нами стоит самая большая правота и правда жизни. Но во вспышке их счастья моя жизнь, увешанная пеленками, показалась мне обесцвеченной. Я почувствовала: из моей правоты вытащили затычку, как из резиновой игрушки. И правота со свистом стала выходить из меня.

Мы сидели на кухне, пили чай. Мара демонстрировала нам Мырзика.

— Смотрите, рука. — Она захватывала его кисть и протягивала для обозрения.

Рука была как рука, но Мара хохотала, блестя крупными яркими зубами.

— Смотрите, ухо... — Она принималась разгребать его есенинские кудри. Мырзик выдирался. Мара покатывалась со смеху. От них так и веяло счастьем, радостным, светящимся интересом друг к другу. Счастье Мырзика было солнечным, а у Мары — лунным, отраженным. Но все равно счастье.

Внезапно Мара сдернула Мырзика с места, и они засобирались домой. Наш ребенок спал. Мы пошли их проводить.

Мара увела меня вперед и стала уговаривать, чтобы я бросила мужа. Это так хорошо, когда бросаешь мужа. Такое обновление, как будто заново родишься и заново живешь.

Я слушала Мару и думала о своей любви: мы познакомились с мужем в геологической партии, оба были свободны, и все произошло, как само собой разумеющееся. Палатки были на четверых, мы пошли обниматься ночью в тайгу и долго искали место, чтобы не болото и не муравьи. Наконец нашли ровную твердь, постелили плащ, и нас тут же осветили фары грузовика. Оказывается, мы устроились на дороге. Я шастнула, как коза, в кусты и потеряла лифчик. Утром ребята-геологи нашли, но не отдали. И когда я проводила комсомольские собрания, взывая к их комсомольской чести и совести, они коварно с задних рядов показывали мне мой лифчик. Я теряла мысль, краснела, а они именно этого и добивались.

Хорошее было время, но оно ушло. За десять лет наша любовь устала, пообычнела, как бы надела рабочую робу. Но я знала, что не начну новую жизнь, и мое будущее представлялось мне долгим и одинаковым, как степь.

Мы с мужем возвращались молча, как чужие. Наверное, и он думал о том же самом. Наш ребенок проснулся и плакал. И мне показалось, что и он оплакивает мою жизнь.

Вот тебе и Мара. Как свеча: посветила, почадила, накапала воском. А зачем?

Она раскачала во мне тоску по роковым страстям, по горячему дыханию жизни... Но впрочем, дело не во мне, а в ней.

Итак, Мара и Мырзик в Москве. В его однокомнатной квартире, в Бибирево. Бибирево — то ли Москва, то ли Калуга. Одинаковые дома наводили тоску, как дождливое лето.

Мара позвала плотника Гену. Гена обшил лоджию деревом, утеплил стены и потолок, провел паровое отопление. Образовалась еще одна комната, узкая и длинная, как кусок коридора, но все же комната. Мара поставила туда столик, на столик швейную машинку «Зингер», вдоль стены гладильную доску. И вперед... Этот путь ей был знаком и мил. Шила только тем, кто ей нравился внешне и внутренне. Кидалась в дружбу, приближала вплотную, так что листка бумаги не просунуть, а потом так же в одночасье отшивала, ссорилась. У нее была потребность в конфликте. Бесовское начало так и хлестало в ней. Все-таки она была прописана в аду.

Через год Мара обменяла Бибирево на Кутузовский проспект, купила подержанный «Москвич» и японскую фотоаппаратуру «сейка». Аппаратура предназначалась Мырзику. Мара решила сделать из него фотокорреспондента, останавливать мгновения — прекрасные и безобразные в зависимости от того, что надо стране. Горящий грузовик, передовик производства, первый раз в первый класс.

Мара разломала в новой квартире стены, выкроила темную комнату, это была фотолаборатория. Мара помогала Мырзику не только проявлять, но и выбирать сюжеты. Она оказалась талантлива в этой сфере, как и во всех прочих. Мырзика пригласили работать в агентство печати «Новости», пропагандировать советский образ жизни. Мара добилась его выставки, потом добилась, что он со всеми разругался. Мырзика выгнали с работы.

Мара была как сильнодействующее лекарство с побочными действиями. С одной стороны — исцеление, с другой — слабость и рвота. Неизвестно, что лучше.

Сначала Мырзику казалось, что иначе быть не может, но однажды вдруг выяснилось: может и иначе. Он бросил Мару и ушел к другой, молодой и нежной и от него беременной, для которой он был не Мырзик, а Леонид Николаевич. С Марой он забыл, как его зовут.

Если вернуться назад в исходную точку их любви, то чувство к Маре было несравненно ярче и мощнее, чем эта новая любовь. Но с Марой у него не было перспектив. Ну, еще одна машина, дача, парники на даче. А кому? Мырзику скучно было жить для себя одного. Хотелось сына, подарить ему счастливое детство, оставить свое дело, просто сына. Мырзик был детдомовец, знал, что такое детство.

Мара попыталась остановить Мырзика, отобрав у него материальное благосостояние. Но Мырзик изловчился и не отдал. Как это ему удалось — уму непостижимо. Мара со своей магнитной бурей так заметет и закрутит, что не только «сейку» бросишь, отдашь любой парный орган: руку, ногу, глаз. Но не отдал. И «сейку» унес. И из дома выгнал, как лиса зайца. Вот тебе и Мырзик.

На работу он вернулся и завоевал весь мир. Не весь мир, а только тот, который сумел постичь своим умом. Мырзик не пропал без Мары, а даже возвысился, и это было обиднее всего.

В этот переломный момент своей жизни Мара снова появилась у меня в доме и поселилась на несколько дней. Ей было негде голову приклонить в буквальном смысле слова, негде ночевать.

Вся Москва полна знакомых, а никому не нужна. Нужна была та, победная и благополучная, а не эта — ограбленная и выгнанная. И ей, в свою очередь, не понадобились те, с обложек журналов. Захотелось прислониться к нам, обычным и простым. Мы геологи, земля нас держит, не плывет из-под ног.

Мой муж ушел ночевать к родителям, они жили ниже этажом, а Мара легла на его место. Но и в эти трагические минуты, когда человек становится выше, Мара сумела остаться собой. Она засунула в нос чеснок — у нее был насморк, а чеснок обладает антисептическим действием — и захрапела, поскольку нос был забит. Непривычные звуки и запахи выбили меня из сна. Я заснула где-то в районе трех. Но тут проснулась Мара. Она нуждалась в сочувствии, а сочувствовать может только бодрствующий человек, а не спящий.

Мара растолкала меня и поведала, чем она жертвовала ради Мырзика: Димычкой, домом, архитектурой Ленинграда... Призвала мою память: чем был Мырзик, когда она его встретила, — шестерка, подай-принеси, поди вон. А чем стал... И вот когда он чем-то стал, ему оказались не нужны свидетели прежней жизни. И какая она была дура, что поверила ему, ведь у него было все написано на лице. Он использовал ее, выжал, как лимон, и выбросил. Одну, в чужом городе.

— Вернись обратно, — посоветовала я. — Димычка будет счастлив.

Мара замолчала. Раздумывала.

Возвращаться обратно на одиннадцатый этаж, где ходит желтоглазый Саша — такой близкий, стоит только руку протянуть, и такой далекий. Как из другого времени. Из двадцать первого века. Ах, Саша, Саша, звезды мерцанье, где поют твои соловьи? Что сделал с жизнью? Перестала дорожить. Раньше помыслить не могла: как бросить мужа, дом, нажитое? А после Саши все обесценилось, все по ветру, и ничего не жаль. Чем хуже, тем лучше. Мырзик так Мырзик. Она выживала Мырзиком. Но он тоже оказался сильнодействующим лекарством с побочными действиями. Вылечил, но покалечил. Вот и сиди теперь в чужом доме с чесноком в носу. И что за участь: из одного сделала мужика, из другого фотокорреспондента. А какова плата?

— Я их создала, а они предали...
— Ты же их для себя создавала, чтобы тебе хорошо было, — уточнила я.
— А какая разница? — не поняла Мара.
— Небескорыстно. И замкнуто. Когда человек замкнут, он, как консервы в банке, теряет витамины и становится неполезен.
— А ты что делаешь бескорыстно? — поинтересовалась Мара. — Ребенка растишь для чужого дяди?

Воспоминание о дочери, независимо от контекста, умывало мое лицо нежностью.

— Она говорит «бва» вместо «два» и «побвинься» вместо «подвинься». Я научу ее говорить правильно, научу ходить на горшок. Подготовлю в детский садик. В коллектив. А потом обеспечу ей светлое будущее.
— А почему светлым должно быть будущее, а не настоящее? — спросила Мара.
— Я смотрела на нее. Соображала.
— Когда общество ничего не может предложить сегодня, оно обещает светлое будущее, — пояснила Мара. — Вешает лапшу на уши. А ты и уши развесила.

Значит, мое поколение в лапше. А старшее, которое верило в Сталина, в чем оно? Значит, мы все в дерьме, а она в белом.

— А ты поезжай туда, — посоветовала я. — Там все такие, как ты.

— Зачем они мне? А я — им? В сорок лет. Антиквариат ценится только в комиссионках. Все. «Поезд ушел, и рельсы разобрали», как сказал светлой памяти Ленечка.

— А кто это — Ленечка? — не вспомнила я.

— Мырзик.

Мара включила настольную лампу. Я слышала, что она не спит, и тоже не спала. Мара снова что-то во мне раскачала.

Я вспомнила, что она к сорока годам уже два раза сделала себе светлое настоящее: с Димычкой в Ленинграде и с Мырзиком в Москве. Понадобится, сделает в третий раз. А мы с мужем пять лет не имели ребенка, не было жилья, жили у его родителей на голове. Теперь десять лет положим, чтобы из однокомнатной перебраться в двухкомнатную. Где-то к пятидесяти начинаешь жить по-человечески, а в пятьдесят пять тебя списывают на пенсию. Вот и считай...

Когда Мары нет, я живу хорошо. У меня, как пишут в телеграммах, здоровье, успехи в работе и счастье в личной жизни. Как только появляется Мара, я — раба. Я опутана, зависима и зашорена. И мое счастье в одном: я не знаю, КАК плохо я живу.

Потом Мара исчезает, и опять ничего. Можно жить.

На этот раз она исчезла в Крым. Море всегда выручало ее. Смыла морем слезы, подставила тело солнцу. Уходила далеко в бухты и загорала голая, лежа на камнях, как ящерица. Восстанавливала оторванный хвост. У нее была способность к регенерации, как у ящерицы.

Мырзик сказал, что поезд ушел и рельсы разобрали. Это не так. Мырзик ушел, но рельсы не разобрали. Значит, должен прийти новый состав. И не какой-то товарняк, а роскошный поезд, идущий в долгую счастливую жизнь. Можно сесть на полустанке и ждать, рассчитывая на случай. Но случай подкидывает Женек и Мырзиков. Случай слеп. Надо вмешаться в судьбу и самой подготовить случай.

Саша, Мырзик — это стебли, которые качаются на ветру. Им нужна подпорка. В сорок лет хочется самой опереться на сильного. А за кем нынче сила? Кто ведет роскошный поезд? Тот, у кого в руках руль. Власть. Какой-нибудь знаменитый Мойдодыр. «Умывальников начальник и мочалок командир».

А где его взять? К Мойдодыру так просто не попасть. Надо, чтобы пропуск был выписан. А потом этот пропуск милиционер с паспортом сличает и паспорт учит наизусть: номер, серия, прописка. Когда выдан? Где выдан? А кто тебя знает, еще войдешь и стрельнешь в Мойдодыра, хотя Москва не Италия, да и Мойдодыру семьдесят годиков, кому нужен? У него уже кровь свернулась в жилах, как простокваша.

Однако цель намечена. И Мара пошла к цели, как ракета дальнего действия. Набрав в себя солнца, полностью восстановив оторванный хвост, Мара вернулась в Москву, сдернула с Мырзиковой шеи «сейку», чуть не сорвав при этом головы. Взяла нужную бумагу — остались связи. И вошла в кабинет к Мойдодыру.

Он уже знал, что его придут фотографировать.

Мара села перед ним нога на ногу, стала изучать лицо. Мойдодыр был старенький, бесплотный, высушенный кузнечик. Очки увеличивали глаза. На спине что-то топырилось под пиджаком, может, горб, может, кислородная подушка, может, приделан летательный аппарат. Лицо абстрактное, без выражения.

— Вы не могли бы снять очки? — попросила Мара.

Он снял. Положил на стол. Мара щелкнула несколько раз, но понимала: не то.

— Сделайте живое лицо, — попросила Мара.

Но где взять то, чего нет. Мара не могла поменять лицо, решила поменять ракурс. Она сначала встала на стул, щелкнула. Потом легла на пол. Потом присела на корточки. Кофта разомкнула кнопки, и Мойдодыр увидел ее груди — ровно загорелые, бежевые, торчащие, как два поросенка.

Мойдодыр забыл, когда он это видел и видел ли вообще. Он был хоть и начальник, но все же обычный человек, и его реакция была обычной: удивление. Он так удивился, что даже застоявшаяся кровь толкнулась и пошла по сосудам. Мойдодыр вспомнил, какого он пола, а чуть раньше догадывался только по имени и отчеству.

Лицо сделалось живым. Фотография получилась на уровне, который прежде не достигался.

Шар судьбы пошел в лузу. Только бы ничего не помешало. Но Мара об этом позаботилась, чтобы не помешало. Она закупила души двух секретарш, тем самым взяла подступы к крепости. А потом уж и саму крепость.

Мара приучала Мойдодыра к себе, и через очень короткое время ему показалось: она была всегда. Такое чувство испытываешь к грудному ребенку. Странно, что совсем недавно его не было вообще. Нигде. Но вот он родился, и кажется, что он был всегда.

У Мойдодыра в этой жизни существовало большое неудобство: возраст. И как осложнение — безразличие. Ничего не можешь, но и не хочется. Мара своей магнитной бурей размотала безразличие, как разгоняют тучи ко дню Олимпиады. Очнувшись от безразличия, Мойдодыр энергично задействовал, и через четыре месяца Мара жила в отдельной двухкомнатной квартире в кирпичном доме, в тихом центре, куда Мойдодыр мог приходить, как к себе домой.

Мара не переносила грязь, поэтому встречала его возле лифта с домашними тапочками. Переобувала. Потом закладывала Мойдодыра в ванну, отмачивала и смывала с него весь день и всю прошлую жизнь. Мойдодыр лежал в нежной пене и чувствовал: счастье — вот оно! На семидесятом году жизни. Одно только плохо — мысли о смерти. С такой жизнью, неожиданно открывшейся на старости лет, тяжело расставаться. Но он старался не думать. Как говорила мать Наполеона, «пусть это продолжается как можно дольше», имея в виду императорство сына. И при этом вязала ему шерстяные носки на случай острова Святой Елены.

После ванны садились за стол. Стол карельской березы, тарелки — синие с белым — английский фарфор, и на фарфоре паровые фрикадельки из телятины, фарш взбивала миксером с добавлением сливок. В хрустальном стакане свекольный сок с лимоном. Свекла чистит кровь, выгоняет канцероген. А сама Мара — в халате с драконами, как японка. Гейша. Японцы понимают толк в жизни. Обед, чайная церемония. Потом еще одна церемония.

В конце жизни Мойдодыр обрел дом и женщину. Его жена — общественный деятель, для нее общественное было выше личного, делом занималась замкнутая домработница Валя, себе на уме. Сыну пятьдесят лет, сам внуков нянчит. Мойдодыр работал с утра до ночи, чтобы забыть одиночество и чтобы послужить отечеству на вверенном ему участке. И вдруг Мара. Она оказалась для него не менее важна, чем все отечество. На равных. А иногда и больше.

Мара, в свою очередь, была благодарна Мойдодыру. Благодарность — хорошая почва. На ней можно вырастить пусть не волшебные кусты любви, но вполне хорошее дерево со съедобными плодами.

Мара оказалась талантлива не только в шитье и фотографии, но и в государственной деятельности. Она была чем-то вроде маркизы Помпадур. Помпадурила.

Предыдущих — Сашу и Мырзика — Мара создавала, лепила, делала. Пусть для себя. Создавала и потребляла, но ведь и им перепало. Саша укрепился духом, плотью и надеждой. Мырзик — делом и деньгами.

Мойдодыр создавал ее самое. Как созидатель, Мара простаивала, как потребитель — торжествовала. Мойдодыра можно было потреблять горстями, не надо на охоту выходить.

Маре захотелось самостоятельной общественной деятельности. У нее было заочное педагогическое образование.

Мойдодыр устроил Мару в институт при Академии педагогических наук. Мара стала писать диссертацию, чтобы возглавить отдел, а там и весь институт. И как знать, может, и всю академию. А что? Поезд движется. Путь свободен. Министр — виртуоз.

В выходные дни Мойдодыр уезжал с семьей на дачу. У Мары появлялись паузы.

В ближайшую из таких пауз она позвала меня к себе в гости продемонстрировать новую мощь. Чтобы я походила по ее квартире, покачала лапшой на ушах.

Больше всего меня поразили просторные коридоры и светильники под потолком и на стенах. Казалось, что они из Таврического дворца. Потемкин повесил, а Мара вывезла, поскольку царицей на сегодняшний день была она.

Светильники тускло бронзовели, от них веяло временем, тайной и талантом неведомого мастера. Это был богатый дом дорогой содержанки.

Я вспомнила свою квартиру, где потолок отстает от пола на два с половиной метра, лежит почти на голове. Я называла свою квартиру «блиндаж», туда бы патефон и пластинку: «На позицию девушка...» Я вспомнила квартиру родителей моего мужа. Комсомольцы двадцатых годов, они строили это общество — жертвенно и бескорыстно. И где они живут? В коммуналке. Одну большую комнату разделили перегородкой. Получилось две кишки. И не ропщут. Они знают: Москва задыхается от нехватки жилплощади. Люди еще не выселены из подвалов. Значит, они потерпят. Подождут. А Мара получила все сразу потому, что вовремя показала загар. Значит, для одних светлое будущее. А для других светлое настоящее.

Мара увидела, что я сникла, и решила, что я завидую. Я тоже хочу быть маркизой Помпадур при Людовике и Марой при Мойдодыре, что почти одно и то же. А я всего лишь Лариса при Вите.

— В тебе знаешь чего нет? — посочувствовала Мара.
— Чего?

Мара стала подбирать слово, но оно одно. Аналога нет.

— Ты очень порядочная, — сформулировала Мара, обойдя это слово.

— Мне так удобнее, — сказала я.

— Тебе так удобнее, потому что ты прячешь за порядочностью отсутствие жизненных инициатив.

— Зато я никому не делаю плохо.

— Ни плохо, ни хорошо. Тебя нет.

Я задохнулась, как будто в меня плеснули холодной водой. Мара приняла мою паузу за точку. Решила, что тема исчерпана. Перешла к следующей. Сообщила как бы между прочим:

— А у меня диссертация почти готова. Скоро защита.

Мой муж шесть лет продирался к диссертации, как через колючую проволоку. А Мара стояла передо мной с золотой рыбкой в ладонях. Могла загадать любое желание.

— Какая тема? — спросила я, пряча под заинтересованность истинные чувства.

— Сексуальное воспитание старшеклассников, — важно сказала Мара.

Я уважительно промолчала. Наверняка в этом вопросе Мара — специалист, и почему бы ей не поделиться с подрастающим поколением.

Мара рассказывала о своей диссертации, о главе «Культура общения» не в сексуальном смысле, а в общечеловеческом. В школе ничему такому не учат. Рассчитывают на семью. Но и семья не учит. Народ поголовно невоспитан.

Мара собрала и обобщила опыт других стран, религий. Она рассказывала очень интересно. Я отвлеклась от разъедающего чувства классового неравенства. От Мары наплывали на меня гипнотические волны. Я, как рыба, шла на ее крючок.

Безо всякого перехода Мара спросила:

— А может, и тебе поменять квартиру? На двухкомнатную. Вас же трое.

Я онемела. Это была моя мечта. Мое пространство. Мое светлое настоящее.

— А можно? — спросила я, робея от одной только надежды.

— Он сейчас в Перу, — сказала Мара о Мойдодыре — Через неделю вернется, я с ним поговорю.

Итак, червяк был заглотан целиком. Я — на крючке. Мара могла дергать меня за губу в любом направлении. Так она и сделала.

В течение недели Мара несколько раз приезжала ко мне домой. Она хорошо почистила мою библиотеку. Библиотека — сильно сказано, любимые книги у нас с мужем были.

Помимо духовных ценностей, Мара вынесла из дома покой. Муж ненавидел ее, нервничал, замыкался. Мара как будто не замечала и всякий раз бросалась его целовать. Муж цепенел, переживал ее объятия с той же степенью брезгливости, как если бы на него навалился крокодил — скользкий, мерзкий и небезопасный. Он ни на секунду не верил в успех мероприятия, презирал меня за мой конформизм. Я боялась: Мара заметит, и все рухнет. Ей нужен был преданный собачий глаз, а не глаз волка, которого сколько ни корми, он все равно в лес смотрит. Я норовила увести Мару из дома, в лес. Мы жили на краю Москвы, рядом с прекрасным первозданным лесом. Когда-то здесь были дачные места.

На земле происходила весна. При входе в лес обособленно стояла тоненькая верба. Почки ее были нежно-желтые, пушистые, крупные, как цыплята. Верба была похожа на девушку, принарядившуюся перед танцами.

Мара не могла вынести, если красота существует сама по себе. Она решила взять часть этой красоты к себе домой, поставить в вазу. Пусть служит. Я полагала, что она сорвет одну ветку. Ну две. Дереву, конечно, будет больно, но оно зальет раны соком. Забинтует корой. Восстановится.

То, что сделала Мара, до сих пор стоит у меня перед глазами. Она не обломала, а потянула вниз и к себе, содрав ремень кожи со ствола. Потом другую ветку, третью. Она пластала бедную вербу, сдирая с нее кожу догола. Мы отошли. Я обернулась на вербу. Она как будто вышла из гестапо, стояла растерзанная, обесчещенная, потерявшая свое растительное сознание. Вернется ли она к жизни?

Мне бы повернуться и уйти тогда, и черт с ней, с квартирой, с лишней комнатой. Но я знала, что если не я — то никто. Значит, надо терпеть. И я стерпела. Только спросила:

— За что ты ее так?

— Как со мной, так и я, — ответила Мара.

Подошел Женька Смолин, содрал ветку, но не аккуратно, а как получится. Потом вежливый, духовный Саша. Потом детдомовец Мырзик. Теперь старик Мойдодыр, годящийся в дедушки, со своей любовью, похожей на кровосмешение. И если можно ТАК с ней, то почему нельзя с другими — с людьми и деревьями, со всем, что попадется под руку.

Мы удалялись. Я спиной чувствовала, что верба смотрит мне вслед и думает: «Эх ты...» И я сама о себе тоже думала: «Эх ты!»

Прошла неделя. Мойдодыр вернулся. Мара молчала. Я ждала. Я не просто ждала, а существовала под высоким напряжением ожидания. Я уставала, звенел каждый нерв. Спасти меня могла только определенность. Я позвонила ей и спросила, как будто прыгнула с парашютом в черную бездну:

— Приехал?

— Приехал, — спокойно и с достоинством сказала Мара.

— Говорила?

— Говорила.

Она замолчала, как бы не понимая темы моего звонка.

— И чего? — не выдержала я.

— Ничего, — спокойно и с тем самым достоинством проговорила Мара. — Он сказал: «Ты мне надоела со своими бесчисленными поручениями. То я должен класть в больницу твоего татарина Усманова, то устраивать твою идиотку Артамонову. Отстань от меня. Дай мне спокойно умереть». И в самом деле, он же не резиновый, — доверительно закончила Мара.

Кто такой татарин Усманов, я не знала, а идиотка Артамонова — это я. Я бросила трубку и на полдня сошла с ума. Мой муж ликовал. Я получила урок. Если не уважаешь человека —

не проси. Попросила, снизила нравственный критерий, унизилась — получай, что стоишь. Это твое. Все правильно. Жизнь логична.

Я выучила данный мне урок, сделала далеко идущие выводы. А именно: не общайся с Марой. Никогда. Ни по какому вопросу. Она звонила, я тут же опускала трубку. Раздавался повторный звонок, я не подходила. В какой-то мере я трусила. Знала, что если отзовусь, скажу «да», она вытащит меня за то «да» из норы, напустит гипнотические волны, засосет своим электромагнитом, и я снова, пища, как кролик, поползу в ее пасть.

Пусть она живет своей жизнью. А я своей. Поэт Вознесенский однажды написал: «Мы учились не выживать, а спидометры выжимать». Так вот, я ничего не выжимаю. Я — по принципу: тише едешь — дальше будешь. Вот только вопрос: дальше от чего? От начала пути или от цели, к которой идешь?

Да и какова она, моя цель?

Прошло пять лет.

В моей стране ничего не происходило. Тишайший Леонид Ильич Брежнев, напуганный Пражской весной, постарался сделать так, чтобы ничего не менялось. Все осталось как было. Никаких перемен, никаких свежих струй. Жизнь постепенно заболачивалась, покрывалась ряской.

В моей личной жизни, как и в стране, тоже ничего не происходило. Мы по-прежнему обитали в однокомнатной квартире, хотя в нашем кооперативном доме все время шло движение: кто-то умирал, кто-то разводился, квартиры освобождались, но не для нас. Надо было дать взятку председателю кооператива, но мы не знали, сколько и как это делается. Боялись обидеть.

С Марой я не общалась, но до меня доходили отзвуки ее жизни.

Мара работала в каком-то престижном учреждении при Академии наук. Это был полигон ее деятельности. Там шло непрестанное сражение, «мешались в кучу кони, люди».

Ее влияние и власть над Мойдодыром стали неограниченными. Мара делала все, что хотела: снимала с работы, назначала на должность, защищала или, наоборот, останавливала диссертации.

Мара вступила в свою вторую фазу — фазу побочного действия. От нее подкашивались ноги, к горлу подступала тошнота. Ее следовало убрать. Но сначала обезвредить. На этот подвиг пошла заведующая лабораторией Карцева. Карцева была уверена: Мойдодыр ничего не знает. Его именем нагло пользуются и тем самым ставят под удар.

Карцева позвонила Мойдодыру по вертушке, представилась, раскрыла ему глаза и повесила трубку с сознанием восстановленной справедливости.

Далее действие развивалось, как в сказке с плохим концом. Через неделю этой лаборатории не существовало. А раз нет лаборатории, значит, нет и должности, и зарплаты в триста шестьдесят рублей. И красная книжечка недействительна. И вахтер в проходной не пускает на территорию. Мара хохотала, сверкая нарядными белыми зубами.

Куда делась профессор, коммунист Карцева? Никто не знает. Боролась она или сдалась, осознав бесполезность борьбы. Мойдодыр — высшая инстанция. Все жалобы восходили к нему. Обиделась она на Мару или почувствовала уважение перед силой... Говорят, она оформилась дворником, чтобы доработать до пенсии оставшиеся пять лет и не иметь с государственной машиной никаких отношений. Зима — чистишь снег. Осень — подметаешь листья. Все.

Жертва самоустранилась. Сотрудники испугались и притихли, забились в свои кабинеты, как в норы. Взошли подхалимы, как васильки в поле. Мара почувствовала вкус большой и полной власти. Две полоски и звездочку сверху.

Димычка тем временем встретил другую женщину, погулял с ней немного и, как порядочный человек, решил жениться. Узнав об этом, Мара сделала пару телефонных звонков, и Димычку поместили в сумасшедший дом. Там его накололи какими-то лекарствами, отчего он располнел, отупел и не хотел уже ничего.

Знакомые подарили ему сиамскую кошку. Он назвал ее Мара. Она через какое-то время родила котенка Кузю. Это и была Димычкина семья: он, Мара и Кузя. Оставлять кошек было не с кем, и когда Димычка ездил в командировки или в отпуск, то складывал котов в корзину и путешествовал вместе с ними.

Мара не пожелала отдать его другой женщине. Хватит, наотдавалась. Димычка не бунтовал. Смирился, как Карцева.

Но в природе существует баланс. Если суровая зима — значит, жаркое лето. И наоборот. Возмездие пришло к Маре с неожиданной стороны, в виде младшего научного сотрудника, лимитчицы Ломеевой.

Несколько слов о Ломеевой: она приехала с Урала завоевать Москву. Лимитчики — это не солдаты наполеоновской армии: пришли, ушли. Это серьезная гвардия.

Способностей у Ломеевой маловато, приходится рассчитывать не на голову, а на зад. Зад — прочный, высидит хоть три диссертации. И еще на рот: за щеками — по шаровой молнии. Выплюнет — сожжет дотла. Лучше не лезть, на пути не попадаться. Чужого ей не надо, но и своего не отдаст. Анкетные данные: пятидесятого года рождения, дочь потомственного алкоголика. Прадед и дед умерли от водки, один — дома, другой — в канаве. Отец продолжает славную традицию. Муж военнослужащий. Ребенок пионер. Сама Ломеева — член партии, морально устойчива, целеустремленна.

Если в Маре — звезды и бездны, то в Ломеевой — серость и напор. Серость и напор удобно расселись в науке. Брежневское время было их время. Их звездный час.

Мара, оголтевшая от вседозволенности, не разглядела опасного соперника, допустила роковой просчет. Она бесцеремонно высмеяла ломеевскую диссертацию, размазала по стене так, что ложкой не отскребешь. Диссертацию не утвердили. Ломеева, в свою очередь, выпустила дюжину шаровых молний, дыхнула, как Змей Горыныч. Диссертация Мары тоже была остановлена в Высшей аттестационной комиссии.

Все в ужасе разбежались по углам, освобождая площадку для борьбы. Мара и Ломеева сошлись, как барс и Мцыри. И, «сплетясь как пара змей, обнявшись крепче двух друзей, упали разом, и во мгле бой продолжался на земле».

Умер Брежнев. Его хоронили на Красной площади. Крепкие парни, опуская гроб, разладили движение, и гроб неловко хлопнул на всю страну. Этот удар был началом нового времени.

Андропов разбудил в людях надежды, но это начало совпало с концом его жизни. Черненко на похоронах грел руки об уши. Или наоборот, согревал уши руками. Было немного непонятно — зачем его, больного и задыхающегося, похожего на кадровика в исполкоме, загнали на такой тяжелый и ответственный пост. Через год его хоронили у той же самой стены, и телевизионщики тактично отворачивали камеры от могилы. Как бы опять не грохнуло. Но колесо истории уже нельзя было повернуть вспять. Оно раскрутилось, и грянула перестройка.

Мойдодыра отправили на пенсию. Марины тылы оголились. Ломеева прижала ее к земле. Звезды на небе выстроились в неблагоприятный для Мары квадрат. Ее магнитная буря не могла, как прежде, размести все вокруг и, не находя выхода, переместилась внутрь самой Мары. В ней взмыл рак-факел. Злокачественная опухоль взорвалась в организме на стрессовой основе. А может, сыграл роль тот факт, что она загорала без лифчика. А это, говорят, не полезно.

Мара попала в больницу. Над ней работали два хирурга. Один стоял возле груди, другой — у ног, и они в четыре руки вырезали из Мары женщину.

После операции в ней убивали человека. Ее химили, лучили. Она ослабла. Выпали волосы. Но Мара выжила. Ненависть и жажда мести оказались сильнее, чем рак. Мара была похожа на «першинг», идущий к цели, которого задержали на ремонт.

Через месяц выписалась из больницы, полуживая, как верба. Надела парик и ринулась в борьбу.

Знакомые привезли из Франции протез груди. Во Франции культ женщины — не то что у нас. Там умеют думать о женщине в любой ситуации. Протез выглядел как изящная вещица, сделанная из мягкого пластика, заполненного глицерином. Полная имитация живого тела.

Мара завязала эту скорбную поделку в батистовый носовой платочек, взяла на руки Сомса, который достался ей от мамы. Сомс был уже старый, но выглядел щенком, как всякая маленькая собачка. Последнее время Мара избегала людей и могла общаться только с любящим, благородным Сомсом. И вот так — с узелком в руке и с Сомсом на плече — Мара вошла в знакомый кабинет. Кабинет был прежний. Мойдодыр новый. Да и Мара не та. Грудь уже не покажешь. На месте груди — рубцы, один в другой, как будто рак сжал свои челюсти.

Мара развязала перед Мойдодыром узелок и сказала:

— Вот что сделали со мной мои сотрудники.

Мойдодыр, естественно, ничего не понял и спросил:

— Что это?

Мара кратко поведала свою историю: ломеевский конфликт, рак-факел на стрессовой основе и в результате — потеря здоровья, а возможно, и жизни. Мара отдала свою жизнь в борьбе за справедливость.

Новый Мойдодыр, как и прежний, тоже был человек. Он со скрытым ужасом смотрел на Мару, на ее дрожащую собачку, на глицериновую грудь, похожую на медузу, лежащую отдельно на платочке. Его пронзила мысль о бренности всего земного. А следующим после мысли было желание, чтобы Мара ушла и забрала свои части тела. И больше не появлялась.

Человек быстро уходит и не возвращается в том случае, когда, выражаясь казенным языком, решают его вопрос.

Вопрос Мары был решен. В течение месяца диссертация прошла все инстанции. Мара защитилась с блеском.

Она стояла на защите — стройная и элегантная, как манекен, с ярким искусственным румянцем, искусственными волосами и грудью. Искусственные бриллианты, как люстры, качались под ушами. Но настоящим был блеск в глазах и блеск ума. Никому и в голову не пришло видеть жертву в этой победной талантливой женщине.

После защиты Мара почему-то позвонила мне домой. Я шла к телефону, не подозревая, что это она. Видимо, ее электромагнитные свойства ослабли и перестали воздействовать на расстоянии.

— Я стала кандидатом! — торжественно объявила Мара.

Я уже знала о ее болезни. Знала, какую цену она заплатила за эту диссертацию. Да и зачем она ей? Сорок пять лет — возраст докторских, а не кандидатских.

Видимо, в Маре сидел комплекс: она не родила, не оставила после себя плоть, пусть останется мысль, заключенная в диссертации. Она хотела оставить часть СЕБЯ.

Я тяжело вздохнула. Сказала:

— Поздравляю...

Мара уловила вымученность в моем поздравлении и бросила трубку. Наверное, я ее раздражала.

Одержав победу, а точнее, ничью, Мара утратила цель и остановилась. Рак тут же поднял голову и пополз по костям, по позвоночнику. Было все невыносимее начинать день. Мара лежала в пустой квартире и представляла себе, как в дверь раздастся звонок. Она откроет. Войдет Саша. И скажет:

— Как я устал без тебя. Я хотел обмануть судьбу, но судьбу не обманешь.

А она ответит:

— Я теперь калека.

А он скажет:

— Ты — это ты. Какая бы ты ни была. А со всеми остальными я сам калека.

Но в дверь никто не звонил.

Мара поднималась. Брала такси. Ехала на работу. У нее был теперь отдельный кабинет, а на нем табличка с надписью:

«Кандидат педагогических наук Александрова М.П.». Рядом с ней, через дверь, располагался кабинет Ломеевой, и на нем была такая же табличка. Их борьба окончилась со счетом 1:1. Ломеева не уступила ни пяди своей земли. Да, она не хватает звезд с неба. Но разве все в науке гении? Скажем, взять женьшеневый крем, который продается в галантереях. Сколько там женьшеня? 0,0001 процента. А остальное — вазелин. Так и в науке. Гений один. А остальные — вазелин. Их, остальных, — армия. Почему Ломеева не может стать в строй? Чем она хуже?

Ломеева ходила мимо кабинета Мары — молодая, вся целая, с двумя грудями пятого размера, цокала каблуками. Она цокала нарочито громко, каждый удар отдавался в голове. Маре казалось, что в ее мозги заколачивают гвозди. Мара засовывала в рот платок, чтобы не стонать от боли.

В этот период я старалась навещать ее звонками. Но Мара не любила мои звонки. Она всю жизнь в чем-то со мной соревновалась, а болезнь как бы выбила ее из борьбы за первенство.

— Что ты звонишь? — спрашивала она. — Думаешь, я не знаю, что ты звонишь? Тебе интересно: умерла я или нет? Жива, представь себе. И работаю. И люблю. И прекрасно выгляжу. Я еще новую моду введу: с одной грудью. Как амазонки. Хотя ты серая. Про амазонок не слышала...

Я молчала. Я действительно мало что знаю про амазонок, кроме того, что они скакали на лошадях, стреляли из лука и для удобства снимали одну грудь.

— И еще знаешь, почему ты звонишь? — продолжала Мара. — Ты боишься рака. И тебе интересно знать, как это бывает. Как это у других. Что, нет? Ну что ты молчишь?

В данном конкретном случае мною двигало сострадание, а не любопытство, и я не люблю, когда обо мне думают хуже, чем я есть. У каждого человека есть свой идеал Я. И когда мой идеал Я занижают, я теряюсь. То ли надо кроить новый идеал, пониже и пожиже. То ли перестать общаться с теми, кто его занижает. Последнее менее хлопотно. Но Маре сейчас хуже, чем мне, и если ей хочется походить по мне ногами, пусть ходит.

— Ну ладно, — сказала я. — Голос у тебя хороший.

Мара помолчала. Потом проговорила спокойно:

— Я умираю, Лариса.

Прошел год. Саша не приехал к Маре, а приехал Димычка. Он привез себя со своей загадочной душой, деньги, обезболивающие снадобья, которые сам сочинил в своих колбах. И двух котов в корзине — Мару и Кузю. Кузя вырос, и они с матерью смотрелись как ровесники. Димычка гордился Кузей. Это было единственное существо, которое он вырастил и поставил на ноги.

Мара нуждалась в заботе, но привыкла жить одна, и присутствие второго человека ее раздражало. Это был живой пример диалектики: единство и борьба противоположностей. Она не могла без него и не могла с ним. Срывала на нем свою безнадежность. А Димычка закрывал глаза: не вижу, не слышу.

Сомс ладил с котами, что наводило на мысль: а собака ли он вообще?

Когда наступали улучшения, начинало казаться: все обойдется. В самой глубине души Мара знала, что она не умрет. Взрываются звезды, уходят под воду материки. Но она, Мара, будет всегда.

В такие дни они ходили в театр. Однажды отправились в «Современник». Мара заснула от слабости в середине действия. В антракте люди задвигались, и пришлось проснуться. Вышли в фойе. Мара увидела себя в зеркало. Она увидела, как на нее цинично и землисто глянул рак. И именно в этот момент она поняла, что умрет. Умрет скоро. И навсегда. И это единственная правда, которую она должна себе сказать. А может, и не должна, но все равно — это единственная правда.

На второе действие не остались. Вернулись домой. В комнате посреди ковра темнел сырой кружок.

— Это твои коты! — закричала Мара и стала лупить котов полотенцем.

— Не трогай моих котов, это твоя собака, — заступился Димычка, загораживая своих зверей.

— Убирайся вместе с ними! Чтобы вами тут больше не пахло!

— Я уезжаю со «Стрелой», — обиделся Димычка.

Он сложил котов в корзину и ушел, хлопнув дверью.

Сомс подбежал к двери и сиротливо заскулил.

Мара пошла в спальню. Легла. Ни с того ни с сего в памяти всплыла та крыса из далекого детства, которая карабкалась по прутьям клетки от неумолимо подступающей воды. Всему живому свойственно карабкаться. Кто-то стоит над Марой с ведром. Вода у подбородка. Сопротивляться бессмысленно. Единственный выход — полюбить свою смерть.

Вдруг Мара увидела снотворное, которое Димычка оставил на туалетном столике. Без него он не засыпал. Мара схватила пузырек с лекарством и побежала из дома. По дороге вспомнила, что забыла надеть парик и туфли. Стояло жаркое лето. Ногам и голове было тепло. Мара бежала с голой головой, в японском халате с драконами. Прохожие оборачивались, думали, что это бежит японец.

Вокзал находился в десяти минутах от дома.

Состав был уже подан. Но еще пуст. Мара пробежала по всему составу, не пропустив ни одного вагона. Димычки нигде не было. Она медленно побрела по перрону и вдруг увидела Димычку. Он стоял против одиннадцатого вагона и смотрел в никуда. При Маре он не позволял себе ТАКОГО лица. При ней он держался. А сейчас, оставшись один, расслабился и погрузился на самое дно вселенского одиночества. Горе делало его тяжелым. Не всплыть. Да и зачем? Что его жизнь без Мары? Она была ему нужна любая: с предательством, подлостью, получеловек — но только она. Из корзины выглядывали круглоголовые коты.

Мара хотела позвать его, но горло забила жалость. Мара продралась сквозь жалость, получился взрыд.

— Димычка! — взрыдала Мара.

Димычка обернулся. Увидел Мару. Удивился. Брови его поднялись, и лицо стало глуповатым, как все удивленные лица.

— Ты забыл лекарство!

Мара бросила флакон в корзину с котами и тут же пошла прочь, шатаясь от рыданий, как в детстве, когда не хватило пяти копеек на билет в кино. Теперь ей не хватило жизни. Не досталось почти половины. Первые сорок пять лет — только разминка, первая попытка перед прыжком. А впереди прыжок — рекорд. Впереди главная жизнь, в которой у нее будет только ОДИН мужчина — желанный, как Саша, верный, как Димычка, и всемогущий, как Мойдодыр. С этим ОДНИМ она родит здорового красивого ребенка и воспитает его для светлого настоящего и будущего. Сейчас это уже можно. Время другое. И она другая. А надо уходить. Все кончилось, не успев начаться. А ТАМ — что? А если ничего? Значит, все... Навсегда. Навсегда...

Могилу после себя Мара не оставила. Она подозревала, что к ней никто не придет, и решила последнее слово оставить за собой. Это «я не хочу, чтобы вы приходили». Я ТАК решила, а не вы.

Мара завещала Димычке развеять ее прах в Ленинграде. Димычка не знал, как это делается. Мой муж объяснил: лучше всего с вертолета. Но где взять вертолет?

Димычка увез с собой урну, похожую на футбольный кубок. В один прекрасный день он ссыпал прах в полиэтиленовый пакет. Сел в речной трамвайчик и поплыл по Неве.

Осень стояла теплая, ласковая. Солнце работало без летнего молодого максимализма. Летний ветерок отдувал волосы со лба. И пепел, как казалось Димычке, летел легко и беззлобно.

Димычка рассеивал Мару, ее любовь, и талант, и электромагнитные бури. А люди на палубе стояли и думали, что он солит, вернее, перчит воду.

Но все это было позже.

А тогда она шла по перрону и плакала, провожая меня, вербу, Ломееву, Женьку Смолина, Мырзика, все свои беды, потому что даже это — жизнь.

Мара вышла в город. Перед вокзалом росла липа. Ее листья были тяжелые от пыли и казались серебряными. По площади ходили трамваи, на такси выстраивались часовые очереди. Липа стояла среди лязга, машинной гари, человеческого нетерпения.

А такая же, ну пусть чуть-чуть другая, но тоже липа растет в лесу. Под ней травка, зверьки, земляника. Над ней чистое небо. Рядом другие деревья, себе подобные, шумят ветерками на вольном ветру. Переговариваются.

Почему так бывает? Одна тут, другая там. Ну почему? Почему?

«А»...

Чистый лист. Я пишу: Александрова Марла Петровна. И обвожу рамкой. Памятника у нее нет. Пусть будет здесь. В моей записной книжке. Среди моих живых.

Иногда она мне снится, и тогда я думаю о ней каждый день, мысленно с ней разговариваю, и у меня странное чувство, будто мы не доспорили и продолжаем наш спор. И еще одно чувство — вины. Я перед ней виновата. В чем? Не знаю. А может, и знаю.

Я живу дальше, но все время оборачиваюсь назад, и мне кажется, что я иду с вывороченной шеей.

ЗВЕЗДА В ТУМАНЕ

Рассказ

Это произошло тринадцатого января. В старый Новый год. Вернее, произошло это раньше, но я ни о чем не подозревала. Как говорит в таких случаях моя дочь: ни ухом, ни рылом... Все стало известно тринадцатого января. Вас, наверное, интересует: что именно стало известно? То, что моя Подруга увела моего Мужа и я осталась без Мужа и без Подруги. Без дружбы, без любви и без семьи. Единомоментно.

Вы спросите: как я узнала? Очень просто. По телефону. В наш век все можно спросить и узнать по телефону. Мне позвонила моя Другая Подруга, которая поздравила меня со старым Новым годом и сообщила эту новость. Оказывается, все это время она дружила и с ней, и со мной и все знала.

Официальная версия состояла в том, что мой Муж улетел в командировку. Оказывается, он ушел из семьи навсегда, но почему-то постеснялся об этом сказать... И не «почему-то», а по вполне понятным причинам. Любой бы постеснялся на его месте. Только некоторые стесняются и не делают. А он постеснялся и предал.

Я задохнулась в первое мгновение, как будто меня столкнули с моста в холодную речку в октябре месяце.

Второе чувство: полная мешанина в голове. Мои мозги перемешали большой ложкой. Или маленькой. Не важно.

А третье чувство — космическое. В грудь влетела шаровая молния и все там пережгла.

Хотите знать, что чувствует человек, когда его пережигают шаровой молнией? Это очень больно. И прежде всего думаешь: как бы сделать так, чтобы не было больно? И очень хочется выскочить в окно. Это самое простое. Окно рядом, этаж высокий. И никаких предварительных приготовлений. Все остальные случаи нуждаются в подготовке.

Я подошла к окну. На балкон намело снегу. Из снега торчали трехлитровые банки, которые я берегла неизвестно зачем. Все-таки банка — полезная вещь. Там же, на балконе, одно на другом стояли два старых кресла, которые тоже было жаль выкидывать. А вдруг пригодятся на даче, хотя дачи у меня не было и не предвиделось.

Балкон был маленький, заснеженный, весь заставлен хламом. Я подумала, что по нему будет холодно и тесно передвигаться босыми ногами и небезопасно. Можно раздавить банку, и осколок поранит ногу. Можно, конечно, выкинуться и с пораненной ногой. Однако этот факт меня задержал. Я разделась и легла в постель.

Внутри все гудело, как под высоким напряжением, и болело все, что когда-то в течение жизни было нездорово. Болело ухо — в грудном возрасте у меня был отит. Болело сердце — в детстве был ревмокардит. Болели все внутренние швы и спайки — в молодости был аппендицит. Болела голова — в зрелости, в последний период, объявилось давление. И это давление давило на череп изнутри.

Я перекатывала голову по подушке как в бреду. Да это и был бред. Но я в нем все осознавала и понимала.

Я прошу прощения за излишние подробности в описании, но мне просто некому об этом рассказать. Я могла бы поделиться с Мужем, но он ушел к Подруге. Я могла бы поделиться с Другой Подругой, но она расскажет Подруге, и они обе будут хихикать в кулак. Я могла бы поделиться с дочерью, но не хочу вешать на нее свои взрослые проблемы. Я могла бы, в конце концов, поделиться с мамой, но она скажет что-нибудь такое, от чего я обязательно выскочу в окно. Например: «Я понимаю, что он от тебя ушел. Я только не понимаю, как он жил с тобой столько лет». Когда я защитила диссертацию и позвонила маме, чтобы сообщить радостную весть, она спросила: «А кто за тебя ее написал? Востриков?» Она не верит, что от меня может исходить что-то стоящее. Но ведь я — результат ее генов, любви и труда. Значит, она не верит в себя.

Да... так я о чем... Я лежала в бреду, в котором все понимала. Я понимала, что у меня забрали прошлое. Обрубили у моего дерева корни, а правильнее — ошпарили эти корни кипятком. У меня опозоренное настоящее. Мое настоящее выброшено на обозрение, как взорванная могила, когда на поверхность взлетает то, что должно быть сокрыто на три метра под землей. У меня отобрали будущее, потому что будущее варится из того, что сейчас. А мое «сейчас» — это швы и шрамы, которые горят и болят, как у солдата после войны. Притом война проиграна. Стало быть, как у немецкого солдата.

Не знаю, как солдаты, а генералы, бывало, стрелялись после проигранных сражений. Я скорее генерал, чем солдат, потому что без пяти минут доктор биологических наук и почетный член французского города Нура. Французы избрали меня за то, что я принимала участие, или, как сейчас говорят, «активное участие», в создании международного симпозиума биологов в городе Нуре. Городу это было лестно, а биологам — полезно собраться всем вместе и доложить о своих делах, а заодно посмотреть Францию.

Вы спросите: зачем мне это надо? Ответ прост и непритязателен. Я люблю свою работу. И хорошо ее делаю. Но мне надо, чтобы ВСЕ видели, что это хорошо. И мало того, что видели, а выразили бы вслух.

Сказали бы: «Молодец. Пять». А я бы потупилась, или зарделась, или то и другое, уж как получится.

Если бы Юрий Гагарин не сделал своего витка и был скромен — это совсем другое, чем он облетел вокруг Земли и был скромен. Исходные данные одинаковы: скромен и тут, и там. Но во втором случае ВСЕ это видят и знают.

Мой Муж, например, совершенно лишен тщеславия. Он человек двух-трех людей. Ему для равновесия с миром достаточно двух-трех близких человек. От пяти он уже устает. А целый город Нур ему ни к чему. От целого города он бы просто сошел с ума.

То, что он делает, он делает хорошо, но ему достаточно знать это одному. У него нет комплексов. Ему не надо самоутверждаться.

Хотите знать, чем я занимаюсь?

Я создаю искусственное счастье.

Естественный вопрос: а что это такое? Объясняю: когда человек испытывает стресс или средней силы неприятность, в кровь выбрасывается гормон под названием адреналин. Это всем известно. Адреналин состоит из аминопептидов, белков, но не будем вдаваться в подробности, мы не на симпозиуме. Далее, когда человек испытывает счастье, в его кровь тоже выбрасывается гормон. Но вот какой? Неизвестно. Я занимаюсь тем, что пытаюсь выделить этот гормон счастья. Когда его формула будет найдена, то станет возможным создать аналог химическим путем, и тогда счастье будет продаваться в аптеках в таблетках и ампулах, рубль двадцать упаковка. Я назову этот препарат «Альбина». Счастье должно называться нежным женским именем.

Таблетка «Альбины» вместо шаровой молнии в грудь. Ушел Муж к Подруге — и очень хорошо.

Итак, на чем я остановилась?

А сейчас я перекатываю голову по подушке. Она тяжелая и звонкая от боли, в нее можно постучать, как в колокол, и она загудит. В груди прочно застряла шаровая молния, и я плавлюсь в собственных страданиях. Потом я перестаю перекатывать, но продолжаю плавиться. Я утыкаюсь лицом в подушку и плачу, но иначе, чем всегда. Так плачут в детстве, и во сне, и в ночь перед казнью. Самое мучительное то, что я не вижу конца. Так будет через час, и через сутки, и через месяц. Вытерпеть это невозможно. А прекратить возможно, если, например, не лениться, а встать с постели и выскочить в окно.

В этот момент открывается дверь и, топоча тяжело и бесцеремонно, как демобилизованный солдат, в комнату входит моя дочь Машка Кудрявцева, семнадцати лет. Машка вернулась со свидания во втором часу ночи и намерена сообщить своему жениху, что она уже дома и ей ничего не угрожает. И что она любит его так же, как полчаса назад, и даже больше.

Несколько слов о Машке: я люблю ее давно, еще до того, как она появилась. До того как я познакомилась с ее отцом. Я знала, что когда-нибудь будет Машка и она будет именно такая, а не другая. Честно сказать, я думала, она будет немножко похуже, потому что я тоже, как и моя мама, ничего путного от себя не ожидала. Машка Кудрявцева — нежная, хрупкая и благоуханная, как ландыш. У нее лицо совершенно маленькой девочки, и это детское личико налеплено на мелкую, как тыковка, головку. Головка приделана к тонкой, как стебель, шейке. А уже дальше шея примыкает к рослому, стройному, вполне семнадцатилетнему существу, и все это вместе называется Машка Кудрявцева. Движется она не прямо, а как-то по косой, и так же по косой летят за ней ее легкие волосы. И когда она входит в комнату, она вносит другой климат. Воздух вокруг нее смолистый и чистый, как в сосновом бору после дождя. Зубы у нее белые, крупные, кинозвездные. Она это знает и постоянно озаряется улыбкой, и такое впечатление, что ее семилетнее личико узковато для улыбки. Улыбка как бы вырывается за пределы лица.

Что касается ее внутренних данных, то у нее две ярко выраженные способности. Первая: способность к безделью. Она может весь день абсолютно ничего не делать, и это получается у нее с блеском. То есть что-то она, конечно, делает: стоит у окна или лежит на кровати, и ей совершенно не скучно. Она не перемогается от безделья, а чувствует себя в нем удобно и блаженно, как в теплом южном море. Я помню себя в ее годы: я постоянно куда-то стремилась и чего-то добивалась. А она никуда и ничего. Хотя надо смотреть не по истокам, а по итогам. Да, я добивалась. И добилась. Я без пяти минут профессор и почетный член французского города Нура. Но где этот Нур? И где я? Я у себя на кровати, без прошлого, без настоящего, а впереди у меня одинокая больная старость. И это единственная правда, которую я могу себе сказать. Именно больная, так как все мои болезни возьмутся за руки и образуют вокруг меня дружный хоровод. И именно старость, потому что годы имеют манеру идти вперед, а не стоять на месте. Так что, может быть, Машка права, следуя принципу «тише едешь, дальше будешь».

Вторая ее отличительная черта — это способность влюбляться до самозабвения, до потрясения всех основ. Костя — это ее четвертый по счету официальный жених. До него были: Митя, Петя и Витя. Их всех почему-то зовут на «тя». Все четыре «тя» хотели на ней жениться, и она каждый раз готова была выйти замуж, и я каждый раз бесцеремонно вмешивалась в эти перспективные отношения. И Машка каждый раз ненавидела меня и готова была прошить из автомата, если бы таковой оказался под руками. Но до истребления дело не доходило, так как на смену приходил очередной «тя».

Почему я вмешивалась? Объясню. Первый претендент по имени Митя был алкоголик или наркоман. Точно не помню. А может быть, и то и другое. По утрам, просыпаясь в своем доме, он вместо гимнастических упражнений и чашки кофе пил портвейн. И я боялась, что он к этому же приучит мою дочь.

Второй, Петя, был с диагнозом. Не знаю точно каким, а врать не хочу. Раз в год он ложился в психиатрическую больницу, и его там лечили инсулиновыми шоками. После чего он выходил из больницы и искал себя в этом мире. Петина мама поощряла его дружбу с Машей. Она говорила, что Маша хорошо на него влияет. У Пети были длинные, до лопаток, белые волосы, которые он заплетал сзади в косу. Поперек лба он повязывал шнурок, как Чингачгук — вождь апачей, и ходил по городу с ковром на спине. Когда я спросила: «Почему вы носите на спине ковер?» — он ответил: «Мне холодно». Я вообще заметила, что сумасшедшие очень логичны и даже интересны.

Третий претендент на руку моей дочери, Витя, оказался взрослый, тридцатипятилетний мужик, который вообще поначалу не мог определиться, за кем ему ухаживать — за ней или за мной.

Последний, Костя, удачнее тех троих. Он не сумасшедший и не пьяница. Он язвенник. У него юношеская язва желудка, и она диктует ему свой режим, а режим навязывает положительный образ жизни. Объективности ради должна сознаться, что Костя производит очень приятное впечатление: он красив, интеллигентен, но это еще хуже. Ибо чем лучше, тем хуже. Машка — хрупкий ландыш среди зеленой травы жизни, и рано срывать этот цветок, тем более что ландыши занесены сейчас в Красную книгу. И любому, кто наклонится за моим цветком, очень хочется оборвать руки, а заодно и голову.

Телефон стоит в моей комнате, поэтому Машка вваливается ко мне во втором часу ночи, садится возле моего лица и, цепляя пальцем, начинает крутить диск. Я, конечно, не сплю, но ведь могла бы и спать, при других обстоятельствах.

Я поднимаю голову-колокол и спрашиваю:

— У тебя совесть есть?

— Он же волнуется, — поражается Машка. Она не понимает, как можно не понять таких очевидных вещей.

— Если он так волнуется, пусть провожает...

Но провожать — это значит два рубля на такси. Рубль в один конец и рубль в другой. А если не провожать — только один рубль, притом Машкин.

— А откуда у него деньги? — резонно возражает она.

И действительно, откуда деньги у двадцатилетнего студента Кости?

— Та, — отозвалась Машка в трубку. Это значило: «да», но от нежности и любви у нее обмяк голос и не было сил произнести звонкое согласное «д».

Совершенно не стесняясь моего присутствия, она разговаривает на каком-то своем, птичьем языке, и я узнаю в нем свои слова и полуслова. Этими же словами я ласкала ее маленькую и своего Мужа в начале нашей с ним жизни. Он называл это общение «тю-тю-тю». Теперь эти «тю-тю-тю» — моей взрослой дочери по отношению к какому-то язвеннику Косте. Она несколько раз сказала ему «та». Наверное, он интересовался, любит ли она его, а она, естественно, подтверждала: та. Потом стала пространно намекать, что купила ему подарок ко Дню Советской Армии. Костя, видимо, принялся выпытывать: какой именно? Машка лукавила: клетчатое, удобное...

Я знала, что она купила ему болгарскую фланелевую рубашку за семь рублей. Мне надоело это слушать. Я добавила:

— И пищит.

Машка тут же повторила:

— И пищит.

Костя на том конце провода вошел в тупик. Что может пищать? Кошка? Собака? Попугай? Но птицы и животные не бывают клетчатыми. Машка тоже оглянулась на меня с неудовольствием, видимо, была недовольна моей подсказкой и теперь не знала, в какую сторону двигать беседу.

— Кончай трепаться, — предложила я.

Машка быстро свернула свой убогий диалог. Попрощалась и положила трубку.

— Ляг со мной.

— Ага! — с радостной готовностью отозвалась Машка и в мгновение сняла джинсы и пуловер.

Улеглась рядом, и в свете луны был виден прямой угол ее семнадцатилетнего плеча.

— Ты плачешь? — спросила она с удивлением. — Чего?

— Я разошлась с Подругой. Она меня предала.

Машка помолчала. Подумала. Потом серьезно спросила:

— Ты видела, что у моих белых сапог отлетел каблук?

Я не поняла: при чем тут каблук и моя драма? Потом догадалась, что Машка хочет провести аналогию. Куда следует девать сапог без каблука? Отнести в починку. А если починить уже нельзя, то надо выбросить такой сапог на помойку, забыть. И так же поступить с предавшим нас человеком. Сначала попытаться починить отношения. А если это невозможно — выкинуть на помойку памяти. И обзавестись другой обувью.

— Видела? — переспросила Машка.
— Ну?

Я нетерпеливо ждала аналогии. Моя раскаленная душа ждала хоть какого-нибудь компресса. Но аналогии не последовало. Просто от сапога оторвался каблук и следовало купить новый.

— Мне нечего надеть, — заявила Машка.
— У тебя красные есть.
— Они теплые. А скоро весна. Я совершенно, совершенно без обуви. Какая-то ты, мама...
— Ты что, не слышала, что я тебе сказала? — обиделась я.
— Про что?
— Про Подругу.
— Ну и что? А зачем она тебе? Вы же, по-моему, давно разругались.
— Мы не ругались.
— А тогда чего она перестала ходить? То ходила, а то перестала...

Я вдруг сообразила, что она действительно с некоторых пор перестала звонить и появляться. Но я была так занята, что не обратила внимания на этот факт. Не придала значения.

— Ладно, — сказала я. — Иди к себе.

Она затаилась. Притворилась, что засыпает и ничего не слышит. Ей хотелось спать со мной. Лень было вылезать. И холодно. Все-таки она была еще маленькая.

— Иди, иди, — потребовала я. — Не выспимся обе.

Я стала сталкивать ее со своего широкого дивана, но она держалась крепко, будто вросла. Я энергичнее принялась за дело, и мне удалось сдвинуть ее на самый край. Но она поставила руку на пол, создав тем самым дополнительную точку опоры, и укрепила свои позиции. Пришлось перегнуться через нее и отодрать руку от пола. Кончилось тем, что мы обе рухнули на пол. Далее я вернулась на диван, а Машка пошла в свою комнату, подхватив джинсы и пуловер.

Я закрыла глаза, слушала звук ее шагов, скрип раскрываемой и закрываемой двери, стук упавшего стула, случившегося на ее пути. И все эти звуки, скрипы и стуки наполняли меня приметами жизни. Раз я это слышу, значит, я есть. Возня и звуки как бы вернули меня с балкона на диван. Стучало и передвигалось по комнатам мое прошлое. Мои предыдущие семнадцать лет. Значит, нельзя отнять прошлое целиком. Что-то все же остается, и это «что-то» не эфемерно, а имеет очертания: руки, ноги, голову, голос.

Я заснула. И спала хорошо.

Странно, но в этот самый черный день моей жизни я спала хорошо.

День второй

Этот день можно назвать так: черная пятница. Пятница, будь она черная, серая или розовая, — будний день, а значит, я должна идти на работу.

Я встаю, как всегда, и так же, как всегда, собираюсь в свою лабораторию.

У меня две проблемы: как себя вести и что надеть. Первый вариант: я веду себя оптимистично и жизнерадостно, оживленно беседую с коллегами и смеюсь в подходящих, естественных случаях. Таким образом, я делаю вид, что ничуть не огорчена. Более того, довольна и даже счастлива. И это видно по моему поведению.

Второй вариант: я грустна и подавленна. Всем своим обликом взываю к сочувствию. Но среди моих коллег немало завистников. Зависть — распространенное и в чем-то даже прогрессивное явление, так как движет общество от застоя к прогрессу. Городок Нур, помимо почестей, твидового костюма и белых замшевых сапог, одарил меня завистниками. Пожалеть не пожалеют, а уважать перестанут.

Итак: первый вариант нарочит и безвкусен. Второй — унизителен и бесперспективен. Следует придумать третий вариант — промежуточный между первым и вторым. Не веселая и не грустная. Обычная. Нужно только чуть-чуть, самую малость увеличить дистанцию между собой и собеседником. Держать коллектив на расстоянии вытянутой руки.

Вторая проблема: что надеть.

Я могу явиться во всем блеске, молодой и шикарной — относительно молодой и относительно шикарной, но все же достаточно убедительной, чтобы все сказали: где были его глаза, когда он менял то на это? Вернее, это на то.

Я подхожу к зеркалу. У меня выражение птицы, которой хочется пить, а ей не дают, и похоже, она скоро отбудет из этого мира. Рот полуоткрыт. Глаза полузакрыты. Все нутро как будто вычерпали половником для супа, а туда ведрами залили густую шизофрению. Болит голова. Хочется не жить. Это другое, чем умереть. Просто вырубить себя из времени. Однако вырубить нельзя. Надо идти на работу.

Я сажусь к зеркалу и начинаю создавать себе цвет лица. На это уходит довольно много времени. Я крашусь французской косметикой, которую продают в наших галантереях, и думаю о факторе исповеди и исповедника. Раньше человек являлся в церковь, проходил в исповедальню, опускался на колени перед бесстрастным, справедливым исповедником, как бы представителем Бога, и там, скрытый от глаз и ушей, исповедовался во всем, очищал свою душу. А исповедник отпускал грехи, давал необходимые советы, и человек уходил очищенный и просветленный, сняв с души всю копоть. Профилактика души.

В наше время роль исповедника выполняют друзья и знакомые. Я, скажем, раскрываю свою душу Подруге. Она на другой день рассказывает мои тайны Другой Подруге. Другая Подруга — Своей Подруге, и вот уже пошла по городу гулять моя жизнь, обрастая, и видоизменяясь, и превращаясь в сплетню, пущенную тобою же. А если не быть откровенным — как очистить душу? И вообще какой смысл тогда в общении, если не быть откровенным?..

Я кончаю краситься и смотрю на результат своего труда. Моя мама в этом случае сказала бы: разрисованный покойник.

Первой мне в коридоре попадается Сотрудница. Она останавливается и задает несколько вопросов, касающихся документации. Я отвечаю и при этом ищу в ее глазах второй смысл. Но никакого второго смысла нет и в помине. То ли она не знает, то ли ей все равно. Второе меня устраивает больше. Равнодушие бывает полезнее и целительнее, чем сострадание.

Сотрудница слушает меня внимательно и с почтением. Я ученый, а в стенах института только это и имеет значение. В стенах научного учреждения реализация личности важнее, чем женская реализация. Сотрудница стоит передо мной собранная, дисциплинированная, как в армии, и я уверена в ней почти так же, как в себе: не перепутает, не опоздает, не забудет. Я вообще заметила, что женщины работают лучше, чем мужчины. В нашем институте, во всяком случае...

Потом я сворачиваю к заву. Надо решить несколько вопросов.

Секретарша смотрит на меня, как на Мону Лизу — Джоконду, пытаясь постичь, в чем ее секрет, почему всему миру нравится эта широкая, скорее всего беременная, большелобая мадонна без бровей.

«Знает», — поняла я и мысленно выставила руку для дистанции.

— Можете взять зарплату, — сказала Секретарша и стала отсчитывать деньги.

Я заметила, что дверь к заву плотно закрыта. Значит, заперлись и выпивают в честь старого Нового года. Есть у нас такая традиция — отмечать все советские и церковные праздники. Значит, выпивают, а меня не зовут. Интересно — почему? Потому что там Подруга и они не хотят нас совмещать? Как правило, она приходит на все посиделки, и почему бы ей не прийти и в этот раз? Она ведь тоже может захотеть повести себя так, будто ничего не произошло. А может быть, и Муж там. Почему бы им не прийти вместе, если есть возможность не разлучаться.

Я почувствовала, как мое душевное напряжение переходит в физическое и у меня от физического напряжения выпучились глаза. Мне хочется уйти, а Секретарша считает мелочь, ей нужно набрать восемьдесят три копейки.

Из дверей выглядывает зав, видит меня и тут же скрывается обратно. Я заставляю себя остаться на месте. Забираю зарплату. Спокойно выхожу. И спокойно отправляюсь в свою лабораторию. «С Новым годом, товарищи, с новым счастьем».

До сегодняшнего дня моя лаборатория казалась мне святым местом. Обиталищем доктора Фауста. Но сейчас я вижу, что это просто захламленный чулан.

Работать не хочется. Хорошо было бы сейчас войти в кабинет к заву, мило улыбнуться и сесть за стол. И даже поднять бокал, поздравить «молодых». Потом достать из сумки маленький хорошенький револьверчик (его нет, но хорошо бы), направить прямо на него и деликатно спросить: «Как ты предпочитаешь? В спину или в лоб?»

И посмотреть в его глаза. Вот это самое главное. Посмотреть в глаза: как они, замечутся или, наоборот, застынут? Ибо ни в спину, ни в лоб ему не хочется. А я буду улыбаться любезно и целить метко.

А как поведет себя Подруга? Она или прикроет его, или прикроется им, в зависимости от того, кого она больше любит: его или себя.

А дальше что? Предположим, я его убью, ему будет уже все равно: где я и что со мной. Подруга утешится довольно скоро, она не из тех, кто, как донна Анна, будет рыдать, упав на могильную плиту. И ее новый муж будет носить ей картошку с базара. А я, значит, по тихим степям Забайкалья, где золото роют в горах... Очень глупо.

Я вздыхаю из глубины души. Достаю свои смеси и взвеси и начинаю исследовать. Провожу биохимический анализ. Работать не хочется. Я работаю через отвращение, но заставляю себя делать то, что положено на сегодняшний день по программе. Я просто не могу этого не сделать. Потом потихоньку втягиваюсь и как бы вырубаюсь из времени. Я — сама по себе, а время само по себе течет, отдельно от меня. Я его не чувствую. А поскольку в свете последних событий мое время — боль, то я почти не чувствую боли. Я существую как под наркозом, но не общим, а местным. Я все вижу, все понимаю, и мне больно. Но боль тупая. Ее можно терпеть.

Когда я искала свою дорогу в науке, у меня были единственные туфли: розовые с белой вставкой. Легко догадаться, что туфли были летние, но носила я их зимой, чтобы выглядеть стройнее. Сколько километров отстучала я каблучками, пока нашла свою дорогу. Потом, позже, когда я выбивала эту лабораторию, сколько стен пришлось прошибить лбом, кулаками, слезами. Я, как эмбрион, прошла все стадии становления личности: поиск себя, утверждение, подтверждение. Правда, на последней стадии у меня увели Мужа. Теперь Дело есть, а Мужа нет. Но Дело все же осталось. Сначала я тащила его за шиворот. Теперь мы идем с ним рядом. А через какое-то время Дело уже само возьмет меня за руку и поведет за собой. Будет работать на меня. Значит, у меня есть Будущее. И нечего прибедняться. И не надо преуменьшать. Это так же порочно, как преувеличивать.

Открывается дверь. Входит мой аспирант Гомонов, на его лице написано отвращение к жизни: то ли перепил, то ли недоспал. А скорее всего и то и другое.

— Вы принесли главу? — спросила я.
— Нет. Я забыл.
— А зачем вы пришли? Сказать, что забыли?

Гомонов мнется. Я вижу, что он врет. Он не забыл, он не сделал. Я бы выгнала его, но он способный. Просто он любит жить.

Я смотрю на него. На лице отвращение, но туфли на ногах — безукоризненные.

— Что вы стоите? — спрашиваю я.
— А что делать? — удивляется он.
— Идите домой и принесите.

Гомонов стоит в нерешительности. Потом выходит как-то боком. Интересно, что он предпримет?

...А может быть, убить ее? Но тогда он женится на Другой Подруге. Ко мне он не вернется. Он женится на Другой, а я по тихим степям... Так что этот вариант тоже не подходит.

Я помещаю каплю на стеклышко. Стеклышко устанавливаю под микроскоп и заглядываю в другой мир. Я легко разбираюсь в этом другом мире, как музыкант в партитуре, как механик в моторе, как врач в организме. И мне там интересно.

Снова открывается дверь, входит Секретарша.

— Мы закрываемся, — говорит она мне.

Я смотрю на ее личико, гладенькое и овальное, как яичко, и догадываюсь, что прошло восемь часов рабочего дня.

— А там кончился праздник? — бесстрастно спрашиваю я.

— Какой праздник? — Секретарша искренне вытаращивает глаза.

— Ну, Новый год...
— Где? — не понимает она.
— У зава.

Секретарша смотрит обалдело, потом предлагает:
— Нинуля, поставьте градусник...
— Нина Алексеевна, — поправляю я, держа Секретаршу на вытянутой руке, однако понимаю, что мое раскаленное во-

ображение подсунуло мне сей сюжет. Ни Мужа, ни Подруги здесь не было и в помине. Да и в самом деле, что они здесь забыли? Если только меня...

Секретарша выжидательно смотрит, как бы выпрашивая глазами билетик на сочувствие. Но я не пускаю ее даже на галерку своей души.

Я закрываю микроскоп. Запираю в стол бумаги. Смотрю на часы. От пятницы остался довольно короткий хвост, так что можно сказать, что свой второй черный день я прожила под наркозом Дела. Под прикрытием Будущего.

Суббота

Суббота начинается со звонков.

Звонки делятся на деловые и личные. Личные — на тех, кто знает, и тех, кто не знает.

Те, кто знает, подразделяются на две категории:

1. Ругают Мужа и называют его подлецом.
2. Ругают Подругу и называют ее проституткой. При этом интересуются: «А она молодая?» — давая понять тем самым, что я не молодая. Я отвечаю, что мы ровесницы. Тогда там удивляются и спрашивают: «А куда же ты смотрела?»

Известно куда. В микроскоп.

Я могла бы не согласиться с собеседником, не принять сочувствия.

А могла бы принять сочувствие и расслабиться, сказать, что я не ем, и не сплю, и не могу ни о чем больше думать. Но я не делаю ни первого, ни второго. Я выбираю тактику Кутузова после Бородинского сражения.

Когда Наполеон проснулся и решил продолжать бой, вернее, он решил это накануне, то увидел, что воевать не с кем. Неприятеля нет.

Кутузов построил свои войска и до того, как Наполеон проснулся, увел их с поля боя в неизвестном направлении (неизвестном для Наполеона, естественно).

Наполеон пожал плечами и пошел себе на Москву. Занял Москву и по этикету тех лет стал ждать парламентеров (возможно, они назывались иначе). Побежденные должны были оказать уважение победителю. Так полагалось. И может быть, даже устроить бал в его честь. Но ничего похожего. Никаких парламентеров, никаких балов. А Москва горит. Есть нечего. Винные погреба нараспашку. Войско перепилось. Наполеон великодушно предложил царю перемирие, но царь мириться отказался, причем в очень грубой, невежливой форме. И мириться не стал. И воевать не намерен. Совсем уж ничего не понятно. А Москва горит, а солдаты пьют. А тут еще ударили холода, надо бы домой, а до дома далеко. И чем все кончилось для французов — не мне вам рассказывать. Этому в школе учат.

Итак, я выбираю тактику Кутузова. Я сворачиваю свои знамена и отзываю своих солдат. И тем, кто мне звонит, просто нечем поживиться.

— Ты знаешь, что Славка ушел от тебя к какой-то шмаре? — кричит через весь город моя Школьная Подруга.

— Ну неужели ты думаешь, что ты знаешь, а я нет? — удивляюсь я.

— Он меня обманул! — кричит Школьная Подруга и принимается плакать. — Я от него не ожидала! Он был частью моей жизни...

Я молчу. Ее послушать, можно подумать, что бросили ее, а не меня.

— Он что, совсем с ума сошел?
— Почему? — не понимаю я.
— Ну разве можно сравнить ее с тобой?

Сравнить, безусловно, можно. Объективно лучше я. Но ЕМУ лучше ОНА. Потому что она больше может ему дать. И больше у него взять. А я ни дать, ни взять.

— А как ремонт? — спрашиваю я.
— Плотника до сих пор достать не могу! — моментально переключается Школьная Подруга. — Поразительное дело!

Никто не хочет работать. Им не нужны деньги. Им нужно только два рубля на портвейн. И все! Представляешь, я три месяца не могу найти человека, чтобы он сделал мне палку во встроенный шкаф.

— А зачем палка? — не поняла я.

— Пальто вешать! Я не могу въехать в квартиру, потому что мне некуда вешать пальто. Когда мы увидимся?

— Когда хочешь.

— Давай в конце недели.

Мы всегда договариваемся, но никогда не встречаемся. Видимо, моя прошлая жизнь, как культурный слой, опустилась под землю, а на земле другая жизнь. И голос моей Школьной Подруги звучит откуда-то из-под земли, может быть, поэтому она так и кричит, чтобы быть услышанной наверху.

— Я в тебя верю! — кричит Школьная Подруга. — Ты сильная!

Правильно. Я сильная. На мне можно воду возить.

Я кладу трубку. Из-под руки тут же выплескивается следующий звонок. Это врач. Не мой врач, а просто врач. Мы каждый год вместе отдыхаем семьями у моря и дружим взахлеб все двадцать шесть дней отпуска. В Москве мы не общаемся. Это как сезонная обувь. В одно время года носишь не снимая, а в другое время закидываешь на антресоли. Когда мы через год встречаемся снова, то кажется, будто не расставались. Чувства свежи и прочны.

— Возненавидь! — рекомендует он. Значит, знает.

— Зачем?

— Энергия ненависти. Очень помогает.

— Выпиши рецепт, — прошу я.

— На что? — не понимает врач.

— На ненависть, на что же еще...

Он раздумывает, потом предлагает:

— А хочешь, пообедаем вместе?

Я ничего не ела с утра, а если быть точной, я не ем третьи сутки.

— Не могу, — отказалась я. — Не глотается.

— Может быть, тебе лечь в стационар? — раздумчиво предположил врач.

— В какой стационар? В дурдом? — догадалась я.

— Там тебя растормозят. А лучше всего — поменяй обстановку. Поезжай куда-нибудь.

Кити уезжает за границу после того, как Вронский поменял ее на Анну Каренину. Безусловно, поехать за границу лучше, чем лечь в дурдом.

— Я подумаю, — обещаю я.

— Думай, — соглашается он. — А я побегу. У меня операция. У меня больной на столе.

Ничего себе, больной на столе, а он треплется на посторонние темы. Вот и доверяй после этого врачам.

Я кладу трубку и думаю о тезисе «возненавидь».

Наверняка Энергия Ненависти поддерживает, как и всякая энергия. Но я сейчас люблю его как никогда, вернее, как когда-то. Когда мы шли с ним по лесу, а впереди поблескивал пруд. Над нами взлетела стая ворон и раздался шум, будто вороны побежали по верхушкам деревьев. Он остановился и поцеловал меня. Губы у него были холодные. Когда он меня желал особенно сильно, у него бывали холодные губы.

Я представляю их вместе. Она носит волосы назад, и ее удобно гладить по голове. Он гладит ее, сильно придавливая волосы ладонью. У него такая манера. Так он гладил меня, и Машку Кудрявцеву, и нашу собаку Фильку. У Фильки от этой процедуры оттягивались верхние веки, обнажались белки и глаза становились как бы перевернутыми. Такие глаза бывают на фотографии, если ее перевернуть головой вниз.

Может быть, действительно определить себя в дурдом? Раньше это заведение называлось «дом скорби». Мне дадут байковый халат, и я буду бродить, обезличенная, среди таких же, в халатах. Там все скорбят. Все в халатах. И я — как все.

В середине дня звонит Другая Подруга. Все-таки дотерпела до середины дня.

— Как ты? — спрашивает она. Хочет выяснить, как я корчусь, а потом побежать к Подруге и рассказать. Это даже интереснее, чем сходить в театр. Тут ты и драматург, и актер, и режиссер. А там — пассивный зритель.

— Что ты имеешь в виду? — не понимаю я.

— Ну, вообще... — мнется Другая Подруга.

— Индира Ганди в Москву приехала, — говорю я. — На отца похожа.

— На какого отца?

— На своего. На Джавахарлала Неру.

— А-а... — соображает Другая Подруга. — А зачем она приехала?

— По делам. А час назад произошла стыковка грузового корабля.

— Где?

— В космосе.

— А ты откуда знаешь?

— В газете прочитала. Ты газеты получаешь?

Но Другую Подругу интересует не то, что происходит в мире и в космосе, а непосредственно в моем доме.

— Ты-то как? — снова спрашивает она.

— А что тебя интересует? — наивно не понимаю я.

— Ну так... в принципе.

— В принципе, — говорю я, — неудобно сидеть на двух базарах одним задом, если даже он такой большой, как у тебя.

— Ты что, обиделась? — подозревает Другая Подруга.

— Нет. Что ты...

Я возвращаю трубку на место. Представляю себе смущение Другой Подруги и ее летучую досаду. «Несчастные сукины дети», — прочитала я недавно. Не помню у кого и где. Так и мы все: несчастные сукины дети — сыны и дочери. Мы сами во всем виноваты, нас не за что жалеть. Но мы несчастны, и нас надо пожалеть.

Ближе к вечеру звонит Гомонов и приглашает на концерт знаменитого певца. Лучше бы сел и написал главу. Обычно я не принимаю никаких мелких, равно как и крупных, услуг. Но если я останусь дома, я буду думать, а мне нельзя. Так же, как замерзающему спать. Ему надо двигаться, ползти.

Из соседней комнаты доносится смех Маши и Кости. А точнее — ржание. Так активно радостно воспринимать мир могут только очень молодые и очень здоровые организмы, у которых отлично отлажены все системы.

Певец на сцене поет и движется. Его ноги ни секунды не стоят на месте. Эту манеру принес к нам в Союз негр из «Бони М». Наш ничем не хуже: курчавый, весь в белом атласе, летящая блуза, пульсирующий нерв, будто его подключили к розетке с током высокого напряжения.

Я смотрю на него бессмысленным, застывшим глазом, как свежемороженый окунь с головой. Я не могу сказать, что мне нравится. И не могу сказать: не нравится. Мои нервы отказываются участвовать в восприятии. Мне все равно. Даже если бы на меня сверху стала падать люстра, я не поднялась бы с места.

Певец окончил песню. Сидящие передо мной девушки захлопали, заверещали, забились в падучей. Одна из них побежала вниз с букетом цветов. Я догадалась, что это — сырихи. Слово «сыриха» зародилось в пятидесятые годы, во времена славы Лемешева. Поклонницы стояли под его окнами на морозе и время от времени заходили греться в магазин «Сыр» на улице Горького. Сыриха — это что-то глупое и не уважаемое обществом. Зато молодое и радостно восторженное.

Я давно уже заметила, что природа действует по принципу «зато». Уродливый, зато умный. А если умный и красивый, зато пьет. А если и умный, и красивый, и не пьет (как я), зато — нет счастья в жизни. И каждая судьба — как юбилейный рубль: с одной стороны одно, а с другой — другое.

Окончилось первое отделение.

Мы с Гомоновым вышли в фойе. Он стоял возле меня — некрасивый, изысканный, как барон Тузенбах в штатском. Вид у него был понурый, оттого что не написал главу и не придумал, как наврать.

Случайно я напоролась на свое отражение в зеркале и не сразу узнала себя. Во мне что-то существенно изменилось. Раньше у меня было выражение надежды и доверия. Я была убеждена, что меня все любят. Я к этому привыкла. Сначала меня любили в семье, потому что я была младшая. Потом меня любили в школе, потому что я была способная и добросовестная. Наша классная воспитательница входила в класс и говорила: «Все вы лодыри и разгильдяи. Одна Перепелицына как звезда в тумане». Перепелицына — это я. Потом меня любили в институте, на кафедре, в городе Нуре. Меня безнадежно и ущербно любил Востриков до тех пор, пока не возненавидел. Но я не замечала ни любви, ни ненависти. Как говорила моя мама: «Старуха на город сердилась, а город и не знал». Я привыкла к тому, что я самая красивая, самая умная, самая-самая. А сейчас надежда, и доверие, и самость сошли с моего лица. Оно стало растерянное и туповатое, как у покинутой совы.

— Вы, наверное, думаете, зачем я вас пригласил?

— Нет. Не думаю, просто лишний билет и свободный вечер.

— Нет. Не просто, — серьезно возразил Гомонов. — У меня к вам очень важный разговор.

Может быть, он решил сделать мне официальное предложение?

— Нина Алексеевна, я хочу у вас спросить: стоит мне оставаться в науке?

— Но ведь вы уже пишете диссертацию... — удивилась я. Диссертация Гомонова похожа на комнату Маши Кудрявцевой — несобранная, хламная, но в ней есть нечто такое, будто в эту же самую комнату через разбитое окно хлещет летний грибной дождь.

— Ну и что? Все пишут, — обреченно согласился Гомонов. — Но может быть, я бездарен...

— Кто вам это сказал?

— Востриков.

— Он так и сказал? — не поверила я.

— По форме иначе, но по существу так...

Этот принцип называется «топи котят, пока слепые». Востриков сознательно или бессознательно боится конкуренции. Но не могу же я сказать, что самый бездарный изо всех бездарных, король бездарностей — это сам Востриков. Все его статьи вылизаны и причесаны, но ни дождя, ни солнца там нет. Там просто нечем дышать.

— А зачем вы верите? У вас должно быть свое мнение на свой счет... — дипломатично вывернулась я.

— У меня его нет. — Гомонов искренне вытаращил глаза. — Я про себя ничего не понимаю...

Я давно заметила, что талантливые люди про себя ничего не понимают.

— Вы правы, — сказала я. — Пишут все, но вы — настоящий ученый. И ваши ошибки для меня дороже, чем успехи Вострикова.

Гомонов смотрел на меня, как сыриха на Лемешева. Он видел во мне не только меня, но и подтверждение себя. Последнее время он потерял себя, поэтому на его лице поселилось отвращение к жизни. А потерять себя так же мучительно, как потерять другого. Например, Мужа. Но я вернула Гомонову себя, и его глаза стали медленно разгораться, как люстра над залом. Он похорошел прямо на глазах, как Золушка после прихода феи.

— Спасибо... — Он сжал мою руку, и в нее потекли радостно заряженные флюиды.

Началось второе отделение.

Певец вышел на сцену и стал петь «Рондо» Моцарта.

Рондо — сугубо фортепьянное произведение, и в том, что певец предложил вокальную интерпретацию, — элемент неожиданности и авантюрности, как в диссертации Гомонова. Певец поет Моцарта, чуть-чуть подсовременив, и это подсовременивание не только не убивает, но, наоборот, проявляет Моцарта. Я ощущаю, почти материально, что Моцарт — гениален.

Я вспоминаю, что он умер молодым, до сорока, и его похоронили чуть ли не в общей могиле с нищими. Моцарт был гений — зато умер молодым.

Известна его история с «Реквиемом», который он писал в предчувствии смерти. Он был молод и не созрел для смерти. Он тосковал вместе со своим клавесином и страдал так же, как я в последние три дня. Может быть, не так же, по-другому... Хотя почему по-другому?

Страдания и радость у всех выражаются тождественно. Значит, так же. Значит, я не одинока.

У меня есть особенность: не любить свою жизнь. Возможно, это исходит из знака Скорпиона, себя пожирающего. Я тоже пожираю свое полусиротское детство, свою плохо одетую, а потом униженную юность, свою зрелость, оскверненную, как взорванная могила... Но сейчас, в эту минуту, моя жизнь кажется мне возвышенной и осмысленной. Лучше быть жертвой, чем палачом. Лучше пусть тебя, чем ты. Мне, во всяком случае, лучше.

Концерт окончился в половине одиннадцатого. До конца субботы оставалось полтора часа. Если за полтора часа ничего не случится, то можно сказать, что я уцелела.

Что вывезло меня из субботы?

1. Тактика Кутузова.

2. Гомонов. Я запустила Гомонова в его судьбу. Как сказала бы моя мама: «Умирать собирайся, а жито сей».

3. Моцарт. Причастность к Великой Энергии Страдания. Если страдали ТАКИЕ люди, почему бы и мне не пострадать, в конце концов.

Когда я вернулась домой, Машка Кудрявцева спала с выражением невинного агнца, и ее губы отдельно спали на ее лице.

Воскресенье

Я сижу на диване и смотрю в одну точку перед собой. В этой точке нет ничего интересного, просто мне лень переводить зрачки на другой объект. Мое состояние называется «дистресс». От него могут быть две дороги: одна — на балкон, с балкона — на землю с ускорением свободно падающего тела. Другая дорога — в обратную сторону. Из дистресса — в нормальный стресс, из стресса — в плохое настроение, из плохого настроения — в ровное, а из ровного — в хорошее.

Первую дорогу я могу проделать сама. А вот вторую я сама проделать не могу. Надо, чтобы кто-то пришел, взял меня за руку и вывел из дистресса в стресс, из стресса — в плохое настроение и так далее, через страдания к радости.

Но кто может меня вывести? Муж? Подруга? Другая Подруга? Машка Кудрявцева с Костей?

Раздается звонок. Я перевожу глаза со стола на телефон. Телефон молчит. Тогда я понимаю, что звонят в дверь.

Я поднимаюсь и иду к двери. И открываю дверь.

В дверях — моя соседка по этажу, которую я зову Беладонна, что в переводе с итальянского означает «прекрасная женщина».

Беладонна работает в торговой сети, весит сто сорок килограмм и похожа на разбухшего младенца. Она толстая и романтичная. Мой Муж звал ее «животное, исполненное грез».

Наши отношения строятся на том, что иногда по утрам я даю ей огурец или капусту, в зависимости от того, что есть в доме. Иногда я кормлю ее горячим завтраком, и она радуется как девочка, потому что вот уже много лет не ест, а только закусывает.

Сейчас она на бюллетене по причине поднявшегося давления. Она сидит в одиночестве и лечится коньяком. Одной ей скучно, и она зовет меня выпить рюмочку.

Когда я плохо живу или мне кажется, что я живу плохо, я иду к Беладонне и, побыв у нее десять минут, понимаю, что я живу хорошо. Она как бы определяет ту черту, за которую уже не упасть, потому что некуда. Ее черта лежит на самом дне.

Беладонна берет меня за руку, выводит из квартиры и перемещает в свою. Ее квартира не убирается и похожа на склад забытых вещей.

Цветной телевизор включен. Идет повторение вчерашней передачи. Я сажусь в кресло и начинаю смотреть телевизор.

На столе стоят бутылка коньяка, пол-литровая банка черной икры и пустая рюмка. Беладонна достает другую рюмку, протирает ее пальцем и наливает коньяк.

— Пей! — приказывает она.

— Отстань! — коротко отвечаю я.

Я с ней не церемонюсь. Если с ней церемониться, она сделает из тебя все, что захочет.

Идет передача о последнем периоде Пушкина. Литературовед читает письма и документы.

— А он хорошо выглядит, — замечает Беладонна.

Я смотрю на литературоведа и с удовлетворением отмечаю, что выглядит он действительно лучше, чем в прежних передачах.

Литературовед читает стихи Лермонтова «Смерть поэта». В последний раз я учила их в школе и с тех пор не перечитывала. Я слушаю стихи спустя двадцать лет и понимаю, что они созданы Энергией Ненависти и Энергией Страдания. Поэтому они потрясают.

Беладонна закрывает лицо рукой и начинает бурно рыдать.

— Замолчи! — приказываю я.

Беладонна слушается и тут же перестает рыдать. Только шмыгает носом.

— Давай выпьем за Михаила Юрьевича, — жалостно предлагает она.

— Отстань!

Беладонна пожимает плечами. Она искренне не понимает, как это можно не хотеть выпить, когда есть такая возможность.

— Ну, одну рюмочку... — робко настаивает она.

— Я сейчас уйду!

Беладонна сдается. Больше всего она боится остаться одна со своей драмой. У нее тоже драма, но на другом материале. Беладонна полюбила молодого человека по имени Толик, но

Толик с кем-то подрался, и его посадили на пять лет в тюрьму (как надо подраться, чтобы сесть на пять лет!). Беладонна потратила всю душу, все свое время и все деньги, чтобы сократить срок его пребывания в тюрьме. Наконец Толик вышел на свободу, явился к Беладонне (о! долгожданный час!) и украл у нее бриллиантовое кольцо.

Я случилась в ее доме как раз в эту минуту, в минуту крушения идеала. Мне что-то понадобилось, соль или спички, и я позвонила в ее дверь. Она открыла мне, трезвая и растерянная, в коротком, выше колен, купальном халате. Колени у нее были крупные, как тюбетейки.

В комнате со сконфуженным лицом сидел Толик. Глаза у него были небесно-голубые, яркие, как фаянс.

— Представляешь... — растерянно проговорила Беладонна. — Он украл у меня кольцо. Вот только что тут лежало — и нет.

Толик покосился в мою сторону. Ему было неприятно, что его при посторонних выставляют в таком невыгодном свете.

Я не знала, что сказать и вообще как реагировать на подобные ситуации. У меня никогда не было дорогих колец и таких морально неустойчивых знакомых, как Толик. Я подозревала, что кольцо у Беладонны не последнее и ей будет несложно восстановить утрату. Поэтому решила отшутиться.

— Молодым мужчинам надо платить! — сказала я.

Глаза Толика блеснули фаянсом. Видимо, он считал так же, как и я, но стеснялся сказать об этом вслух. Он заметно приободрился и посмотрел орлиным взором сначала на меня, а потом на Беладонну, ожидая, что она скажет.

— Попросил бы... — растерянно размышляла Беладонна. — Зачем же самовольно...

— У тебя допросишься, — не поверила я.

Толик кивнул головой в ответ на мое предположение, и я поняла, что просто читаю его мысли. Он думает абсолютно так же, а если двое считают одинаково, значит, правы вдвойне.

— Ну как же так... — растерянно повторяла Беладонна.

Ей было жаль не столько кольца, столько утраты романтической мечты. Мечта была скомпрометирована, и Беладонна стояла как громадная кукла, раскинув руки по сторонам необъятного туловища.

Я взяла спички и ушла, недовыяснив, чем это все кончилось. Наверное, ничем. Толик остался без Беладонны, зато с кольцом. А Беладонна — и без кольца, и без Толика, и без мечты.

Через какое-то время, может быть, через полгода, я встретила ее ночью возле подъезда. Я возвращалась из лаборатории, а Беладонна возвращалась непонятно откуда. Я была не в курсе ее жизни. Она вылезла из такси, вернее, выгрузила себя, и стояла посреди двора, втягивая свежий зимний воздух, пахнущий арбузом от свежевыпавшего снега. Снег еще шел, крупный и медленный. Облака быстро бежали под луной в темном небе, и казалось, что это быстро плывет луна. Беладонна подняла лицо к небу. Я думала, что она сейчас громко пожалуется. Она изнемогла носить свое тяжелое тело и пустую душу без идеалов. И сердце утомилось перегонять тяжелую от коньяка кровь. И мир услышит сейчас слова прозрения и покаяния. А я — свидетель этой святой минуты. Но Беладонна гулко вздохнула и вдруг сказала:

— Как хорошо жить...

И шапка из лисы торчала на ее голове каким-то нелепым отдельным зверем.

Телевидение окончило передачу. Мы сидели, уставившись в сетку.

— Ну выпей хоть полрюмочки! Символически...

Она поднесла к моему лицу рюмку и ткнула в рот ложку с икрой.

Икра была пресная, отдавала рыбьим жиром. Я поднялась, вышла на кухню и выплюнула.

— Невкусно! — посочувствовала Беладонна. — Она несоленая. Прямо из рыбы.

— Как это? — не поняла.

— Ворованная, — просто объяснила Беладонна. И безо всякого перехода добавила: — А ты мне нравишься. Ты женщина умственная. И Муж мне твой нравится. Очень благородный мужчина. Надежный человек. И дочка у тебя красавица. Вообще хорошая семья. Ты куда?

Она видит, что я собираюсь уходить, и запирает дверь на все сорок четыре замка особой секретности. Я начинаю возиться с замками, объятая идеей освобождения. Во мне развивается что-то вроде клаустрофобии, боязни замкнутого пространства. Я чувствую, что, если не вырвусь отсюда, задохнусь. Беладонна стоит рядом и уже не находит меня ни умственной, ни хорошей, а как раз наоборот.

— А ты противная, — делится она. — И Муж у тебя противный, как осетр. И дочка — хабалка, никогда не здоровается.

Беладонна не может удержать меня ни коньяком, ни лестью, ни даже замками. Я отторгаюсь от нее, как чужеродная ткань, и Беладонна утешает себя тем, что невелика утрата.

Наконец я отпираю все замки и выскакиваю на площадку, почти счастливая. Я самостоятельно, а точнее, с помощью Беладонны промахнула дорогу из дистресса прямо в счастье, минуя промежуточные станции. Я вхожу в свою квартиру, где нет лишней мебели, ворованной икры, толиков, бриллиантовых колец. Я вхожу и думаю: «Как хорошо жить...»

Понедельник

Я проснулась оттого, что пес Карай погромыхивал цепью. Он не лаял. Лаять ему, бедному, запретили, а двигаться не запретишь, и Карай прохаживался туда и обратно, сдвигая тяжелую метровую цепь.

Вы, наверное, думаете, что я уже в дурдоме и у меня галлюцинации. Ничего подобного. Просто в воскресенье, во второй половине дня, ко мне из Самарканда позвонила Случайная Подруга, объявила, что ей довольно-таки паршиво и нужен мой совет.

Звонок выглядел как бы неожиданным, но мне показалось, как будто кто-то свыше позаботился обо мне.

Я вырвала себя из своей квартиры, как морковку из грядки, и через пять часов уже выходила из самолета на самаркандский аэродром.

Аэродром выглядел типичным для южного города, только в Сочи — кепки, а тут — тюбетейки.

Лия (так зовут мою Случайную Подругу) встречала меня, и я издали смотрела, как она идет, поводя головой, высматривая меня в толпе.

Небольшой экскурс в прошлое: мы познакомились с ней пять лет назад в скоропомощной больнице, где лежали по поводу острого аппендицита. Мы вместе лежали, вместе вставали, вместе учились ходить, вместе ели и говорили, говорили, говорили... Где-то уже через час после знакомства стало ясно, что наши души идентичны, как однояйцовые близнецы. Или, вернее, у нас одна душа, разделенная на две части. Одна часть — во мне, а другая — в восточной девушке, студентке театрального училища. Единственная разница состояла в том, что она бредила Дузе, а я не имела о ней никакого представления. Все остальное совпадало, и мы все семь дней поражались узнаванию.

Итак, я проснулась, надела ватный халат — чопан и вышла во двор.

Как прекрасно ступить из комнаты прямо на землю. Я могу ступить из своей московской комнаты прямо на балкон и с высоты девятого этажа обозреть окрестность. И мне почему-то кажется, что кто-то невидимый должен подойти ко мне со спины и перекинуть через балконные перила. Я переживаю ужас кратковременной борьбы, потом ужас полета, не говоря уже об ужасе приземления. Знакомый врач-психиатр объяснил, что есть термин: тянет земля. Что это не патология. Патология для человека — жить на девятом этаже, быть поднятым над землей почти на тридцать метров.

Дом и сад были отделены от улицы высокой стеной. На стене, прямо над собачьей будкой, сидела кошка и созерцала этот мир спокойно и отрешенно, как представитель дзэн-буддийской философии.

Кошка смотрела на небо, сине-голубое и просторное. Я тоже посмотрела на небо, и мне показалось, что здесь оно выше, чем в Москве, хотя, наверное, так не может быть. Небо везде располагается на одной высоте. Далее кошка приспустила глаза на верхушки деревьев. Ветки еще голые, но чувствуется, что почти каждую секунду готовы взорваться и выхлопнуть хрупкие цветы: белые, розовые, нежно-сиреневые. Кошка нагляделась на деревья, потом стала разглядывать меня в узбекском чопане.

Карай стоял, задрав голову, неотрывно глядел на кошку. Его ноги наливались, напивались мышечной упругостью, и вдруг — рывок... Карай, как живой снаряд, метнул вверх всю свою веками накопленную ненависть, но цепь оказалась короче стены сантиметров на двадцать, и эти двадцать сантиметров решили дело и вернули Карая к будке, при этом чуть не оторвав ему голову. И тогда Карай все понял — и про кошек, и про людей — и зашелся, захлебнулся яростным протестом. А кошка лениво встала и пошла по стене с брезгливым выражением. Она бы и дальше сидела, ей плевать, что там происходит внизу, но такое количество шума и недоброжелательства мешало ей созерцать мир. Какое уж тут созерцание...

Из дома вышла годовалая Диана, дочка Лии. У нее были черные керамические глаза и ресницы такие длинные и загнутые, как будто их сделали отдельно в гримерном цехе.

— Вав! — Она ткнула кукольным пальцем в сторону Карая.

Кошки не было и в помине, а Карай все захлебывался бессильной яростью, которую ему необходимо было израсходовать.

Из дома выбежала Лия. На ней — платье Дузе, которое досталось ей, естественно, не от Дузе. Она сшила его себе сама, скопировав с картинки. Вид у нее был романтический и несовременный, с большой брошью-камеей под высоким воротником.

— Замолчи! — крикнула она Караю с радостной ненавистью, потом схватила Диану на руки и начала целовать так, будто ее сейчас отберут и больше никогда не покажут. — Она у меня чуть не умерла, — сообщает мне Лия, отвлекшись от приступа материнской любви. — У нее от пенициллина в кишках грибы выросли.

— Какой ужас...

Диана высокомерно смотрела на меня с высоты материнских рук.

— Слушай, а вот нас растили наши матери... Столько же времени тратили? Так же уродовались?

— Наверное. А как же еще?

— В таком случае мы не имеем права на свою жизнь.

— Как это? — не поняла я.

— Ну вот, я трачу на нее столько сил, только ею и занимаюсь. Значит, она — моя собственность. А я — мамина. И если я, к примеру, захочу отравиться, значит, я покушаюсь на чужую собственность. Пока живы родители, мы обязаны жить.

Я внимательно исподлобья смотрю на Лию, потому что ее слова имеют для меня особый смысл. Она замечает мое выражение. Она замечает абсолютно все.

— Пойдем покажем тете цветочек!

Мы идем в сад, садимся на корточки и смотрим, как из земли, тоненький, одинокий и трогательный, тянется подснежник. Здесь, в Самарканде, он крупнее, чем в средней полосе. И не белый, а желтый.

Мы смотрим, завороженные. Мне кажется, что от желтого колокольчика исходит тихий звон.

— У... — Диана выпячивает крошечные губки, как обезьяний детеныш, и показывает на цветок.

Карай в углу двора все продолжает взвывать и взлаивать, не может успокоиться.

— Ты знаешь, он дурак, — делится Лия. — Но Саша его любит. По-моему, он любит собаку больше, чем меня. Правда.

Мы поднимаемся и идем завтракать.

На столе среди закусок, которые я называю «колониальные товары», — гора плова. Поверх рисового купола — куски баранины, ломтики айвы, головки тушеного чеснока и еще какая-то красота и невидаль.

Лия накладывает в мою тарелку. К лицу поднимается дух баранины и особой травы под названием «вира». Каждая рисинка отделена друг от друга и отлакирована каким-то благородным жиром.

— Ну, чего ты сидишь?

Я с неуверенностью потянулась к вилке.

— Руками... — Она сложила щепоть из трех пальцев и показала, как надо ею пользоваться.

Я повторила. У меня получилось.

Лия смотрела на меня с этнографическим интересом.

— Ну? — спросила она.

— Ничего. Странно... — Я действительно не могла объяснить своего состояния.

Моя плоть как бы возвращалась ко мне после долгого конфликта. Как будто мы с ней были в ссоре, а теперь миримся. Это было замечательное чувство, райское блаженство, и я даже подумала: «Может, я уже умерла и теперь нахожусь в раю?..»

Пришла мать Лии и забрала Диану. Мы остаемся вдвоем на кухне за большим деревянным столом. Я — в чопане. Лия — в платье Дузе. От платья Дузе Лия переключается на Италию, а с Италии — на свою поездку в эту капстрану по туристической путевке.

Самолет рейсом Ташкент — Милан вылетал, естественно, не из Самарканда, а из Ташкента.

Лия выяснила день и час отправления и, зная свои взаимоотношения со временем, решила приехать в Ташкент на сутки раньше, с запасом в двадцать четыре часа. Эти двадцать четыре часа надо было где-то скоротать, и Лия поселилась в гостинице, в двухместном номере.

Ее соседкой по номеру оказалась украинская девушка Анна, которая не имела к группе никакого отношения. Она была сама по себе и проводила время странным образом: все время лежала на кровати и плакала.

Лия, зная свою манеру во все вмешиваться, решила на этот раз ни во что не вмешиваться и делала вид, что ничего не замечает. Но Анна все плакала и плакала, весь день и вечер, и тогда Лия не выдержала и спросила:

— Что ты плачешь?

Анна призналась, что она беременна от некоего Рустама, которого полюбила на Великой стройке. А Рустам ничего не знает, так как вернулся в свой родной кишлак. Это не особенно далеко от Ташкента, но Анна боится ехать к нему одна.

Лия посмотрела на часы. Был час ночи, а самолет уходил в шесть утра. У нее было еще пять часов, а кишлак находился примерно в двух часах езды от Ташкента. Два туда, два обратно. Можно успеть. Чертыхаясь, кляня свою планиду, Лия заставила Анну собираться и повезла ее в кишлак. Они поймали крытый брезентом грузовик, в котором возят солдат. Дорога была плохая, грузовик трясло, Лию и Анну кидало друг на друга. Наконец они добрались до кишлака. Дальше все развивалось, как в плохом кино. Сестра Рустама, тринадцатилетняя девочка, похожая на цветочек подснежника второго дня, сказала, что ее брата нет дома. Он находится на соседней улице на собственной свадьбе. Если они выйдут на соседнюю улицу, то увидят и услышат эту свадьбу. Анна обомлела, но тут же опомнилась и принялась рыдать. Ничего другого, похоже, она не умела делать. Это была ее самая привычная реакция.

Лия пошла на соседнюю улицу, вошла в дом, попросила Рустама выйти из-за стола, вывела его во двор и объявила, что сейчас опозорит его на всю свадьбу. У Рустама отвисла челюсть в прямом смысле слова. Он стоял с раскрытым ртом и не мог его закрыть. В этом состоянии Лия взяла его за руку и привела к Анне и дала им ровно пятнадцать минут, потому что ей надо было лететь в Италию. Но прошло полчаса, а Рустам и Анна никак не могли выработать общую позицию. Анна хотела, чтобы Рустам отвел ее на свадьбу и посадил вместо невесты или на худой конец с другой стороны, рядом. Узбеки — мусульмане, а мусульманство предполагает гарем. Но Рустам пытался втолковать, что сейчас не те времена, с темным прошлым покончено навсегда и родственники невесты его неправильно поймут.

Через полчаса Лия вошла в комнату, где шло совещание сторон, и сказала:

— Я ухожу.

Глаза Анны наполнились слезами и ужасом. Лия с ненавистью посмотрела в эти глаза и поняла: не попасть ей на родину Дузе. Но с другой стороны: Дузе — это мечта, а девушка Анна — живая, из плоти и крови. Даже из двух плотей.

— Ну, что тут у вас? — призвала к ответу Лия.

Рустам сказал, что Анна — это ошибка его молодости.

— Ошибки надо исправлять, — заметила Лия.

Рустам согласился и даже кивнул головой в знак того, что ошибки надо исправлять, и предложил два варианта искупления. Первый — угрызения совести, второй — деньги, скопленные на половину машины «Запорожец». Анна тут же выбрала угрызения совести, так как, откупившись деньгами, Рустам освободил бы свою душу. Но Лия предпочла второй вариант. Анна стала упираться. Рустам поддерживал Анну. Лия посмотрела на часы и сказала, что если через четыре минуты, именно четыре, а не пять, он не отдаст деньги, то она опозорит его на всю свадьбу. И это не все. Она обо всем расскажет его сестре. Рустам побледнел, видимо, Лия очень точно рассчитала его самую уязвимую точку на совести. Рустам вышел из комнаты и вернулся даже раньше, чем через четыре минуты, через три с половиной, и вынес деньги в полиэтиленовом мешочке, сверху которого было написано «Ядран».

Анна зарыдала с дополнительным вдохновением, так как деньги, да еще в пакете, унижали ее представление о первой любви.

— Дура, — спокойно сказала Лия. — А на что ты собираешься ребенка воспитывать?

Анна на секунду прервала свой плач, глядела на Лию, хлопая слипшимися мокрыми ресницами. Она как-то не думала о ребенке. Она думала только о любви. А ребенок, плавающий в ее недрах, как бы не имел к ней никакого отношения.

Кончилось все тем, что Лия вывезла Анну обратно в Ташкент, но уже больше вопросов не задавала, иначе пришлось бы ехать в украинское село Рутченково, где жили ее строгие старорежимные родители. Прощаясь с Анной, Лия предупредила, что дети от смешанных браков бывают особенно красивыми и талантливыми и что если Анне этот ребенок покажется лишним, то пусть она его отдаст ей. Анна пообещала. Плакать она перестала, и ее настроение заметно улучшилось. На смену хаосу пришла определенность. А это всегда дисциплинирует.

Лия явилась в аэропорт в половине восьмого. Самолет ее, естественно, не ждал. Рейс был итальянский. Итальянцы — капиталисты. А капиталисты, как известно, народ несентиментальный. И осталась за морями Италия, и могила Дузе в местечке Азоло, между горными вершинами Монтелло и Монте-Грания.

Зато в местечке Рутченково родился мальчик с белыми волосами и черными глазками, и назвали его Денис. Денис действительно получился очень красивый, насчет талантов — пока не ясно. Лишним он не показался. Анна теперь плачет от счастья.

— Бог с ней, с Италией, — утешила я. — Говорят, итальянцы не могут, бедные, построить метро. Потому что как копнут, так культурный слой.

— Знаешь, что я недавно поняла? — спросила Лия. — То, что до меня тоже жили люди и очень много наработали.

— А ты думала, что до тебя никто не жил?

— Да нет... Я поняла, что я — эстафета от тех, кто «до», к тем, кто «после». А что я им передам?

— Диану.

Лия вздохнула. У нее был дом на земле, муж Саша, сад, плов, но не было социальной реализации. И она отдала бы все, включая Карая, только бы повторить судьбу Дузе.

Но Дузе — это все-таки прошлое. Его потеснила реальность. А реальность Лии состояла в том, что она разодралась со своим партнером в театре. И получился скандал. И именно от этого, а не от чего-то другого, у нее паршиво на душе.

Предыстория этой драмы такова.

Почти все роли в театре играла Прима, но с приходом Лии половина главных ролей отошла, естественно, к ней. (Для меня, во всяком случае, естественно.) Приму это раздражало, она готова была убить Лию, но за это у нас дают большой срок, а менять свою жизнь на тюремное заключение Прима не хотела. (Это мне понятно.) Однако смириться с соперницей она не могла и выбрала более легальный способ — выживание.

Муж Примы был партнером Лии во многих спектаклях. Его амплуа — герой-любовник. И когда Лия по ходу действия в порыве вдохновения произносила свой монолог, герой склонялся к ней и спокойно, деловито произносил матерные слова с тем расчетом, чтобы их не слышала публика. Этот непредвиденный текст, состоящий всего из трех или даже менее слов, производил на Лию такое же впечатление, будто ее сталкивали в речку в октябре месяце. Она сбивалась, выходила из образа и потом никак не могла собраться, что и требовалось Приме.

— А ты бы пожаловалась! — возмутилась я.

— Буду я жаловаться! Что я, ябеда?

Лия решила обойтись собственными силами. В один из таких дивертисментов Лия дождалась момента, когда они выйдут за кулисы, и дала ему пощечину, но не театральную, а вполне бытовую, так что на щеке героя обозначились пять пальцев и щека поменяла форму и цвет. Муж Примы вошел в то же самое состояние, которое овладело Караем при виде кошки. Но он был не на цепи, поэтому достал до Лии. Лия не ожидала, что он даст сдачи, она была о нем все же лучшего мнения, поэтому не устояла на ногах.

Кончилось тем, что ее отвезли в больницу с сотрясением мозга.

Лия ждала, что Прима с мужем придут к ней в больницу. Она посмотрит им в глаза, и им станет стыдно. Но Прима и ее муж не приходили. По утрам они репетировали, а вечерами играли в спектаклях. Лия ничего не могла понять своими сотрясенными мозгами и только недоумевала, пожимая то одним плечом, то другим, то двумя сразу. Тогда в дело вмешался Саша. Он тоже не стал жаловаться. Он просто пришел на спектакль, в котором муж играл д'Артаньяна, а Прима — Констанцию Бонасье. Саша не сел, как все зрители, на свое место, а встал в проходе возле двери и, чуть склонив голову, пристально, не отрываясь, смотрел на д'Артаньяна. Тот сбивался, выходил из образа, нервничал, как будто ему на ухо говорили матерные слова, еле-еле довел, вернее, дотащил свою роль до конца. Простодушный зал начал благодарно аплодировать. Саша поднялся на сцену, простер руку, призывая к молчанию. И когда обескураженный зал затих, Саша раздельно произнес:

— Этот актер, которому вы все хлопаете, три дня назад ударил женщину, и она сейчас лежит в больнице с сотрясением мозга.

Настала пауза. Потом раздался свист, улюлюканье. Самаркандцы — народ наивный и темпераментный, как сицилийцы, и в зале разразился скандал, вполне итальянский.

Д'Артаньян больше не решался выйти на сцену, боялся, что в него чем-нибудь кинут.

Скандал, как пожар, перекинулся на город. Узнали все обыватели и все начальство. И вот тогда Прима со своим мужем, с цветами, фруктами и виноватыми лицами явилась к Лие в больницу. Прима плакала и просила понять. Муж не плакал, сдержанно сглатывал скупые мужские слезы. И Лия чувствовала себя почти мучительницей, так как являлась причиной этих слез. Теперь от нее зависело: останутся они в театре и вообще в городе или побредут, как калики перехожие, перекинув за спину котомочку и взяв за руки двух маленьких детей.

Лия выписалась из больницы. Вызвала меня из Москвы. И вот мы решаем вопрос вопросов. Я замечаю, что Лия бледна, с обширными синяками под глазами. Нравственные и физические мучения соединились воедино.

— Что делать? — спросила Лия, проникая в меня глазами.

— Ничего не делать. Твое великодушие достанет их больше, чем твоя злобность.

— Их ничего не достанет. Знаешь, что такое бессовестные люди? Это люди, у которых нет совести. Вот у них ее и нет.

— У них нет, а у тебя есть.

— Но если я спущу, другой спустит, они же разрастутся, как пенициллиновые грибы.

Я чувствую, как змея мстительности поднимает голову и затыкает мне горло. Но я усилием воли надавливаю на эту голову.

Не надо ни мстить, ни уходить из жизни, что тоже месть. Не надо кончать с собой и с ними. Они сами с собой покончат. Умереть не умрут, но будут носить пустое тело, без души.

— Переориентируйся, — сказала я. — Месть — плохая советчица в делах.

— А помнишь: «Но сохранил я третий клад, последний клад, святую месть. Ее готовлюсь Богу снесть»?

— Вот Богу и снеси. Сама этим не занимайся.

Во дворе залаял Карай, но не по поводу кошки, а в связи со своими прямыми обязанностями: не пускать чужого. Это пришел гид Игорь, которого Лия специально вызвала в мою честь.

Игорь — наполовину поляк, наполовину узбек. Такое впечатление, что разные крови не смешались в нем, а дали нечто вроде сыворотки.

— Какая программа? — спросила Лия.

— Регистан, Гур-Эмир, Биби-Ханым, обсерватория Улугбека, — перечислил Игорь.

— Надо взять такси, — предложила Лия. — А то мы за день не уложимся.

— Не резон, — возразил Игорь. — Мы будем торопиться и не сможем сосредоточиться.

— А можно я никуда не пойду? — попросила я.

— Как это так?.. — оторопела Лия. — А зачем же ты приехала?

— К тебе.

Игорь ушел. Я слышала, как они пререкались во дворе. Лия совала ему деньги, а он не брал. Так и не взял.

Лия вернулась.

— А может, зря не пошли? — засомневалась она.

— Я бы все равно ничего не увидела, — созналась я.

Я была перегружена предыдущими впечатлениями своей жизни.

— А ты как? — спохватилась Лия. До этого мы говорили только о ней. — Хорошо, наверное. У тебя не может быть плохо.

— Почему?

— Потому что ты самая красивая и самая умная. Все остальные — стебли в сравнении с тобой.

— Может быть, кому-то кажется иначе...

— Дуракам, — с уверенностью сказала Лия.

Я промолчала. Я-то знала, что я — не самая красивая и не самая умная, а одинокая и стареющая пастушка. Но ее уверенность была мне необходима.

За окном стемнело резко, без перехода. Было светло, вдруг стало темно. А может быть, я редко смотрела в окно. Первый раз — днем. Второй раз — вечером.

Но так или иначе, день близился к концу.

Что было в этом дне?

Дом на земле, весна, подснежник, дети: Диана и Денис; звери: кошка, собака; плов; Дузе — все это как ведро чистой до хрустальности колодезной воды, которое залили в мою шизофрению, и она стала пожиже, пополам с чистой.

Но главное, конечно, это не плов, и не весна, и не отказ от мести. Главное — Лия. Случайная Настоящая Подруга. Завтра утром я улечу обратно, и мы снова не увидимся пять лет. Но Лия — есть, ее звонок раздастся вовремя, не раньше и не позже, и я приеду к ней вовремя. Не опоздаю ни на час.

Как можно выбрасываться в окно, когда на земле, пусть на другом ее конце, живет человек с идентичной душой. Даже если выбросишься в горячке, то надо одуматься в пути, за что-то уцепиться, за дерево или за балконные перила, приостановить движение и влезть обратно тем же путем. Как в обратной киносъемке.

Перед сном мы выходим во двор. Со двора — на улицу.

Посреди улицы густо стоят высокие чинары. Свет фонарей делает их кроны дымными. Луна в небе — как среднеазиатская дыня.

Мы идем вдоль длинной сплошной высокой стены, а навстречу нам медленно, тоже прогуливаясь, — два молодых узбека в халатах. И мне кажется, что я гуляю по территории сумасшедшего дома.

К нам осторожно приблизилась собака, рыжая, как лиса. Ее уши были срезаны до основания, и собака выглядела так, будто на нее надели купальную шапку.

Я догадываюсь: уши срезают для того, чтобы собака лучше слышала приближающегося вора. Она была до того худая, что можно пересчитать все ребра. Я достала из кармана баранку и бросила собаке. Она поймала ее на лету, сразу заглотнула и, видимо, подавилась. Пошла от меня, осторожно и недоуменно неся свое невесомое тело. Наклонила голову, вернула на землю баранку, после этого уже с толком съела и снова подошла ко мне.

Меня вдруг пробил озноб, и я затряслась так, как будто я только что вылезла из осенней речки на берег.

— Ты замерзла? — удивилась Лия.

Я куталась в чопан. У меня зуб на зуб не попадал. А собака стояла и смотрела, чуть склонив свою круглую голову.

Это был не холод. Просто сострадание и нежность возвращались в меня. Так, наверное, возвращается душа в заброшенное тело, как хозяин в пустующий дом.

Вторник

— Папа звонил, — сказала Машка Кудрявцева, глядя на меня исподлобья.

Я увидела по ее лицу, что она знает ВСЕ, но не знает, знаю ли я, и боится нанести мне душевную травму.

Врать она, бедная, не умеет, и на ее детском личике столько всего, что я не могу смотреть. Наклоняюсь и расстегиваю дорожную сумку. Достаю подарки: чопан, тюбетейку, казан для плова и кумган — кувшин для омовения. В Москве это все неприменимо, включая казан, так как он без крышки и не лезет в духовку.

— Кому звонил, тебе или мне? — спрашиваю я.

— Разве это не одно и то же?

— Конечно, нет. Ты — это ты. А я — это я.

Я даю ей право на самоопределение, вплоть до отделения. Право на автономность. Но она отвергает это право:

— Глупости. Я — это ты. А ты — это я.

Мне тяжело существовать на корточках, и я сажусь на пол.

— Мама, у меня к тебе очень, очень важное дело. Я хочу поехать с Костей на каникулы к ним на дачу.

— Хочешь, так поезжай, — отвечаю я.

Машка не ожидала такого поворота событий. Она приготовилась к моему сопротивлению, а сопротивления не последовало. И было похоже, как если бы она разбежалась, чтобы вышибить дверь, а дверь оказалась открытой. Машка мысленно поднялась, мысленно отряхнулась.

— К тебе хочет зайти Костина мама. Выразить ответственность.

— Какую еще ответственность? — насторожилась я.

— За меня. Вообще...

— А зачем?

Хотя глупый вопрос. Это, пожалуй, самое главное в жизни — ответственность друг за друга.

Я поднимаюсь. Подхожу к окну. Смотрю, как метет мелкая колкая метель.

Из моего окна виднеется посольство Ливии, обнесенное забором.

То, что внутри забора, — их территория. Вокруг зимняя Москва, а в середине — Ливия, с ее кушаньями и традициями.

— Что отец говорил?

— Говорил, что я уже большая.

Значит, взывал к пониманию: «Ты уже большая и все должна понимать». А если Машка отказывалась понимать, то утешал себя: «Вырастешь, поймешь».

— Маша...

— Что?

— Если ты выйдешь замуж, возьмешь меня к себе?

— Само собой...

— Я не буду занудствовать. Я буду покладистая старушка.

Машка помолчала у меня за спиной. Потом спросила:

— А ты видела мои белые сапоги?

— Хочешь, возьми мои.

— А ты? — оторопела Машка.

— А я иногда у тебя их буду брать.

Машка соображает, и я, не оборачиваясь, вижу, как напряжен мыслью ее детский лобик.

— Нет, — отвергает Машка. — Лучше я у тебя их буду брать. В крайнем случае.

Она подходит ко мне, обнимает. Замыкает пространство. Как забор вокруг посольства. А в середине наше с ней государство.

Среда

Колбы с растворами стоят, просвечивая на свету, как бутылки в баре. Моя лаборатория больше не кажется мне обиталищем доктора Фауста. Но и захламленным чуланом тоже не кажется. Это нормальная, хорошо оборудованная лаборатория в современном научном учреждении. А я — нормальный научный сотрудник, работающий над очередной биологической проблемой. Я уже знаю, что гормон счастья антиадреналин в значительной степени состоит из белка, поэтому толстые люди более добродушны, чем худые. И еще я знаю, что никакого переворота в науке я не сделаю и искусственного счастья не создам, ибо не бывает искусственного счастья. Так же, как не может быть искусственного хлеба.

Что касается моего генеральства, то никакой я не генерал, и не в чинах дело. Как говорил Антон Павлович Чехов: «Наличие больших собак не должно смущать маленьких собак, ибо каждая лает тем голосом, который у нее есть».

Я — старший научный сотрудник. СНС. Эти три буквы напоминают серию номеров «Жигулей» в городах Ставрополь, Саратов, Симферополь. И старших научных сотрудников —

столько же, сколько «Жигулей» в этих городах. И мне это нисколько не обидно. Единственное, неудобно перед французами. Надо же, заморочила голову целому городу.

За моей спиной открывается дверь. Кто-то осторожно входит. Я оборачиваюсь. Это Подруга. Я успеваю заметить, что она правильно одета — строго и дорого. Тоже небось продумывала. Но Боже мой... Как я сейчас от этого далёка. Как далеко отодвинулись от меня проблемы черной пятницы. Они остались где-то в прежней жизни, где для меня все умерло, кроме детства Машки Кудрявцевой. Может быть, не умерло, но опустилось, как культурный слой. А я переместилась в другую цивилизацию. И если бы не страстная неделя, неделя страстей, — я не попала бы в эту сегодняшнюю жизнь, потому что сюда можно въехать только на билет, купленный ценою страданий. Ибо одни страдания заставляют душу трудиться и созидать, извините за пышное слово. И если страдания не превышают предела и не переламывают человека пополам, то они укрупняют его. Так что не надо бояться страданий. Надо бояться прожить гладенькую благополучную жизнь.

Я думала обо всем этом позже. А в этот момент мне было не до выводов и обобщений.

Я собрала свои колбы. Слила их в одну, образовав коктейль. Вылила в раковину. Я выплеснула двадцать лет своей жизни, и мне было нисколько не жаль. Неудобно только перед французами. Заморочила голову целому городу...

— Все могло быть так и по-другому, — наконец проговорила Подруга. — Но ты должна была узнать это от меня.

— Само собой, — ответила я. — Но это уже не имеет значения.

Я взяла пальто и пошла из лаборатории. Подруга посторонилась, пропуская меня. Интересно, что она подумала... Наверное, решила, что я обиделась за то, что она увела у меня Мужа.

В коридоре мне попался Гомонов.

— Вы вернулись? — остановился он. Значит, заметил мое отсутствие.

— Нет, — сказала я. — Не вернулась. Меня нет.

Я покончила с собой. С прежней. А новая еще не началась. Так что меня действительно нет.

Я выхожу из института.

Наше здание стоит как бы на перекрестке, от него отходят четыре дороги на все четыре стороны. Я могу выбрать любую. Я сейчас свободна, как в студенчестве. У меня нет ни дела, ни Мужа, ни даже сапог, потому что я отдала их Машке.

Метет сверху и снизу. Сплошной снежный туман, и кажется, что весна не придет никогда. Но она придет обязательно, я вчера видела ее собственными глазами. Надо только подождать.0

Пройдет время. Туман рассеется. И моя звезда с обломанным лучом будет светить тихим и чистым светом, как будто на небе произвели генеральную уборку и протерли каждую звездочку.

СОДЕРЖАНИЕ

Террор любовью	5
А из нашего окна	83
Сальто-мортале	112
За рекой, за лесом	126
Сказать — не сказать...	148
Лошади с крыльями	179
Первая попытка	228
Звезда в тумане	273

Любое использование материала данной книги,
полностью или частично, без разрешения
правообладателя запрещается.

Литературно-художественное издание

Токарева Виктория Самойловна
Террор любовью

Ответственный редактор О.М. Тучина
Художественный редактор О.Н. Адаскина
Компьютерная верстка: Л.О. Огнева
Технический редактор О.В. Панкрашина
Младший редактор Е.В. Демидова

Подписано в печать 08.12.06.
Формат 84x108 $^1/_{32}$. Усл. печ. л 16,8.
С.. РР-2. Доп. тираж 5 000 экз. Заказ № 4438 Э.
С. под Токар. Доп. тираж 7 000 экз. Заказ № 4437 Э.

Общероссийский классификатор продукции
ОК-005-93, том 2; 953000 — книги, брошюры

Санитарно-эпидемиологическое заключение
№ 77.99.02.953.Д.003857.05.06 от 05.05.06 г.

ООО «Издательство АСТ»
170002, Россия, г. Тверь, пр. Чайковского, 27/32
Наши электронные адреса:
WWW.AST.RU E-mail: astpub@aha.ru

ООО Издательство «АСТ МОСКВА»
129085, г. Москва, Звездный б-р, д. 21, стр. 1

ООО «ХРАНИТЕЛЬ»
129085, г. Москва, пр. Ольминского, д. 3а, стр. 3

Отпечатано с готовых диапозитивов
в ООО «Типография ИПО профсоюзов Профиздат»
144003, г. Электросталь, Московская область, ул. Тевосяна, д. 25